Clara Sternberg

Auch morgen werden Rosen blühen

W0210742

atb aufbau taschenbuch

Clara Sternberg, 1960 geboren, wollte als Kind Ärztin, Schauspielerin, Tierärztin, Schriftstellerin oder Sängerin werden. Nach ihrem Studium arbeitete sie als Texterin und Übersetzerin. Clara Sternberg lebt in Berlin. 2014 erschien bei atb ihr Roman »Sonntags bei Sophie«.

Eigentlich ist Alma mit ihrem Leben rundum zufrieden. Sie hat wunderbare Freunde, eine Arbeit, die sie glücklich macht, es ist Frühling, und sie ist endlich wieder verliebt. Das alles gerät aus dem Gleichgewicht, als sie eines Tages im Krankenhaus erwacht: Ihr Herz ist stehengeblieben. Nur durch großes Glück konnte sie gerettet werden. Aber plötzlich ist nichts mehr, wie es war. Zwar erholt sie sich körperlich schnell, doch kann sie die Bilder und vor allem das Gefühl von Geborgenheit und Glück nicht vergessen, das sie in der kurzen Zeit, in der sie klinisch tot war, empfunden hat. Es war wie der Blick in eine andere Wirklichkeit, in ein Leben, in dem sie ihre Jugendliebe Max geheiratet hat und mit ihm und ihren beiden Kindern im Haus ihrer Träume lebte.

Und plötzlich stellt Alma alles in Frage: Ihre Vergangenheit genauso wie ihre Pläne für die Zukunft. Und vor allem: War die Entscheidung, Max nicht zu heiraten, richtig?

Clara Sternberg

Auch morgen werden Rosen blühen

ROMAN

atb aufbau taschenbuch

Für Kerstin
Mit Liebe

MIX
Papier aus verantwortungsvollen Quellen
FSC
www.fsc.org
FSC® C083411

ISBN 978-3-7466-3173-8

Aufbau Taschenbuch ist eine
Marke der Aufbau Verlag GmbH & Co. KG

2. Auflage 2016

Umschlaggestaltung www.buerosued.de, München
unter Verwendung von Motiven von © www.buerosued.de
Gesetzt in der Minion Pro durch Greiner & Reichel, Köln
Druck und Binden CPI books GmbH, Leck, Germany
Printed in Germany

www.aufbau-verlag.de

It is worth dying to find out what life is.

T. S. Eliot

1

Alma zwickte sich unauffällig in den Arm, um sicherzugehen, dass sie nicht träumte. Alles war perfekt: Sie saß an der langen, festlich dekorierten Tafel neben dem Mann, dessen Augen so blau waren wie die Lobelien in ihrem Balkonkasten, die auch Männertreu genannt wurden. Um ehrlich zu sein, hatten es ihr nicht nur seine Augen hinter der schicken randlosen Brille angetan. Der ganze Mann gefiel ihr. Sie mochte sein Lächeln, die breiten Schultern, die kurzgeschnittenen weißen Haare, seine Stimme und vor allem seine freundliche, offene, unkomplizierte Art. Er hatte sich als Wolfgangs neuer Kollege Bernhard Lebeck vorgestellt. Weiter war er erst mal nicht gekommen, denn Alma hatte versehentlich ihr Glas umgestoßen, und der Maracujasaft ergoss sich über sein Hosenbein. Almas Gesicht brannte vor Verlegenheit, und sie wäre am liebsten im Erdboden versunken.

»Es tut mir so leid! Ich übernehme natürlich die Reinigungskosten!«

Aber Bernhard hatte nur gelacht und den nassen Fleck flüchtig mit seiner Serviette abgetupft. »Unsinn. Ich hab doch eine Waschmaschine. Die schafft das schon.« Und damit war das Thema erledigt, wofür

Alma zutiefst dankbar war. Ihr Exfreund wäre entweder nach Hause gefahren, um sich umzuziehen, oder sofort im Badezimmer verschwunden, um den Fleck auszuwaschen. Anschließend hätte er sein Bestes getan, um Alma den Geburtstagsbrunch zu vermiesen. Volkers Talent, schlechte Laune zu verbreiten, war legendär gewesen, aber heute, an diesem letzten Tag im April, im Garten ihrer besten Freunde, wäre es jedem schwergefallen, Almas Stimmung ernsthaft zu trüben. Dafür war der Tag viel zu schön: Die Gäste, eine bunte Mischung aus Freunden, Nachbarn und Wolfgangs Kollegen waren gut gelaunt, das Büfett köstlich, und das Wetter ein Traum. Und dann noch Bernhard. Er hatte gleich nach dem Maracuja-Unglück zwei Gläser Prosecco organisiert, und nun waren sie per du und unterhielten sich angeregt über den Garten. Das hieß, hauptsächlich redete Alma, denn dieses Stück Natur war ihre Leidenschaft. Sie hatte es unter ihre Fittiche genommen, nachdem Regine und Wolfgang in die Doppelhaushälfte gezogen waren, und kannte inzwischen nicht nur jeden Grashalm, jede Blume und jeden Baum mit Vornamen, sondern war auch eng mit ihnen befreundet und wusste daher genau, was wer wann brauchte, um sich bestens zu entfalten. Alma liebte jeden Quadratzentimeter des großen, ehemals verwilderten Grundstücks, und das merkte man dem Garten an. Er grünte und blühte, dass es eine Pracht war. Bernhard war, wie er sagte, zwar gärtnerisch völlig unbewandert, aber er liebte die Natur, hörte interessiert zu und stellte Fragen.

»Wenn du Lust hast, können wir ja gleich ein bisschen herumspazieren«, schlug Alma mit leuchtenden Augen vor. »Vergissmeinnicht und Tränendes Herz und Akelei blühen gerade besonders schön.«

»Sehr gern!«, gab Bernhard zurück.

Regine saß am anderen Ende der Tafel, ein perfekter Platz, um immer wieder unauffällig zu Alma und Bernhard hinüberzuschauen. Sie hatte die beiden geschickt nebeneinander platziert und war hochzufrieden, wie sich die Dinge entwickelten. Alma wirkte fröhlich und gelöst. Kein Wunder, denn Wolfgangs neuer Kollege war wirklich ganz besonders nett, und die Art, wie er Alma mit leicht schräg geneigtem Kopf aufmerksam zuhörte, fand Regine geradezu unwiderstehlich. Daran könnte sich Wolfgang ruhig mal ein Beispiel nehmen, fand sie. Allerdings waren sie seit sechsundzwanzig Jahren verheiratet, da war es verständlich, wenn man nicht immer ganz Ohr war.

»Erzähl doch mal ein bisschen was über ihn«, hatte Regine vor ein paar Tagen zu ihrem Mann gesagt, nachdem er berichtet hatte, dass er den neuen Kollegen spontan zum Geburtstagsbrunch eingeladen hatte. »Wie ist er denn so?«

»Sympathisch. Deshalb hab ich ihn ja dazugebeten.« Regine hatte in sich hineingeseufzt. Wolfgang, der Ingenieur war, konnte mit Leidenschaft über Sachthemen debattieren. Wollte man ihm Informationen über Menschen entlocken, wurde es schwierig. Aber sie war zu neugierig, um gleich aufzugeben. »Und wie sieht er aus?«

»Na, ganz normal. Wie man halt so aussieht, wenn man um die fünfzig ist. Kleiner als ich, und dünner. Graue Haare. Brille.«

Die Frage, ob der Kollege jemand war, den eine Frau als gutaussehend bezeichnen würde, hatte Regine auf der Zunge gelegen, aber sie hatte sie hinuntergeschluckt, weil sie aus Erfahrung wusste, was Wolfgang, der in Nordfriesland geboren und aufgewachsen war, darauf antworten würde: Was der Einen ihr Uhl ist, ist der Annern ihr Nachtigall.

»Ist er verheiratet?«

»Seit vier Jahren verwitwet.«

»Oh, wie schrecklich. Das tut mir so leid. Ich will mir gar nicht vorstellen, wie weh es tun muss, den Menschen zu verlieren, den man liebt und mit dem man sein Leben teilt.«

»Es muss die Hölle sein.«

Regine war gerührt. Es tat gut, zu hören, wie viel sie ihm bedeutete. Romantische Liebeserklärungen waren Wolfgangs Sache nicht, aber sie hatte im Laufe der Zeit gelernt, zwischen den Zeilen zu lesen.

»Ich weiß genau, was gerade in deinem Kopf vorgeht«, sagte Wolfgang.

»Ach ja? Was denn?«

»Du würdest Bernhard gern mit Alma verkuppeln.«

Damit hatte er den Nagel auf den Kopf getroffen.

»Sagen wir es so: Ich würde mich riesig freuen, wenn sie ihr Glück finden würde. Und zwar zur Abwechslung mal mit einem Mann, der sie verdient hat.«

»Ich doch auch, Gini«, brummte ihr Mann, der für die »Lütte«, wie er Alma gerne nannte, durchs Feuer gegangen wäre. Und Wolfgang war nicht der Einzige. Alma war jemand, den man einfach gernhaben musste, fand Regine. Schon allein deshalb, weil sie so ein großes Herz hatte. Es leuchtete aus ihr heraus, sobald man ihr in die mandelförmigen, schwarzbraunen Augen schaute, die sie, genau wie ihren Vornamen, ihrer aus Spanien stammenden Mutter verdankte. Regine war davon überzeugt, dass Almas XXL-Herz eine Heimat brauchte, es wollte lieben und geliebt werden, und zwar nicht nur von Freunden, Klienten, Nachbarn, Pflanzen und ihrer Katze Pandora.

Deswegen stupste Regine ihren Mann auch begeistert an, als Bernhard und Alma den Kiesweg entlangschlenderten, der zur Kräuterspirale und den Staudenbeeten führte. »Schau mal! Sie gehen spazieren. Das ist ein gutes Zeichen, oder? Hat er eigentlich eine Freundin? Vielleicht eine Fernbeziehung in Frankfurt? Möglich wäre es ja.«

Wolfgang lächelte in sich hinein. Regine hörte schon die Hochzeitsglocken läuten. Aber so war sie nun mal: eine Romantikerin durch und durch.

»Keine Ahnung. Wir reden nicht über Privates. Dazu haben wir gar keine Zeit. Er ist doch erst seit vier Wochen im Haus und mitten in der Einarbeitung.«

Regine seufzte resigniert; sie musste sich einfach noch ein wenig gedulden. »Und woher weißt du dann, dass er verwitwet ist?«

»Von Nolli. Du kennst ihn doch, er weiß immer irgendwas, das sonst niemand weiß. Er kennt sogar Angies Schuhgröße.«

Regine äugte mit neuem Respekt hinüber zu Bernd Nolle, genannt Nolli, der sich gerade am Büfett bediente. »Er weiß, welche Schuhgröße unsere Bundeskanzlerin hat?«

Wolfgang grinste. »Möglicherweise auch das, ihm ist alles zuzutrauen. Ich rede aber von unserer Kollegin Angie.«

»Ach so.« Regines Blick glitt unwillkürlich zu Angie Döberitz, die sich angeregt mit der netten Britta von nebenan unterhielt, mochte dort aber nicht verweilen. Wolfgangs Kollegin war einfach nicht ihr Fall.

Alma genoss den Rundgang mit Bernhard in vollen Zügen. Es fühlte sich so gut an, diesen Ort, den sie liebte, mit jemandem zu teilen. Auch den besonderen Winkel hinter dem Schuppen, wo Wildkräuter wachsen durften, Veilchen und Maiglöckchen blühten und ein Igel in einem Reisighaufen Winterschlaf gehalten hatte. Sie war normalerweise nicht so mitteilsam, aber Bernhard interessierte sich einfach für alles. Er machte es ihr leicht, ihre Schüchternheit zu überwinden. Er stellte Fragen, hörte zu, bückte sich, um an Blumen zu schnuppern, bewunderte den Schuppen, den

Wolfgang selbst gebaut hatte, und war völlig begeistert von der pink-weiß gestreiften Hollywoodschaukel, die Regine und Wolfgang letztes Jahr von ihren Kindern zur Silbernen Hochzeit geschenkt bekommen hatten. »Komm, wir setzen uns einen Moment, ja? Ich wollte immer schon ausprobieren, ob die Dinger so gemütlich sind, wie sie aussehen.«

Die Hollywoodschaukel stand neben einem blühenden Apfelbaum, mit Blick auf die Terrasse und die lange Tafel. Nachdem sie eine Weile schweigend hin und her geschaukelt hatten, sagte Bernhard: »Herrlich. Am liebsten würde ich gar nicht mehr aufstehen.«

»Die Schaukel ist mein Lieblingsplatz«, gab Alma zurück. »Ich könnte stundenlang hier liegen und vor mich hin träumen.«

»Und wovon träumst du am liebsten?«, fragte Bernhard mit einem Lächeln, bei dem Almas Herz einen kleinen Hüpfer machte.

»Das kommt auf meine Stimmung an. Manchmal stelle ich mir vor, ich liege in einer Hängematte am Strand, vielleicht auf Hawaii, umgeben von einem üppigen, tropischen Garten. Das Meer rauscht, ein warmer Wind weht und duftet nach Frangipaniblüten …«

»Ich habe zwar keine Ahnung, wie Frangipaniblüten duften, aber das klingt paradiesisch … Wenn ich dabei wäre, würde ich dir einen Cocktail servieren.«

»Auch Champagner? Ich liebe Champagner.«

»Selbstverständlich. Übrigens fällt mir gerade etwas ein, es hat aber nichts mit Hawaii zu tun …«

»Was denn?«

»Mein Balkon. Er geht nach Südwesten, und ich würde ihn gern so richtig schön bunt bepflanzen. Hast du ein paar Tipps für mich?«

»Ja natürlich, jede Menge sogar! Ein Südwestbalkon ist perfekt, die meisten Sommerblumen sind Sonnenanbeterinnen. Spontan fallen mir Geranien ein, und Margeriten, Sonnenblumen, Elfenspiegel, Schwarzäugige Susanne und Portulakröschen. Am besten schaust du dich einfach mal in einer guten Gärtnerei um und lässt dich inspirieren. Ich gehe am liebsten zu *GrünGrün* in Dahlem, das liegt sozusagen vor meiner Haustür.«

»Ich wohne in Steglitz, also auch nicht weit weg, das trifft sich gut. Vielleicht könnten wir uns ja mal samstags in der Gärtnerei treffen, und du berätst mich?«

»Das würde mir großen Spaß machen!« Sie strahlte ihn an, und nicht zum ersten Mal an diesem Samstag fiel Bernhard auf, dass sie wunderschöne Augen hatte, sehr dunkel und mit einem Glanz, der ihn an die Schwarzkirschen erinnerte, die er als Kind bei seinen Großeltern auf dem Land gepflückt hatte.

Herzklopfen, dachte Alma erstaunt, als sie die Telefonnummern austauschten. Ich habe doch tatsächlich ein bisschen Herzklopfen … zum ersten Mal seit Ewigkeiten. Schon verrückt in meinem Alter … Ob er sich wirklich meldet? Oder ist das nur so dahingesagt, und er hat gar nicht vor, sich mit mir zu verabreden? Bei diesem Gedanken spürte sie einen Stich der Enttäuschung, denn Bernhard war ein Mann, den sie liebend gern wiedersehen würde.

Seine Stimme riss sie aus ihren Gedanken. »Du hast doch bestimmt auch einen Balkon?«

Alma zeigte ihm ihre Fotos vom letzten Sommer. Da rankten sich Feuerbohnen, ein Kürbis und Kapuzinerkresse neben Kübeln und Kästen mit mediterranen Kräutern, Sonnenblumen, Margeriten, Lobelien, Wicken, Lavendel und Rosen. In den Hängeampeln wucherten Verbenen und Petunien. Zwischen den üppigen Pflanzen war gerade noch Platz für einen kleinen Holztisch mit zwei Stühlen.

»Das ist ja ein Bauerngärtchen«, sagte Bernhard lächelnd. »Eine kleine Idylle. Und die Katze passt perfekt dazu.«

Das stimmte. Pandora, die auf einem der Bilder auf dem Tisch saß und sich putzte, verbreitete mühelos ländliches Flair.

»Sie heißt Pandora, und sie ist die allerliebste Katze der Welt«, sagte Alma.

Er zog amüsiert die Augenbrauen hoch. »Pandora … war das in der griechischen Mythologie nicht die Dame, die alle Übel der Welt aus ihrer Büchse auf die Menschheit losgelassen hat?«

»Ja, aber das stört mich kein bisschen. Ich finde, der Name klingt so herrlich geheimnisvoll. Sie ist übrigens eine Glückskatze.«

»Das musst du mir erklären.« Die Lachfältchen um seine Augen vertieften sich.

»Weil ihr Fell weiß-schwarz-rot gefleckt ist. Dreifarbige Katzen bringen Glück, sagt der Volksmund.«

»Ein schöner Gedanke, dass du jemanden an deiner Seite hast, der dir jeden Tag Glück bringt«, sagte Bernhard.

Dieser Satz war einfach zum Dahinschmelzen. Almas Wangen fühlten sich auf einmal ziemlich heiß an, und sie wusste gar nicht, was sie antworten sollte. Er ist *so* nett, dachte sie. *Richtig* nett. Und er war eine Überraschung, Regine hatte mit keinem Wort erwähnt, dass Wolfgang einen neuen Kollegen eingeladen hatte.

Eine Weile saßen sie schweigend da, bis Bernhard sich erkundigte, woher Alma denn Wolfgang und seine Frau kannte. Almas Verlegenheit verschwand sofort, sie war wieder auf sicherem Terrain.

»Regine und ich haben uns vor zwölf Jahren bei einer Fortbildung für Physiotherapeuten kennengelernt. Sie ist die beste Freundin, die man sich nur wünschen kann. Und die beste aller Kolleginnen. Schau mal … hier. Das war bei der Einweihungsparty, als wir unsere Praxis eröffnet haben. Sechs Jahre ist das jetzt her.«

Sie zeigte ihm ihr Lieblingsbild, auf dem Regine und sie über das ganze Gesicht lachten und stolz die riesigen Blumensträuße im Arm hielten, die Wolfgang ihnen geschenkt hatte. »Das war ein richtiger Glückstag, wir haben bis in die frühen Morgenstunden gefeiert, mit allen Menschen, die uns lieb und wichtig sind. Und wir sind immer noch sehr zufrieden mit unserer Selbstständigkeit. Anfangs war ich skeptisch. Aber dann habe ich mich doch getraut, und seitdem tue ich ausschließlich das, was mir immer schon am meisten Spaß gemacht hat: Ich habe mich auf Massagen spezialisiert.«

»Eine Massage würde mir auch mal wieder guttun«, sagte Bernhard und rieb sich mit einer Hand den Nacken. Alma schmunzelte in sich hinein. Wenn sie erzählte, was sie beruflich machte, wanderten die Hände der meisten Menschen automatisch zu den Partien am Körper, die am meisten verspannt waren.

Es stellte sich heraus, dass sich Bernhard gut auskannte. Als Ausgleich zu seinem Job als Projektingenieur, der oft stressig war, ging er gern in die Therme und ließ sich anschließend massieren, oder er gönnte sich ein verlängertes Wochenende in einem Spa-Hotel. Von Ayurveda über Schwedisch bis hin zur Schokoladenmassage hatte er so ziemlich alles ausprobiert, aber die Lomi-Lomi-Massage war für ihn etwas ganz Besonderes, beinahe wie ein Kurzurlaub in der Südsee. Das hatte Alma schon oft von ihren Klienten gehört. Der auf achtundzwanzig Grad geheizte Raum, den sie mit den fröhlich-bunten Aquarellen einer Künstlerin dekoriert hatte, die auf Big Island lebte; viel warmes Kokosöl, die fließenden Griffe und Streichungen und Dehnungen, dazu sanfte hawaiianische Musik im Hintergrund, beflügelten die Phantasie und die Seelen.

»Ihr habt doch sicher eine Homepage?«

Alma und Bernhard kamen sich ziemlich nahe, als sie sich die Praxis für Massage und Physiotherapie von Regine Möbius und Alma Schneyder auf dem Display von Almas Smartphone anschauten. Dank der großen Fenster waren die Räume hell; die apricotfarbenen Wände und die Grünpflanzen wirkten anheimelnd.

»Was ist eigentlich das ganz Besondere, Einzigartige für dich bei deiner Arbeit? Die Seele sozusagen?«, fragte Bernhard unvermittelt.

Alma schaute ihn erstaunt an. »Du bist der erste Mensch, der mich das fragt.«

»Wirklich?« Er klang so überrascht, dass Alma lachen musste.

»Wirklich. Für die Menschen, die mich kennen, ist es natürlich kein Geheimnis, dass ich das, was ich jeden Tag tue, gerne tue. Aber nach der Seele hat sich noch niemand erkundigt ... Das ganz Besondere für mich ist, mitzuerleben, wie sich Menschen verwandeln. Sie kommen gestresst, erschöpft, verspannt, oft auch schmerzgeplagt bei mir an und schweben nachher erholt, mit rosigem Gesicht, glänzenden Augen und einem Lächeln auf den Lippen aus der Praxis. Ich bin so dankbar, dass ich mit meiner Arbeit etwas dazu beitragen kann, dass Menschen sich gesünder und glücklicher fühlen.«

»Schön«, sagte Bernhard nur. So viel Wärme lag in diesem einen Wort, dass Alma anfing, zu strahlen. Bernhard erwiderte ihr Lächeln und schaute ihr dabei lange in die Augen. Es war ein magischer Moment. Zum ersten Mal konnte Alma nachvollziehen, was sie manchmal in Liebesromanen gelesen hatte: Sie versank in seinem Blick ... Ein wundervolles Gefühl, aus dem sie unsanft auftauchte, als eine weibliche Stimme sagte: »Ihr habt euch ja ein hübsches Plätzchen ausgesucht …«

Vor der Hollywoodschaukel stand Angie Döberitz. »Hab ich euch etwa erschreckt?«

Diese Frage war im Prinzip schon beantwortet, denn Alma und Bernhard waren beim Klang ihrer Stimme so heftig zusammengezuckt, dass sie es unmöglich übersehen haben konnte.

»Ich wäre beinahe in Ohnmacht gefallen, aber sonst ist alles okay«, sagte Bernhard trocken. »Wie sieht es bei dir aus, Alma?«

»Alles gut«, murmelte Alma. Natürlich war nichts gut – Angie war zu einem denkbar ungünstigen Zeitpunkt aufgetaucht und machte keine Anstalten, sich zu entfernen, obwohl Alma sie dorthin wünschte, wo der Pfeffer wuchs. Mit einem fröhlichen: »Sorry!« ließ sie sich anmutig neben Bernhard auf der Schaukel nieder. Herzogin Kate, der sie ein wenig ähnlich sah und an deren Modestil sie sich orientierte, hätte es nicht eleganter hinbekommen.

»Ich störe euch wirklich ungern, aber es ist wichtig«, sagte sie. »Es geht um unser Projekt, Bernhard. Gestern Abend, als du schon weg warst, habe ich noch mal mit dem Auftraggeber telefoniert. Aktuell gibt es ein paar Punkte, die ich unbedingt mit dir klären möchte. Keine Angst, es dauert nicht lange.«

Sie lächelte hinüber zu Alma. Es war ein charmantes Lächeln, das um Verständnis warb. Alma lächelte zurück – was blieb ihr anderes übrig –, obwohl sie am liebsten gefaucht und einen Buckel gemacht hätte wie Pandora, wenn ihr etwas ganz und gar nicht passte. Warum musste Angie ausgerechnet jetzt etwas Geschäftliches mit Bernhard besprechen? Hätte das nicht noch Zeit gehabt, bis sie sich wieder zu den anderen Gästen gesellt hätten? Alma fiel ein, dass Regine Angie nicht mochte, es war Abneigung auf den ersten Blick gewesen. Dazu kam, dass Wolfgang mal herausgerutscht war, dass er seine Kollegin nicht nur sympathisch und kompetent, sondern auch sexy fand. Regine hatte Alma ihr Herz ausgeschüttet: »Dass er sie sexy findet, kann ich ja nachvollziehen. Er ist nicht blind, und ich habe auch Augen im Kopf. Was mich so kränkt, ist die Tatsache, dass er es mir gesagt hat.«

Alma hatte tröstend den Arm um die Schulter ihrer Freundin gelegt. »Er hatte ein Bier zu viel. Da sagt man schon mal richtig blöde Sachen. Leider.«

»Ich weiß. Und ich weiß auch, dass es nichts zu bedeuten hat, dass er Angie toll findet. Wolfgang würde nie fremdgehen. Trotzdem kränkt es mich, und das hab ich ihm auch gesagt. Er meinte nur, so ganz lapidar, ich solle nicht so empfindlich sein. Angie sei eine Kollegin, mehr nicht.«

»So kenne ich Wolfgang gar nicht. Er muss wirklich ziemlich blau gewesen sein.«

»Er war mit Nolli und ein paar anderen beim Bowling. Eigentlich trinkt er da nie viel, er will ja die Pins treffen. Weißt du, es wäre ganz was anderes, wenn er auf dich stehen würde und mir das erzählt hätte. Das hätte mir überhaupt nichts ausgemacht.«

Alma hatte die Freundin aus großen Augen angestarrt. »Bist du sicher?«

Ein Lächeln huschte über Regines Gesicht. »Absolut. Weil du meine beste Freundin bist. Ich finde es so illoyal von ihm, dass er mir ins Gesicht sagt, dass er eine Frau gut findet, die ich nicht leiden kann.«

Angies Stimme holte Alma zurück in die Gegenwart. »Ich hoffe, du hast nicht das Gefühl, dass ich dich vertreiben will, Alma. Du störst wirklich kein bisschen. Es könnte nur sein, dass du dich langweilst, während Bernhard und ich ein paar Dinge klären. Schaltpläne sind ja nicht so dein Metier.«

»Nicht wirklich, damit lasse ich euch lieber allein«, sagte Alma und stand auf. Die Herablassung in Angies Stimme war unverkennbar gewesen und signalisierte, dass Leute, die kein Studium der Ingenieurwissenschaften vorweisen konnten, sich jetzt verabschieden sollten. Bis vor drei Minuten war Alma vollkommen zufrieden und glücklich mit sich und der Welt gewesen. Jetzt schaute sie in Angies hübsches, lächelndes, perfekt geschminktes Gesicht und fand sich nicht nur beruflich unterqualifiziert, sondern zu alt, zu rundlich, zu unscheinbar, zu langweilig angezogen.

Bernhard war gleichzeitig mit Alma aufgestanden und lächelte verlegen auf sie hinunter. »Wir haben uns so nett unterhalten … tut mir leid, dass es eine Unterbrechung gibt. Bis später?«

»Bis später«, sagte Alma, ein bisschen atemlos, weil sich Freude wie eine große Welle in ihrem ganzen Körper ausbreitete. Sie fühlte sich plötzlich wie mit dreizehn, als ihr heimlicher Schwarm ihr in der großen Pause einen Zettel zugesteckt hatte, auf dem stand: *Ich mag dich.*

»Ich mag dich, Bernhard«, flüsterte Alma den Gänseblümchen auf dem Rasen zu, während sie zur Terrasse ging. »Und ich habe das Gefühl, du magst mich auch.«

Regine unterhielt sich schon eine Weile angeregt mit Britta von nebenan und ihrer neuen Liebe Ralf, was sie nicht daran hinderte, immer wieder einen Blick zu Alma und Bernhard auf der Hollywoodschaukel zu werfen. Sie saßen so dicht beieinander, dass es aussah, als würden sie sich berühren. Als sie das nächste Mal hinüberschaute, saß Angie neben Bernhard, und Alma stand mit einem verträumten Lächeln am Büfett.

»Entschuldigt mich bitte«, sagte Regine zu Britta und Ralf. »Ich glaube, ich brauche dringend ein Stück Kuchen.«

»… und ich brauche dringend einen Kuss!«, sagte Britta.

»Ich auch!« Lachend spitzte Ralf die Lippen und zog sie an sich.

Dass die beiden sich ohne sie nicht langweilen würden, lag auf der Hand, dachte Regine amüsiert und auch ein bisschen wehmütig. Es war lange her, seit Wolfgang und sie frisch verliebt gewesen waren und die Finger nicht voneinander lassen konnten.

»Ich sterbe vor Neugier, wenn du mir nicht auf der Stelle alles erzählst«, sagte Regine. Alma fing an zu kichern. Dabei hielt sie den Teller schräg, so dass das Rhabarbertörtchen, für das sie sich nach eingehender Überlegung entschieden hatte, ins Rutschen kam.

»Eigentlich gibt es gar nichts zu erzählen«, behauptete sie und rettete den Kuchen mit einer Handbewegung. »Ich habe Bernhard euren Garten gezeigt, und wir haben uns ein bisschen unterhalten. Das ist schon alles.«

»Verstehe«, sagte Regine, ohne eine Miene zu verziehen. »Dann unterhalten wir uns eben übers Wetter. Das ist ja immer ein sensationell spannendes Thema, da kann ein attraktiver, ausgesprochen sympathischer Mann nicht mithalten. Wir können über die Regenwahrscheinlichkeit und die gefühlte Temperatur des Tages diskutieren. Die interessiert mich übrigens ganz besonders.«

»Dafür brauchen wir aber ein ruhiges Plätzchen, wo wir ungestört sind«, entgegnete Alma mit einem spitzbübischen Grinsen.

»Kein Problem. Lass uns in die Küche gehen, da stört uns hoffentlich niemand.« Regine schwenkte die große Warmhaltekanne. »Leer. Das trifft sich doch gut, du bekommst auch noch ganz frisch aufgebrühten Kaffee zu deinem Törtchen.«

Auf dem Weg ins Haus widerstand Alma tapfer der Versuchung, sich umzudrehen und die Hollywoodschaukel ins Visier zu nehmen. Regine hatte da keine Hemmungen. Sie warf einen langen Blick über ihre Schulter. »Sie sitzen immer noch da. Ich wette, sie hat gesagt, dass sie etwas Berufliches mit Bernhard besprechen will. Etwas, das so wichtig ist, dass es einfach nicht warten konnte. Und deshalb musste sie euch leider, leider stören … stimmt's?«

»Es geht um Schaltpläne«, sagte Alma. »Was immer das sein mag.«

»Soso. Ist dir eigentlich aufgefallen, dass Angie heute ohne ihren Freund hier ist? Zum ersten Mal, seit ich sie kenne, und das sind immerhin drei Jahre?«

Alma schüttelte den Kopf. Außer Bernhard war ihr heute nicht viel aufgefallen.

»Vielleicht ist er verreist. Oder krank. Wie kommst du denn gerade jetzt darauf?«

»Weil Angie, als Wolfgang sie bei der Begrüßung gefragt hat, wo denn Simon steckt, die Augenbrauen hochzog und erstaunt gefragt hat: Simon? Ich kenne niemanden, der Simon heißt.«

Alma starrte die Freundin mit offenem Mund an.

»Genau so ging es Wolfgang und mir«, sagte Regine. »Sie klang übrigens absolut überzeugend. Wenn ich nicht genau wüsste, dass Angie und ein mir persönlich bekannter Mann namens Simon ein Paar waren, ich hätte ihr geglaubt … Wir waren baff, während Angie locker weiterplauderte und dann einfach Richtung

Garten spazierte. Mehr wissen wir nicht, und wir werden auch höchstwahrscheinlich nie erfahren, was sich abgespielt hat. Aber ich bin sicher, dass es aus ist zwischen den beiden.«

»Es sieht zumindest danach aus«, sagte Alma, immer noch einigermaßen fassungslos. Wie jemand ohne mit der Wimper zu zucken so eine hanebüchene Geschichte erzählen konnte, ging über ihren Horizont.

Die Nachmittagssonne schien durchs Fenster und tauchte die Küche in ein warmes Licht. Alma setzte sich an den Tisch, auf ihren Lieblingsplatz, von dem man in den kleinen Vorgarten schauen konnte. Auf dem Rand der gusseisernen Vogeltränke, die sie Wolfgang und Regine zum Einzug geschenkt hatte, saß ein Rotkehlchen und schaute sie aufmerksam an.

»Weißt du, was mir durch den Kopf geht?«, sagte Regine, während sie Kaffeemehl in den Filter der Kaffeemaschine löffelte.

»Noch nicht«, gab Alma zurück.

»Ich frage mich, ob Angie ein Auge auf ihren neuen Kollegen geworfen hat.«

»Auf Bernhard, meinst du?«

»Wen sonst?«

»Auszuschließen ist das natürlich nicht. Sie verbringen täglich viel Zeit miteinander. Und … es ist ja gang und gäbe, dass Kollegen sich ineinander verlieben.«

Regine bemerkte den kleinen, traurigen Zug um Almas Mund und sagte energisch: »Noch mehr gang und gäbe ist es allerdings, dass Kollegen sich nicht ineinander verlieben.« Regine schenkte Kaffee in zwei Becher und setzte sich neben Alma. »Er ist nett, oder?«

Ihr erwartungsvoller Blick brachte ihre Freundin zum Lächeln. »Er ist *sehr* nett«, sagte Alma und wurde ein bisschen rot. »Warum hast du mir eigentlich nichts von ihm erzählt?«

»Hab ich das nicht?«

»Nein. Kein Wort.«

»Na, so was. Manchmal bin ich wirklich ganz schön schusselig«, antwortete Regine mit unbewegtem Gesicht.

»Du erwartest doch nicht im Ernst, dass ich dir das abnehme?«

»Okay. Erwischt. Ich wollte dich überraschen. Findest du das schlimm?«

Über das ganze Gesicht strahlend sagte Alma: »Ganz, ganz furchtbar!«, und biss mit Genuss in ihr Törtchen. Die feine Mischung aus Rhabarber, Vanillepudding und Biskuit zerging auf der Zunge.

»Mhmm, lecker. Hast du das gebacken?« fragte sie mit vollem Mund.

»Nein, Britta. Und die Apfeltarte ist auch von ihr. Sie ist ein echtes Backtalent. Sag schon … knistert es?«

»Knistert was?« fragte Alma verständnislos.

»Na ja … gefällt Bernhard dir auch – als Mann? Ist da eine … hm … gewisse Anziehung? Das ist ja nicht selbstverständlich. Man kann jemanden ja *sehr* nett finden, und trotzdem lässt er einen kalt …«

Alma grinste von einem Ohr zum anderen … »Er lässt mich nicht kalt.«

»Das hab ich mir schon gedacht«, meinte Regine. »Und was sagt deine Nase? Sie ist ja sehr empfindlich …«

»Alles bestens«, gab Alma vergnügt zurück. »Gibt es sonst noch etwas, was du gerne wissen möchtest? Vielleicht seine Konfektionsgröße? Ich schätze mal, dass er Größe fünfzig trägt, aber sicher bin ich nicht.«

Regine gab sich Mühe, schuldbewusst auszusehen, aber es gelang ihr nicht, die Unterhaltung machte ihr viel zu viel Spaß. »Ich weiß, ich bin ein bisschen neugierig …«

Alma fing an zu lachen. »Ein bisschen ist gut …«

»Dann reden wir besser übers Wetter. Also: Wie war deine innere Temperatur, als du mit Bernhard im Garten unterwegs warst?«

»Perfekt. Fünfundzwanzig Grad und Sonnenschein. Ich hab mich einfach wohl gefühlt mit ihm.«

Regine seufzte. »Hach. Das hört sich wunderbar an.«

»Und es sieht so aus, als ob wir uns demnächst bei *GrünGrün* treffen. Er möchte ein paar Tipps für seine Balkonbepflanzung«, sagte Alma glücklich.

»Ihr habt schon ein Date ausgemacht? Wow.«

»Na ja, nicht direkt. Er will nächste Woche anrufen. Ich hoffe, er tut es auch wirklich. Natürlich könnte ich mich auch bei ihm melden, er hat mir seine Nummer gegeben.«

Regine schüttelte den Kopf. »Das würde ich auf keinen Fall machen. Einen Mann, der nicht anruft, obwohl er gesagt hat, dass er anruft, kannst du vergessen. Er hat einfach kein Interesse an einem Wiedersehen. Wieso sollte eine Frau ihm da hinterherlaufen?«

»Das ist eine wirklich gute Frage, und du hast recht. Ich werde mich auf keinen Fall zuerst melden«, gab Alma mit einem Seufzen zurück, denn ihr waren spontan einige Beispiele aus ihrer Vergangenheit eingefallen, die Regines These zu hundert Prozent bestätigten. Andererseits war die Tatsache, dass sich ein Mann beim Kennenlernen mächtig ins Zeug legte, leider keine Garantie für eine glückliche Beziehung. Volker hatte sich anfangs beinahe überschlagen. Er hatte nicht nur täglich angerufen, er wollte auch in jeder freien Minute mit Alma zusammen sein. Mit jedem Wort und jeder Geste hatte er ihr das verführerische Gefühl gegeben, die liebens- und begehrenswerteste Frau auf diesem Planeten zu sein. Alma war schneller dahingeschmolzen als Eiscreme in der Sonne. Endlich, davon war sie überzeugt gewesen, war sie angekommen, hatte ihre große Liebe gefunden und würde für immer und ewig mit Volker glücklich sein. Leider hatte sich herausgestellt, dass Volker nicht der Mann war, für den sie ihn gehalten hatte. Alma hatte lange gebraucht, um über ihre Trauer über die gescheiterte Beziehung und den Schmerz hinwegzukommen, dass sie einfach nicht zusammenpassten. Es dauerte eine Weile, bis ihr klarwurde, dass sie sich, wie so oft, von ihren Sehnsüchten hatte leiten lassen und von einem völlig unrealistischen Bild, das sie sich – durch die rosarote Brille der Verliebtheit – von einem Mann gemacht hatte, den sie kaum gekannt hatte, bevor sie sich auf eine feste Beziehung mit ihm eingelassen hatte.

Regine trank einen Schluck von ihrem Kaffee. Dann sagte sie: »Mach dir mal keine Sorgen. Bei Bernhard habe ich ein gutes Gefühl. Er meldet sich bestimmt. Wäre es nicht absolut großartig, wenn ihr euch ineinander verlieben würdet? Wenn er der Mann deines Lebens wäre?«

»Natürlich wäre es schön. Aber warten wir doch erst mal ab, was passiert.«

»Mein Schwiegervater sagt immer: Man muss das Beste erwarten, dann bekommt man es auch«, sagte Regine. »Gehen wir wieder raus? Bestimmt warten schon alle sehnsüchtig auf uns. Und auf den Kaffee.«

Draußen war inzwischen ein frischer Wind aufgekommen, und es hatten sich ein paar Wolken vor die Sonne geschoben. Auf der Terrasse wurde Regine gleich von einem befreundeten Paar in Beschlag genommen, das sich verabschieden wollte. Alma zog ihren Cardigan an, der über einer Stuhllehne gehangen hatte, und schaute sich um. Auf der Hollywoodschaukel saßen jetzt Britta und Ralf und knutschten. Bernhard und Angie hatten auf der Bank Platz genommen und unterhielten sich mit Wolfgang und Nolli. Einige Gäste waren im Garten unterwegs, andere saßen ins Gespräch vertieft am Tisch.

Alma warf einen Blick auf ihre Armbanduhr: Fünfzehn Uhr. Um fünfzehn Uhr dreißig war der Brunch laut Einladung zu Ende, denn Wolfgang und Regine hatten heute noch etwas vor. Sie wollten ins Kino gehen und anschließend den Tag in ihrer Lieblingsbar über einem Mojito ausklingen lassen. Das war schon lange ein festes Ritual, genau wie der Ausflug ins Grüne mit Wolfgangs Eltern und den beiden erwachsenen Kindern am Sonntag nach dem Geburtstag. Alma wusste, dass Regine gerne mal etwas anderes unternommen hätte, aber davon wollte Wolfgang nichts wissen. Er führte die bestechende Logik ins Feld, dass er, weil die Festlichkeiten zu seinem Ehrentag sich nie änderten, er einfach nicht älter wurde. Jedenfalls gefühlt. Darum war er zu beneiden, fand Alma, und wanderte zum Büfett, um mit einem Glas Orangensaft Abschied zu nehmen, bevor sie sich auf den Heimweg machte.

Sie hatte gerade die Flasche aus dem Kühler genommen, als Bernhard neben ihr auftauchte. »Zwei Genies, ein Gedanke!« sagte er und lachte sie an.

Alma lachte zurück. Eben hatte sie noch gefröstelt, trotz Cardigan. Jetzt pulsierte Wärme durch ihren Körper, und sie fühlte sich so leicht und glücklich, dass sie auf dem Wind hätte davonfliegen können.

Sie tranken ihren Saft an einem Stehtisch beim Büfett. Diesmal war es Bernhard, der redete; Alma hörte aufmerksam zu. Während der Wind langsam einschlief und die Sonne sich hinter den Wolken hervorkämpfte, erfuhr sie so einiges. Bernhard war zweiundfünfzig, also drei Jahre jünger als sie. Er hatte lange in der Firmenzentrale in Frankfurt am Main gearbeitet, bevor er sich für eine frei gewordene Stelle in der Berliner Niederlassung beworben hatte. Er schaute ihr nicht in die Augen, als er erzählte, dass er vier Jahre nach dem Krebstod seiner Frau eine neue Perspektive gebraucht hatte. Seine Stimme klang rau und verriet, wie schwer es ihm fiel, darüber zu sprechen. »Nachdem sie gestorben war, war nach außen hin alles wie immer. Die Eigentumswohnung, in der wir zwanzig Jahre zusammengelebt hatten. Die Stadt, der Job, die Kollegen, die Freunde und Bekannten. Aber Bettina war nicht mehr da, und es war, als sei ein Teil von mir mit ihr gestorben. Unsere Tochter studierte zu der Zeit in Hannover. Im ersten Jahr nach Bettinas Tod haben wir uns so oft wie möglich gesehen, das gab uns beiden Halt und ein bisschen Trost. Paula fand viel schneller als ich den Weg zurück ins Leben, sie ist ein Mensch, der sich einfach nicht unterkriegen lässt. Wohingegen ich einfach nur funktioniert habe, wie ein Automat. Ging zur Arbeit, machte viel Sport und zog mich immer mehr zurück. Mit einem Einsiedler wussten Freunde und Bekannte – alles Paare – auf Dauer wenig anzufangen. Irgendwann klingelte das Telefon nur noch selten. Ich glaube, insgeheim hatten alle eine Riesenangst, dass ein Trauerfall ansteckend sein könnte. Dann kam der Tag, an dem ich morgens aufwachte und wusste: Ich muss weg aus Frankfurt, alles hinter mir lassen, was mich an Bettina und unsere Ehe erinnert, sonst bleibe ich bis ans Ende meiner Tage lebendig begraben. Paula, die inzwischen mit dem Studium fertig war und einen Job in Dresden gefunden hatte, wusste das schon viel früher als ich. Meine kluge Tochter.«

»Wie alt ist sie?«, fragte Alma, die voller Interesse und Mitgefühl zugehört hatte.

»Sechsundzwanzig. Möchtest du ein Foto sehen?«

»Ja, gern.«

Bernhard zog sein Handy hervor. Auf dem Bild, das er Alma zeigte, trug seine Tochter einen bordeauxfarbenen Hut, unter dem lange braune Locken hervorquollen, dazu eine große, dunkel gerahmte Hornbrille. Sie lachte so herzlich in die Kamera, dass Alma automatisch mitlächelte. Paula hatte die gleichen leuchtend blauen Augen wie ihr Vater, aber ansonsten war keine Ähnlichkeit zu erkennen.

»Wow. Sie hat eine tolle Ausstrahlung. Ganz viel Fröhlichkeit und Charme.«

»Ja, das ist Paula. Sie hat sich so gefreut, dass ich nach Berlin ziehe. Sie liebt die Stadt, und wir haben schon ein tolles Wochenende hier verbracht«, sagte Bernhard so liebevoll, dass Alma weiche Knie bekam. Er war bestimmt ein wunderbarer Vater.

»Und wie fühlst du dich so als Neu-Berliner?«

»Na ja … noch ziemlich fremd. Nach drei Wochen ist wohl auch nichts anderes zu erwarten. Aber ich bin froh, dass ich mich zu diesem Schritt entschlossen habe. Alles lässt sich gut an. Die Arbeit ist interessant, die Kollegen sehr nett, und meine Wohnung gefällt mir.

Und …« Sein Mund verzog sich zu einem jungenhaften Grinsen. »Berlin rockt. Das finden jedenfalls meine Exkollegen am Main. Sie sind ein bisschen neidisch.«

»Und jedem Anfang wohnt ein Zauber inne, der uns beschützt, und der uns hilft zu leben«, zitierte Alma ohne nachzudenken.

Bernhards Augen leuchteten auf. »Das ist aus ›Stufen‹, von Hermann Hesse. Zu Studentenzeiten war ich ein großer Fan, ich habe alles von ihm vorwärts und rückwärts gelesen und kannte ganze Passagen auswendig. Mein Lieblingsbuch war ›Das Glasperlenspiel‹.«

»Ich mag die Märchen von Hesse so gern. Und dieses Gedicht, vor allem diese Zeile vom Anfang, dem ein Zauber innewohnt.« Und ich mag deine schönen, blauen Augen und die Liebe, die so deutlich spürbar ist, wenn du von deiner Tochter und deiner verstorbenen Frau sprichst, fügte Alma in Gedanken hinzu.

Bernhard nickte voller Begeisterung. »Der Gedanke, dass wir beschützt werden, wenn wir etwas hinter uns lassen und neu anfangen, hat so etwas Tröstliches und Heimeliges, und …«

Weiter kam er nicht, denn plötzlich waren sie umringt von fröhlichen Gästen und dem Geburtstagskind, die vor dem Aufbruch noch mal gemeinsam anstoßen wollten.

»Das war wie immer ein toller Brunch mit euch«, sagte Wolfgang, als alle Gläser mit etwas Trinkbarem gefüllt waren. »Schön, dass ihr gekommen seid, und ich freue mich schon aufs nächste Jahr in alter Frische.

Ihr wisst ja: Ich bleibe so jung, wie ich bin! Prost!« Das sorgte für großes Gelächter.

Regine legte den Arm um die Hüfte ihres Mannes und gab ihm einen Kuss. Die Ähnlichkeit zwischen ihnen war auffällig: Beide waren sehr groß und kräftig und hatten blonde Haare, in die sich inzwischen silbrige Strähnen mischten. Mit ein bisschen Phantasie konnte man sie sich hervorragend in einem Wikinger-Film vorstellen, vielleicht an Bord eines Drachenschiffs, unterwegs in unbekannte Gefilde. Alma wusste, dass es auch in dieser Ehe nicht ohne Probleme abging; ein paar Mal hatten Regine und Wolfgang sogar kurz vor der Trennung gestanden. Aber sie hatten es jedes Mal geschafft, sich wieder zusammenzuraufen. Nicht zum ersten Mal ging Alma mit einer Mischung aus Zuneigung, Bewunderung und Neid durch den Kopf, dass diese beiden in ihrem Leben alles richtig gemacht hatten: Sie hatten sich zum richtigen Zeitpunkt für den richtigen Menschen an ihrer Seite entschieden, zwei Kinder in die Welt gesetzt, und es sah ganz so aus, als würde ihre Ehe ein Leben lang halten. Ihr Verhältnis zu Eltern und Schwiegereltern war herzlich. Die beiden erwachsenen Kinder, Marc und Stella, besuchten ihre Eltern oft. Es gab sie wirklich, die heilen, glücklichen Familien Sonnenschein, allen Berichten über steigende Scheidungsraten und problematische Eltern-Kind-Beziehungen zum Trotz. Und was Bernhard über seine Ehe und die Beziehung zu seiner Tochter erzählt hatte, klang ebenfalls nach häuslichem Glück. Umso grausamer, dass er erleben musste, dass die Frau, die er liebte, ihm viel zu früh von der Seite gerissen worden war. Und sie selbst? Alma kam es so vor, als hätte sie an verschiedenen wichtigen Stationen ihres Lebens die falsche Abzweigung genommen. Manche Leute machten automatisch alles richtig. Andere hätten einen idiotensicheren Wegweiser oder einen Blindenhund gebraucht, um dorthin zu gelangen, wo sie hinwollten. Alma wusste, dass es überhaupt keinen Sinn machte, sich selbst zu bemitleiden oder zu jammern. Was vorbei war, war vorbei. Sie konnte nun mal nicht in der Zeit zurückreisen und andere, bessere Entscheidungen treffen. Es war auch nicht so, dass sie kreuzunglücklich mit ihrem Leben gewesen wäre, auch wenn sie nicht, wie ursprünglich einmal geplant, Medizin studiert, die große Liebe geheiratet und Kinder bekommen hatte. Aber manchmal regte sich eine unbestimmte Sehnsucht nach einer anderen Biografie; nach mehr Glück, Liebe und Verbundenheit. Wenn sie die Wahl gehabt hätte, wäre sie gern Teil einer Großfamilie gewesen, mit vielen Geschwistern, Onkeln und Tanten, Nichten und Neffen und Großeltern gewesen. Eine, mit der man eng verwoben war, Feste feierte, sich auch mal zankte, und einander den Rücken stärkte, egal, was passierte. Die Realität sah leider anders aus. Almas einzige noch lebenden Verwandten waren ihre achtzigjährigen Eltern, die seit vielen Jahren ihren Lebensabend in einem Seniorenresort in Thailand verbrachten. Sie waren glücklich dort, aber Phuket war weit weg.

Bernhards Stimme riss Alma aus ihren Gedanken. »Ach, übrigens … Ich bin mit dem Auto da – kann ich dich gleich irgendwohin mitnehmen?«, fragte er.

»Vielen Dank, das ist nett, aber ich bin mit dem Rad hier.« Wotan, ein babyblau lackierter älterer Herr mit Fünfgangschaltung, den Alma günstig von ihrer Nachbarin Katrin erworben hatte, wartete im Schuppen auf sie.

Bernhards Händedruck zum Abschied war warm und fest. »Ich mache mich dann mal auf den Weg. Komm gut nach Hause.«

»Du auch«, sagte Alma. »Und hab ein schönes Wochenende.«

»Ebenfalls …« Sie tauschten einen letzten langen Blick, ein Lächeln. Ich bin ein Schaf, dachte Alma. Ich hätte Ja sagen sollen, als er mich gefragt hat, ob er mich mitnehmen kann. Dann hätten wir noch ein bisschen Zeit miteinander gehabt. Wotan hätte ich auch morgen abholen können. Zu spät …

Zehn Minuten später war der Aufbruch der Gäste in vollem Gange. Angie Döberitz und Nolli fuhren bei Bernhard mit. Plötzlich war Alma sehr froh, dass sie nicht mit im Auto saß und Smalltalk mit Leuten machen musste, die ihr nichts bedeuteten. So war ihre letzte, herzwärmende Erinnerung an Bernhard die besondere Nähe, die sie in diesem letzten Gespräch mit ihm geteilt hatte.

Auf dem Nachhauseweg ließ sie sich Zeit und genoss die Schönheit dieses Nachmittags. Im Vorüberfahren schienen die Gärten ein Rausch aus sattem Grün und bunten Blumentupfern, begleitet vom Gesang der Vögel in den Bäumen am Straßenrand.

Das Haus, in dem Alma wohnte, war zweistöckig, rosa verputzt, und deutlich niedriger als seine grauen Nachbarn rechts und links. Es wirkte wie ein verspieltes Kind zwischen hochgewachsenen, strengen Eltern. Auch der üppig bepflanzte Vorgarten, der mit Engelfiguren und einem kleinen Springbrunnen dekoriert war, fiel aus der Reihe. Aber es war nicht Alma, die sich um ihn kümmerte, sondern ihre Nachbarin Katrin, die im Erdgeschoss wohnte. Dort waren die Fenster weiß vergittert, was Alma verrückt gemacht hätte, sie wäre sich vorgekommen wie im Gefängnis. Aber Katrin, die seit dem Tod ihrer Mutter auch die Eigentümerin des Hauses war, fühlte sich geborgen hinter den verschnörkelten Metallstäben und schmückte sie liebevoll, passend zu den Jahreszeiten. Aktuell waren bunte Stoffblumen und Schmetterlinge dran.

Katrin arbeitete gerade im »Gärtchen«, wie sie ihr kleines Paradies nannte, als Alma vor dem Haus vom Rad stieg und ihr zuwinkte.

»Und? Wie war der Geburtstag?« erkundigte sie sich gleich.

»Sehr schön. Ich hab mich gut unterhalten. Und du bist fleißig?«, gab Alma lächelnd zurück. Sie mochte Katrin, die ihre kranke Mutter bis zu ihrem Tod gepflegt hatte. Seither arbeitete Katrin an ihrem neuen Leben, wie sie es nannte. Es fiel ihr nicht leicht. Da war immer noch ihre Arbeit im Sekretariat der Technischen Universität, mit der sie zufrieden war, ihr Gärtchen, der Gospelchor. Und natürlich Peter, ihr Freund, den sie im Chor kennengelernt hatte. Aber die Achse, um die sich ihre Welt zuverlässig gedreht hatte, gab es nicht mehr. Der Schmerz saß immer noch so tief, dass es oft nicht zum Aushalten war. Und so war Katrin, zu ihrem Kummer, noch weit entfernt davon, den letzten Wunsch ihrer Mutter zu erfüllen, obwohl sie sich wirklich Mühe gab.

»Ich will nicht, dass du in Trauer versinkst, wenn ich nicht mehr bin«, hatte ihre Mutter wenige Tage vor ihrem Tod gesagt. »Dazu gibt es nämlich keinen Grund, denn du kannst mich ja weiter liebhaben, auch wenn ich tot bin. Ich bin alt, ich hab mein Leben gelebt und bin froh, wenn ich es endlich hinter mir habe und diesen elenden, kranken, verbrauchten Körper zurücklassen kann. Auf keinen Fall will ich von meinem Platz im Himmel auf einen Trauerkloß von Tochter herunterschauen, merk dir das! Das ist mein letzter Wunsch, und ich verlange, dass du ihn mir erfüllst: Ich will, dass du glücklich und zufrieden bist, also tu gefälligst etwas dafür.«

»Ja, aber …«, hatte Katrin fassungslos gestottert. Wie sollte sie es anstellen, glücklich und zufrieden zu sein, wenn der Mensch, den sie innig liebte, nicht mehr da war?

»Nichts aber. Genieß dein Leben … bevor du den Löffel abgibst.« Die Stimme der alten Frau war auf einmal so leise, dass Katrin erst glaubte, sich verhört zu haben. »… bevor du den Löffel abgibst.« Hatte ihre Mutter das wirklich gesagt? Der Ausdruck passte so gar nicht zu ihr. Sie hätte gerne nachgefragt, aber die Kraft, die eben spürbar gewesen war, hatte sich erschöpft, die Mutter war nicht mehr ansprechbar gewesen. Zwei Tage später war sie gestorben.

»Na ja, fleißig ist übertrieben«, sagte Katrin jetzt und schob sich mit dem Handrücken eine Haarsträhne aus der Stirn. »Ich hab ein bisschen Unkraut gejätet, das ist schon alles. Sag mal – hast du morgen Nachmittag schon was vor?«

»Nichts Bestimmtes, ich wollte raus ins Grüne. Wollen wir was zusammen unternehmen?«

Katrin hatte nach dem Tod ihrer Mutter so verloren und traurig gewirkt, dass Alma sie ein bisschen unter ihre Fittiche genommen hatte. Sie fuhr mit zum Friedhof, wenn Katrin Begleitung brauchte; sie hörte zu, wenn sie über vergangene Zeiten mit der Verstorbenen sprach, sie brachte mal eine Suppe vorbei oder ein Stück Kuchen und fragte immer wieder, ob Katrin Lust auf eine kleine Radtour, einen Spaziergang oder einen Kinobesuch hatte. Daraus hatte sich eine Freundschaft entwickelt.

»Du hast nicht zufällig Lust, morgen Nachmittag mit mir zum Kirchhof zu fahren? Mit dem Rad? Das Wetter soll genauso schön werden wie heute.«

Alma sah die Mischung aus Traurigkeit und der

Hoffnung, damit nicht allein gelassen zu werden, und sagte: »Ja, das ist eine richtig gute Idee!«

Katrin strahlte auf. »Ich hab Mutters Grab letzte Woche sommerfein gemacht. Du wirst staunen!«

In ihrer Wohnung wurde Alma schon erwartet. Pandora strich ihr schnurrend um die Beine, während sie sich die Schuhe auszog, und wich nicht von ihrer Seite, als sie in die Küche ging. »Ja, ich weiß, du hast Hunger. Gleich gibt es etwas Feines«, versprach Alma.

Sie servierte der Katze ihr Lieblingsfutter und brühte sich eine Kanne Tee aus frischen Minzblättern auf. Es gibt etwas zu feiern, dachte sie lächelnd, und zwar den Abend eines ganz besonderen Tages. Heute war ihr zum ersten Mal seit gefühlten Ewigkeiten ein Mann begegnet, der sie auf besondere Weise berührt hatte. Nicht, dass sie verliebt gewesen wäre. Aber wenn sie auf einer Skala von eins bis zehn ankreuzen müsste, wie sehr sie sich wünschte, Bernhard so schnell wie möglich wiederzusehen, brauchte sie keine Sekunde nachzudenken.

Mit Pandora auf dem Schoß saß sie lange auf dem Balkon, nippte an ihrem Tee und versuchte, sich auf den Krimi zu konzentrieren, den sie gerade angefangen hatte. Aber ihre Gedanken glitten immer wieder ab. Schließlich gab sie es auf und legte das Buch beiseite. Es gab für alles eine Zeit, und heute war wohl dran, dass sie einfach noch einmal still an sich vorüberziehen ließ, was dieser Tag ihr geschenkt hatte.

In der Nacht träumte Alma, dass sie Hand in Hand mit Bernhard durch einen dunklen Wald wanderte. Im undurchdringlichen Dickicht zu beiden Seiten des Weges knackte und raschelte es, und sie hatte das Gefühl, von feindseligen Augen beobachtet zu werden. »Es ist so unheimlich hier. Ich habe Angst«, flüsterte Alma und klammerte sich noch fester an seine Hand.

»Keine Sorge, das sind nur die Jungs von der Feuerwehr. Wir sind gleich da«, beruhigte sie Bernhard. Die Szenerie wechselte: Plötzlich standen sie eng umschlungen auf der Fähre, die in Wannsee zur Pfaueninsel, einem beliebten Ausflugsziel, übersetzte. »Wir müssen noch unbedingt Schneckenkorn in der Gärtnerei besorgen!« rief Bernhard, und dann küssten sie sich auf einmal leidenschaftlich. Das war der Punkt, an dem Alma aufwachte. Verschwitzt, mit ängstlich klopfendem Herzen, wie nach einem Albtraum.

»So was Verrücktes«, sagte sie zu Pandora, die sich am Fußende des Bettes zusammengerollt hatte. Die Katze rührte sich nicht. Um den Traum abzuschütteln, tappte Alma in die Küche und schenkte sich ein Glas Mineralwasser ein. Sie trank es im Stehen, auf dem Balkon, den der Mond in ein silbriges Licht tauchte.

Alma wachte immer wieder auf in dieser Nacht, konnte sich aber nicht erinnern, ob sie noch etwas geträumt hatte. Sie schlief länger als sonst und frühstückte ausgiebig mit Pandora auf dem Balkon, um Energie für die wie jedes Wochenende anstehenden Haushaltspflichten zu tanken. Sie raffte sich sogar auf, ein Fenster zu putzen, bevor sie mit Katrin und Wotan in den herrlichen Frühlingsnachmittag startete. Katrin hatte eine Basecap über ihre neuerdings blond gefärbten Haare gestülpt und radelte auf ihrem Mountainbike, Wotans Nachfolger, sportlich vorneweg.

Der Kirchhof, auf dem Katrins Mutter ihre letzte Ruhestätte gefunden hatte, war über hundertfünfzig Jahre alt und lag mit seinen mächtigen Bäumen wie eine grüne Oase zwischen Hinterhöfen, Bahngleisen und Straßenzügen. Das gesamte Areal mit den historischen Wandgräbern, Mausoleen und freistehenden Skulpturen stand als Gartendenkmal unter Schutz. In den Schatten der Friedhofsmauer schmiegte sich hinter dem Haupteingang ein windschiefes, spitzgiebeliges Häuschen, das ein Café beherbergte, das *Café Radieschen*. Katrin trank dort gerne einen Cappuccino, nachdem sie ihre Mutter besucht hatte.

»Warte mal, es gibt etwas Neues …«, sagte Katrin, als sie an dem Glaskasten vorbeigingen, in dem Bekanntmachungen ausgehängt wurden. Alma blieb ebenfalls stehen. Ein Plakat zog gleich ihre Aufmerksamkeit auf sich:

AB SOFORT IM CAFÉ RADIESCHEN: KAFFEEHAUSGESPRÄCHE ÜBER DEN TOD

In der Tradition der von dem Schweizer Soziologen und Anthropologen Bernard Crettaz gegründeten, inzwischen in vielen Ländern verbreiteten ›Cafés Mortels‹, treffen wir uns hier im Café Radieschen, um bei Kaf-

fee und Kuchen in entspannter, unterstützender Atmosphäre, Geschichten, Erfahrungen und Ängste rund um Sterben, Tod und Trauer miteinander zu teilen und über das Leben nachzudenken. Jeder ist herzlich willkommen.
Das Kaffeehausgespräch findet an jedem letzten Freitag im Monat von 16–18 Uhr im kleinen Saal im ersten Stock statt. Um Anmeldung wird gebeten. Der Eintritt ist frei, Speisen und Getränke zahlt jeder selbst.
Wir freuen uns auf Sie!
Susanne Stoll und das Team vom Café Radieschen

Katrin war sofort Feuer und Flamme. »Was für eine tolle Idee! Da geh ich hin! Ich weiß oft gar nicht, wohin mit meiner Traurigkeit, mir geht so vieles durch den Kopf. Leute, die mich trösten wollen, kommen mir mit Weisheiten wie: Sie hat nun ihren Frieden nach einem langen und erfüllten Leben, sie muss sich nicht mehr quälen, die Erinnerungen bleiben, blablabla. Ja, ja, stimmt alles. Aber meine Gefühle kann ich nicht abstellen wie einen Wasserhahn. Sie fehlt mir so.« Wütend wischte sich Katrin die Tränen ab, die ihr in die Augen gestiegen waren. »Du bist übrigens nicht gemeint. Du bist einfach da. Danke.«

»Keine Ursache«, sagte Alma verlegen. »Ich kann mir gut vorstellen, dass eine Runde, in der Menschen über, hm, Existenzielles offen reden können, hilfreich ist.«

Katrin lächelte schief. »Existenziell … das hast du fein umschrieben. Es geht um Tod und Sterben und Trauer. Böse Wörter, die niemand hören will.«

»Auf dem Plakat steht, dass auch über das Leben nachgedacht wird«, wandte Alma ein.

»Das stimmt. Und das habe ich nötig, und wie«, sagte Katrin mit einem tiefen Seufzer. »Ich habe so viele Fragen. Und die wichtigste lautet: Wer bin ich eigentlich, wenn ich nun nicht mehr die Tochter bin, die ihre schwerkranke Mutter pflegt? Nicht, dass ich glaube, dass mir das im *Café Radieschen* beantwortet wird, aber vielleicht hat jemand ein paar Tipps auf Lager, wie man sich selbst an den eigenen Haaren aus dem Sumpf ziehen kann.«

Sich Gedanken zu machen über das Leben (und sich selbst), wenigstens ab und zu, konnte bestimmt nicht schaden, fand Alma. Sich freiwillig in einem Gesprächskreis mit dem Tod zu beschäftigen, wenn man gesund und munter war und keinen Trauerfall zu verarbeiten hatte, so wie sie selbst, war eine andere Sache. Sie dachte an ihre Eltern in ihrem paradiesischen Resort in Thailand, die auch in ihrer Wahlheimat beerdigt werden wollten und schon alles organisiert hatten. Als Alma sie im vergangenen Jahr besucht hatte, erhielt sie die entsprechenden Informationen. Aber der Tod schien für die betagten Eltern und Alma paradoxerweise trotzdem unendlich weit weg zu sein, verschollen in einem nebulösen »Irgendwann einmal, wenn es so weit ist«. Und das hatte, selbst auf diesem Friedhof, der bei jedem Schritt den Beweis lieferte, dass Menschen jederzeit und in jedem Alter sterben konnten, etwas Beruhigendes für Alma. »Irgendwann einmal« war wie ein schützender Kokon, für sie selbst und die Menschen, die sie liebte.

»Hast du Lust, mitzukommen?«, fragte Katrin plötzlich.

»Wohin?«

»Na, zu diesem Kaffeehausgespräch.«

»Nein«, sagte Alma. »Das ist nicht so mein Thema. Vielleicht irgendwann einmal, aber nicht in der nächsten Zeit.«

Gerade und besonders nicht in der nächsten Zeit, dachte sie. Und auch nicht in der übernächsten. Ich habe keine Lust, mit lauter traurigen Menschen zusammenzusitzen und mir ihre traurigen Geschichten anzuhören. Ich möchte mich verlieben, ich sehne mich nach rosaroten Wolken, nach Zärtlichkeit und Lachen, es ist schließlich Frühling …

Katrin nickte. »Okay. Ich erzähle dir dann, wie's war. Wenn du magst. Oh, wie süß … schau mal! Ein Eichhörnchen auf Mutters Grab!«

Das possierliche Nagetier saß auf dem Kopf des pausbäckigen Marmorengels, den Frau Ritter sich für ihre letzte Ruhestätte ausgesucht hatte, und knabberte an einem Tannenzapfen. Vorsichtig, um es nicht zu stören, nahmen Katrin und Alma auf der benachbarten Bank Platz.

»Mutters Grab ist das Schönste in dieser Reihe, findest du nicht?«

Alma nahm sich Zeit. Auf Frau Ritters letzter Ruhestätte ließ sie den Engel, die Laterne, die Schale mit einem sommerlichen Blumenarrangement auf sich wirken und betrachtete lange die ungewöhnliche Inschrift auf dem schlichten Grabstein.

Wie ein Echo zu den Buchstaben hörte sie Katrin sagen: »*Auch morgen werden Rosen blühen.* Mutter hat diese Worte geliebt. Und Rosen waren ihre Lieblingsblumen.«

»Genau wie meine«, gab Alma zurück und bewunderte die Strauchrose, die Katrin gepflanzt hatte, umgeben von einem Teppich aus violett und weiß blühenden Glockenblumen. Schließlich sagte sie: »Mir gefällt es auch am besten. Auch wenn das jetzt vielleicht merkwürdig klingt: Zusammen mit dieser Inschrift auf dem Stein strahlt es etwas ... Optimistisches, Liebevolles aus.«

Katrins Gesicht leuchtete auf. »Genau wie meine Mutter. Weißt du, mein Vater hat sie verlassen, als sie mit mir schwanger war. Sie war gesundheitlich angeschlagen, seit ich denken kann, aber sie hat immer etwas entdeckt, an dem sie sich freuen konnte ... sie hat sich nie unterkriegen lassen.«

Katrin schluckte, und plötzlich liefen ihr die Tränen über die Wangen. Sie kramte ein Taschentuch aus ihrer Hosentasche und putzte sich die Nase. Es tat ihr gut, einfach zu weinen, ohne dass jemand versuchte, sie zu trösten, das hatte Alma in den letzten Monaten gelernt. Also saß sie einfach still da und wartete, bis Katrins Tränen versiegt waren. Dann fragte sie: »Hast du deinen Vater später mal kennengelernt?«

Katrin schüttelte den Kopf. »Nein. Es gab keinen Kontakt mehr nach der Trennung, und er ist auch nicht als mein Vater auf der Geburtsurkunde eingetragen. Der Spruch ist übrigens von ihm. Es waren die letzten Worte in dem Abschiedsbrief, den er meiner Mutter geschrieben hatte: *Bitte denk immer daran: Auch morgen werden Rosen blühen.*«

»Sehr poetisch.«

Katrin nickte. »Er war wohl das, was man früher mal einen Hippie nannte. Ein Zugvogel mit der Seele eines Dichters, so beschrieb Mutter ihn. Er war zehn Jahre jünger als sie und völlig ungeeignet für eine geregelte, bürgerliche Existenz. Heute Maler auf Ibiza, morgen Straßenmusikant in London. Mutter und er waren nur einen Frühling lang zusammen. Aber sie wollte unbedingt seinen Brief in den Sarg mitnehmen, und auch die Ohrringe, die er ihr geschenkt hatte. Vielleicht hat sie nie aufgehört, ihn zu lieben. Es gab jedenfalls keinen anderen Mann in ihrem Leben. Es gab nur uns zwei. Sie hat immer gesagt, er habe ihr das größte Glück ihres Lebens geschenkt: ihre Tochter.«

»Warst du nicht neugierig? Ich kann mir vorstellen, dass ich an deiner Stelle versucht hätte, ihn ausfindig zu machen.«

»Natürlich hätte ich ihn gern getroffen, wenigstens einmal, es gibt ja nicht mal ein Foto von ihm. Ich hätte nach Ähnlichkeiten gesucht, ihn gefragt, wie es sein kann, dass ein Mann nichts mit dem Kind zu tun haben will, das er gezeugt hat. Aber auf die Suche habe ich mich trotzdem nicht gemacht. Weil ich genau wusste, es hat keinen Sinn. Er hätte ja jederzeit Kontakt aufnehmen können. Dass er es nie tat, heißt ja nichts anderes, als dass er es nicht wollte. Meine Mutter trug ihm übrigens nichts nach. Sie war davon überzeugt, dass er ihr damals begegnet war, weil das Schicksal ihn dafür ausersehen hatte, der Vater ihres Kindes zu sein; und dass es genau so vorbestimmt war, dass seine und meine Wege sich niemals kreuzen würden. Na ja. So war es denn ja auch.«

Ein Mann mit einer Gießkanne kam den Weg entlang. Das Eichhörnchen ließ seinen Tannenzapfen fallen und flitzte davon.

»Hast du eigentlich einen Partner?«, fragte Katrin abrupt.

Alma schaute sie überrascht an. »Nein. Wieso?«

»Das hab ich vermutet. Ich meine, ob man will oder nicht, man bekommt ja so einiges mit, wenn man im selben Haus wohnt. Nicht, dass du denkst, ich spioniere dich aus. Das tu ich nicht.«

»Das weiß ich doch.«

»Nachgefragt habe ich, weil es ja sein kann, dass man einen Partner hat, aber dieser Partner besucht einen nicht. Bei Peter und mir ist das so, seit sieben Jahren. Wir treffen uns in seiner Wohnung, oder wir verabreden uns irgendwo, wenn wir etwas zusammen unternehmen möchten. Und dann sehen wir uns bei den Chorproben, dort haben wir uns auch kennengelernt. Sag mal ehrlich: Findest du das normal?«

»Warum nicht, wenn es gut passt für euch«, gab Alma diplomatisch zurück.

Katrin seufzte. »Du weißt ja, ich hab mich elf Jahre um Mutter gekümmert. Ich habe meine Wohnung aufgegeben, als sie so krank wurde, und bin wieder bei ihr eingezogen, das war am einfachsten. Peter war es unangenehm, dass ich nicht allein wohne, und er ist so gar kein Familienmensch. Um genau zu sein, haben sich Mutter und Peter nie kennengelernt. Um noch genauer zu sein, wusste Mutter gar nicht, dass ich mit jemandem liiert bin.«

»Das ist schon, hm, ein bisschen ungewöhnlich. Ich meine, sieben Jahre sind eine lange Zeit …«

»Irgendwie vergingen sie wie im Flug«, sagte Katrin. »Peter ist beruflich sehr eingespannt und hat seine festen Termine und Hobbys. Und mir blieb ja auch wenig freie Zeit. Worauf ich hinauswill: Ich lebe allein. Aber es hat sich nichts geändert. Peter will mich nach wie vor nicht besuchen, er sagt, eine Wohnung, in der ein Mensch gestorben ist, sei ihm unheimlich. Und wir treffen uns nach wie vor nur ungefähr zweimal im Monat.«

Alma räusperte sich. »Das ist nicht so oft …«

»Nein. Aber es ist eigentlich ganz okay, ich bin es ja gewöhnt. Aber ich frage mich, ob ich auf Dauer so leben will. Ich bin jetzt fünfundvierzig. Seit Mutters Tod hab ich zehn Kilo abgenommen. Nicht, weil ich Diät gemacht hätte, ich hab einfach wenig Appetit. Meinen Kleiderschrank hab ich komplett ausgemistet, alles ist neu, auch die Frisur, die Haarfarbe. Neben dir sitzt also ein neuer Mensch, aber das ist alles nur Fassade. Sinnbildlich gesprochen, versuche ich die ganze Zeit, die verdammten Rosen zum Blühen zu bringen, aber es klappt einfach nicht.«

»Es ist eine Binsenweisheit, aber trotzdem wahr, glaube ich: Jede Trauer hat ihre eigene Zeit. Jemand, den ich kenne, hat vier Jahre gebraucht, bis er nach dem Tod seiner Frau wieder nach vorne schauen und in einer anderen Stadt neu anfangen konnte.«

»Eine andere Stadt …«, sagte Katrin. »Puh. Das ist mutig, ich könnte das nicht. Niemals. Hier gibt es so vieles, was mich hält.« Ihre Hand hatte sich selbstständig gemacht, deutete auf das Grab und beschrieb dann einen Bogen, in dem Alma die ganze Stadt erahnen konnte.

Während Katrin eine stille Zeit allein bei ihrer Mutter verbrachte und sich dabei um die Pflanzen kümmerte, schlenderte Alma über den Kirchhof. Neben den historischen Grabstätten, Denkmälern und Mausoleen fielen ihr immer wieder sehr individuell mit Fotos, persönlichen Gegenständen, Laternen, Steinen und Kunstwerken gestaltete Gräber auf. Man kann die Zeit hier vergessen, dachte sie, es gibt so viele Geschichten, so viele Schicksale, wie es Menschen gibt, die hier ihre letzte Ruhe gefunden haben. Sie riss sich vom Anblick eines Leuchtturms und eines Segelschiffs en miniature los, um einen Blick auf ihre Armbanduhr zu werfen. Es war später, als sie gedacht hatte. Katrin wartete bestimmt schon vor dem *Café Radieschen*, das sie als Treffpunkt ausgemacht hatten.

Alma ließ den Sonntag auf dem Sofa ausklingen, mit einem Glas Rotwein, gesalzenen Cashewkernen und einem Liebesfilm. Sie sah selten fern, aber heute war ihr danach. Sie tauchte tief ein in wunderschöne Landschaftsaufnahmen aus der Provence, Irrungen und Wirrungen und menschliche Abgründe und eine große Liebe und war vom Happy End so gerührt, dass ihr beinahe die Tränen kamen. Die Protagonisten im Film waren jung, um die dreißig. Fast immer in Liebesgeschichten, egal ob im Film oder in Romanen, gehörte das Glück der Jugend. Hatte man die fünfzig überschritten, ging es nicht mehr um große Gefühle zwischen Mann und Frau, dafür aber umso öfter um Frust und Wechseljahrsbeschwerden, Angst vor dem Alter, den Kampf gegen Falten, Zipperlein, erschlaffendes Fleisch und Speckröllchen, sowie die Versuche, möglichst jugendlich, clever und sportgestählt der Welt zu zeigen, dass man noch lange nicht zum alten Eisen gehörte. Das Ganze wurde gern auf »humorvoll« getrimmt. So als seien Romantik, Leidenschaft, Sex und eine erfüllte Beziehung etwas, das ab einem gewissen Alter keine Bedeutung mehr hatte. Vielleicht stimmte das ja sogar. Kunst spiegelte auch immer den gerade herrschenden Zeitgeist wieder, und der Zeitgeist orientierte sich an der Realität. Wenn sie ihre eigene Realität nüchtern betrachtete, war es mit Romantik, Leidenschaft, Sex und einer erfüllten Beziehung seit gefühlten Ewigkeiten schlecht bestellt. Aber wenigstens war sie gesund und fühlte sich in ihrem Körper wohl. So wie er war, war er ganz okay. Jedenfalls wenn sie nicht gerade auf die Idee kam, sich mit anderen Frauen, zum Beispiel Angie Döberitz, zu vergleichen.

Almas Gedanken glitten zu Bernhard. Es wäre so einfach, den perfekten Liebesfilm in ihrer Phantasie zu drehen, natürlich mit einem zauberhaften Happy End. Aber wenn sie eins gelernt hatte, dann, dass es nicht darauf ankam, was sie sich wünschte und zusammenträumte, sondern auf das, was in der Realität geschah. Und das stand, was Bernhard betraf, in den Sternen. Vielleicht würde er gar nicht erst anrufen. Oder man traf sich bei *GrünGrün* und dann nie wieder. Möglicherweise hatte er eine Freundin in Frankfurt zurückgelassen und führte eine Fernbeziehung. Die Zukunft war unberechenbar, und es war sicher klug, so wenige Erwartungen wie nur irgend möglich zu hegen, um nicht enttäuscht zu werden. Dass das nicht so einfach war, wie es sich anhörte, weil die Sehnsucht ihr im Weg stand, war eine andere Sache.

Am Montag regnete es in Strömen. Alma ließ Wotan zu Hause und nahm den Bus zur Praxis. Als sie die Tür hinter sich geschlossen hatte, rückte die Außenwelt wie immer in den Hintergrund, und sie bewegte sich wie in einem kleinen Paralleluniversum, in dem ihre Klienten und ihre Arbeit im Zentrum standen. Der Tag verging, ohne dass Bernhard sich meldete. Er rief nicht am Dienstag an, am Mittwoch auch nicht. Am Donnerstagnachmittag – Alma war allein in der Praxis – war Bernhard dann tatsächlich am Telefon und sprach gerade auf den Anrufbeantworter, als sie mit einem Klienten aus dem Behandlungsraum kam. Almas Herz machte einen Satz, als sie seine Stimme erkannte, und es schlug Trommelwirbel, als sie ihn zurückrief, kaum dass die Tür hinter ihrem Klienten ins Schloss gefallen war.

»Guten Tag, hier ist Alma Schneyder. Du hattest eben angerufen …«

Ihre Aufregung legte sich, als sie Bernhards ruhige Stimme hörte. »Grüß dich, Alma, ja genau, ich wollte einen Termin für eine Lomi-Lomi vereinbaren. Wie sieht es denn nächste Woche in deinem Kalender aus?«

»Da ist leider alles dicht, tut mir leid. Der nächste freie Termin, den ich dir anbieten kann, wäre übernächste Woche Freitag. Fünfzehn Uhr.«

»Kein Problem, den nehme ich. Du hattest mich ja vorgewarnt. Ich kann warten …« Es gab eine kleine Pause, in der Alma sich schon wappnete, dass das Gespräch gleich zu Ende sein würde. Aber dann hörte sie ihn tief Luft holen. »Ach, und übrigens: Du hattest mir ja netterweise deine Unterstützung in Sachen Blumen für den Balkon angeboten … wie wäre es denn, wenn wir uns jetzt am Samstag, also übermorgen, bei … wie hieß der Laden noch gleich?«

»*GrünGrün* …«

Er lachte. »Stimmt, jetzt erinnere ich mich. Lustiger Name. Vormittags muss ich Verschiedenes erledigen, aber ab vierzehn Uhr hab ich Zeit, und da könnten wir uns bei *GrünGrün* treffen. Wie sieht es bei dir aus? Hast du Lust und Zeit?«

Alma brachte es tatsächlich fertig, nicht sofort »Ja! Hurra!« in den Hörer zu jubeln, obwohl ihr genau danach war.

»Hmm … Augenblick, ich schau mal in meinen Terminkalender.« Das war gelogen, denn sie brauchte gar nicht nachzusehen, um zu wissen, dass sie am Samstag nichts vorhatte. Aber sie wollte nicht übereifrig erscheinen oder wie jemand, der am Wochenende keine Verabredung hatte, also zählte sie innerlich bis zehn und sagte dann: »Also, vormittags klappt es nicht, aber nachmittags habe ich noch nichts vor.«

»Wunderbar!« Das klang ehrlich begeistert. »Also – vierzehn Uhr vor dem Eingang? Oder lieber später? Oder soll ich dich irgendwo abholen? Ich komme mit dem Auto.«

»Die Uhrzeit passt mir gut, und abholen ist nicht nötig. Ich nehme Wotan.«

»Wotan? Wer ist denn das?«

»Mein Fahrrad.«

Wenn er jetzt eine blöde Bemerkung macht, weil ich meinem Drahtesel einen Namen gegeben habe, finde ich ihn nicht mehr so nett, schoss es Alma durch den Kopf. Jedenfalls nicht mehr *so* nett … So *richtig* nett eben. Aber Bernhard meinte nur sachlich: »Ach so. Dann bis Samstag, ich freu mich und bin schon gespannt auf die Gärtnerei.«

Behutsam legte Alma das Telefon zurück auf die Station. Dann machte sie einen kleinen Luftsprung und warf dem bunten Frühlingsstrauß, der auf dem Empfangstresen stand, eine Kusshand zu.

Regine war natürlich entzückt, als Alma ihr am Freitagnachmittag in der Teeküche von Bernhards Anruf erzählte. »Ich hatte ja von Anfang an ein gutes Gefühl! Und ich hatte recht damit! Puh. Ich bin beinahe so aufgeregt, als wäre ich diejenige, die ein Date hat. Was ziehst du an? Wollen wir zur Schloßstraße fahren und shoppen gehen?« Aber Alma hatte keine Lust auf die quirlige Steglitzer Einkaufsmeile.

»Ich ziehe meine Lieblingsbluse an«, sagte sie. »Die rosafarbene. Du weißt schon.«

»Eine gute Wahl. Steht dir super. Und was noch?«

Alma grinste. »Eine Hose. Und Schuhe. Und meine Glückskatzenkette.«

Das war eine lange Silberkette mit einem fein gearbeiteten Katzenanhänger, ein Geschenk von Regine zum fünfzigsten Geburtstag.

»Du wirst umwerfend aussehen«, sagte Regine liebevoll.

»Na ja …«

»Nichts ›na ja‹. Du bist etwas Besonderes, eine ganz wunderbare, attraktive Frau.«

»Danke«, gab Alma zurück. »Du auch.«

Sie lächelten sich voller Zuneigung an. Es war ein Moment stiller Verbundenheit, der beide spüren ließ, was für ein Glücksfall ihre Freundschaft war.

Später, auf dem Heimweg, sang Alma gutgelaunt vor sich hin. Der Freitag hatte immer etwas Magisches. Das ganze Wochenende lag vor ihr, und wie immer, wenn sie es zeitlich einrichten konnte, eröffnete sie es mit einem Besuch bei *Özdemir.* Alma kaufte dort ein, seit Gül und ihr Mann Ercan, beide in den Dreißigern, das kleine Delikatessengeschäft eröffnet hatten. Das war vor vier Jahren gewesen, und von Anfang an hatte Gül freitags Probierhäppchen serviert. »Damit das Wochenende schön anfängt!«, war ihre Devise, denn »schön« war ihr Lieblingswort. An der Theke herrschte immer reger Betrieb, alle Stammkunden freuten sich auf den schönen Start in ein hoffentlich schönes Wochenende und ein paar herzliche, persönliche Worte von Gül.

Heute hatte Alma Glück, an der Frischetheke war nur ein Paar vor ihr dran, ungefähr in ihrem Alter. Die beiden fütterten sich gegenseitig mit den Häppchen, die Gül ihnen lächelnd auf einem kleinen Teller reichte, und wirkten sehr verliebt. Während Alma zusah, wie sich der Einkaufskorb der beiden mit Oliven, Käse, Rindswürsten, hausgemachten Salaten und eingelegtem Gemüse füllte, malte sie sich aus, was das Pärchen wohl vorhatte. Vielleicht war ein Picknick im Grünen geplant, irgendwo in Brandenburg an einem stillen

See. Oder einfach ein gemütlicher Abend zu zweit, mit Wein, Kerzenlicht und Musik. Und dann ein Spaziergang durch den Maiabend, Hand in Hand; später zärtliche Liebe und geborgen zusammen einschlafen und wieder aufwachen … die Bilder in ihrem Kopf waren so intensiv, dass sie am liebsten in die Haut und das Leben der Frau geschlüpft wäre, um das Wochenende mit dem Mann zu genießen, der seiner Begleiterin gerade liebevoll einen marinierten Champignon in den Mund steckte.

»Wie schön, dich zu sehen!«, sagte Gül fröhlich, als Alma an der Reihe war. »Möchtest du auch probieren? Heute gibt es wieder etwas Neues. Sehr lecker.«

Natürlich wollte Alma probieren, Gül wusste das, aber es gehörte zum Freitagsritual, dass sie nachfragte, bevor sie in Windeseile eine Auswahl der vorbereiteten, auf Holzspießchen steckenden Leckereien auf ein Tellerchen lud und dabei feierlich erklärte, worum es sich handelte: »Alma. Dieser schöne Schafskäse ist neu, aus Anatolien, sehr mild, er schmeckt dir bestimmt. Das Brot habe ich mit Auberginenpaste bestrichen, meine Schwiegermutter hat ein neues Rezept ausprobiert, von einer Nachbarin, so gut! Die Champignons sind mit Käsecreme gefüllt, das Weinblatt mit Lammhack und Couscous. Guten Appetit. *Afiyet olsun!*«

»Köstlich!«, sagte Alma, nachdem sie alles mit Andacht verspeist hatte. »Ich nehme etwas vom Käse, den Weinblättern und der Auberginenpaste. Und Rinderschinken, bitte, außerdem Oliven und Pilze.«

»Was machst du am Wochenende?«, wollte Gül wissen, während Alma ihre Einkäufe im Korb verstaute. »Etwas besonders Schönes hoffentlich? Es ist Frühling.«

»Morgen Nachmittag bin ich verabredet.«

Gül lächelte breit und sagte: »Mit einem Mann.«

»Woher weißt du das?«, fragte Alma erstaunt.

»Ach ... Es gibt ja nur zwei Möglichkeiten, Mann oder Frau. Ich habe gut geraten.«

»Stimmt«, sagte Alma. »Wir wollen aber nur Blumen für den Balkon kaufen.«

Güls Lächeln wurde noch breiter. »Er ist nett.« Das war eine Feststellung, keine Frage, und sie traf, wie so oft bei Gül, ins Schwarze.

»Ähem ... ja.«

»Bring ihn doch mal mit zum Einkaufen.«

»Wenn es sich ergeben sollte, gerne«, gab Alma zurück und warf einen Blick über ihre Schulter, weil sie plötzlich das Gefühl hatte, beobachtet zu werden. Tatsächlich hatte sich eine Schlange hinter ihr gebildet. Gül musste das auch aufgefallen sein, doch sie hatte noch etwas auf dem Herzen: »Ist er auch schön, dein Mann?«

Alma merkte, wie sie rot anlief. Gül hatte nicht laut gesprochen, aber auch nicht leise. Sie hatte das Gefühl, dass die Leute hinter ihr die Ohren spitzten, denn es war plötzlich ganz still.

»Gül?«

»Ja?«

»Er ist nicht mein Mann. Es ist nicht so, wie du vielleicht denkst.«

Güls Augen hatten einen sanften Glanz, und sie schob die Lippen leicht vor, wie zu einem Kuss, als sie sagte: »Aber er gefällt dir.«

In die Schlange hinter Alma kam Bewegung. Sie hörte Räuspern, Füßescharren, jemand putzte sich die Nase. Man war geduldig bei *Özdemir* am Freitag, aber genug war genug.

»Ich muss jetzt los«, sagte sie. »Also, ciao und schönes Wochenende.«

Gül lachte und antwortete auf Türkisch.

»Was heißt das?«, fragte Alma misstrauisch.

»Tschüss. Und viel Glück morgen.« Gül strahlte sie so herzlich an, dass Alma gar nicht anders konnte, als zurückzustrahlen.

2

Am Samstag brachte Alma es tatsächlich fertig, sieben Minuten zu spät zu ihrer Verabredung zu kommen. Es fiel ihr schwer, denn Pünktlichkeit war ihr sehr wichtig. Aber sie wollte auf keinen Fall zuerst da sein, sie hasste es, sich wie bestellt und nicht abgeholt zu fühlen. Als die Gärtnerei mit ihrem Gewächshaus und der großen Freiland-Verkaufsfläche in Sicht kam, klopfte ihr Herz wie verrückt vor Aufregung. Auf einmal war sie ganz sicher, dass Bernhard sie versetzen würde. In der Zeit, als sie in einer Singlebörse angemeldet gewesen war, war ihr das ein paar Mal passiert. Sie war pünktlich erschienen und hatte brav am vereinbarten Ort gewartet, doch ihr Date war weder aufgetaucht noch telefonisch zu erreichen gewesen. Aber Bernhard stand vor dem Eingang, sie erkannte ihn sofort. Er war nicht zu übersehen mit seinem weißen Haarschopf und einem hellblauen Hemd. Sein Gesicht leuchtete auf, als er Alma sah, und er winkte ihr zu.

In dem Augenblick, als Almas kleine, kalte in Bernhards großer, warmer Hand verschwand, war alles gut. Ihre Aufregung war wie weggeblasen, sie war völlig darauf konzentriert, ihn anzuschauen. Seine Augen waren immer noch lobelienblau (sie hatte schon überlegt, ob das wirklich stimmte oder ob sie einer romantischen Halluzination erlegen war) und eingerahmt von einem feinen Netz aus Lachfältchen. Almas Blick streifte blitzschnell seine gesamte Erscheinung bis zu den Füßen, die in braunen Ledersneakern steckten. Alles, was sie sah, gefiel ihr immer noch. Was aber viel wichtiger war: Sie fühlte sich auf Anhieb wohl mit ihm, genau wie an dem Samstag, als sie sich kennengelernt hatten.

»Schön, dich zu sehen, Alma«, sagte Bernhard.

»Ich freu mich auch …«

Sie lächelten sich an und schauten sich dabei tief in die Augen. Bernhard hielt immer noch ihre Hand. Alma fühlte sich geborgen, wie auf einer winzigen Insel, auf der es nur sie beide gab. Was erstaunlich war, denn sie waren natürlich nicht die einzigen, die an diesem sonnigen Samstagnachmittag Anfang Mai Pflanzen kaufen wollten. Bei *GrünGrün* war die Hölle los, und es dauerte nicht lange, bis sie das zu spüren bekamen.

»Können Sie mal Platz machen? Sie stehen mitten im Weg!«, sagte eine genervte Frauenstimme laut.

Darüber hätte man streiten können, denn der Eingang war breit wie ein Scheunentor, und andere Personen hatten es problemlos geschafft, an Alma und Bernhard vorbeizukommen. Aber sie rückten friedfertig ein Stück zur Seite, wobei Bernhard leider Almas Hand losließ. Prompt rollte ein Einkaufswagen unnötig dicht an ihnen vorbei zum Gehweg. Vielleicht hatte die missmutig aussehende Dame, die ihn schob, ja einen Knick in der Optik, dachte Alma amüsiert.

»Wollen wir loslegen?«, fragte sie.

»Unbedingt«, antwortete er grinsend. »Das ist ja ein gefährliches Pflaster hier. Wenn wir uns nicht in Sicherheit bringen, fährt uns womöglich noch jemand über den Haufen.«

Es stellte sich heraus, dass er in weiser Voraussicht seinen Balkon ausgemessen, Fotos mit dem Handy geschossen und sich schon Gedanken gemacht hatte, was ihm gefallen könnte. »Ich hab ein bisschen gegoogelt und dachte mir, zu den Holzdielen und dem schmiedeeisernen Geländer würden sich Balkonkästen und Blumentöpfe aus Terrakotta gut machen. Was meinst du dazu, Alma?«

»Finde ich toll. Sehr mediterran. Wollen wir uns also zuerst die Pflanzgefäße anschauen? Es gibt übrigens auch blau und türkis glasierte Kübel, wenn du so etwas magst.«

Aber Bernhard gefielen die naturbelassenen besser. In Windeseile landeten mehrere Kästen und Kübel in diversen Größen im Einkaufswagen. Als Nächstes waren Blumenerde und Langzeitdünger an der Reihe. Dass er ein Mann war, der ein Projekt konzentriert und zügig durchzog, war nicht zu verkennen.

»Und jetzt zu den Blumen!«, sagte Bernhard und rieb sich voller Vorfreude die Hände.

Eine Stunde später hatten sie alles begutachtet, was *GrünGrün* zu bieten hatte. Sie hatten an Blüten geschnuppert, die Bienen und Hummeln bewundert, die zielsicher dorthin flogen, wo es für sie etwas zu holen gab, und andere, für menschliche Augen verlockend aussehende Blüten ignorierten. Alma hatte ein Amselnest mit Küken in der ans Nachbargrundstück grenzenden Hecke entdeckt. Fasziniert beobachteten sie eine Weile die Vogeleltern, die sich von den vielen Menschen nicht stören ließen, sondern immer wieder Futter in die weit aufgerissenen Schnäbel ihrer Brut steckten. In Bernhards Wagen waren pinkfarbene Hängegeranien gewandert, weiße Margeriten, duftende Vanilleblumen, Strohblumen, Lavendel und Portulakröschen. Voller Besitzerstolz betrachtete er seine Neuanschaffungen und erkundigte sich, ob Alma noch ein paar Ideen auf Lager hatte.

»Wie wäre es mit Kräutern? Zum Beispiel Thymian, Oregano, Rosmarin, Bohnenkraut. Sie blühen sehr hübsch und sind eine erstklassige Bienenweide. Und wie wäre es mit Kapuzinerkresse? Schau mal, dort drüben stehen vorgezogene Pflänzchen.«

»Das ist meine Chance. Wenn ich frische Kräuter über mein Essen streue, schmeckt mir eventuell sogar, was ich koche.«

»Das klingt nicht so, als ob Kulinarik dein Hobby wäre«, sagte Alma amüsiert.

Ein Schatten huschte über sein Gesicht. »Ist es auch nicht. Dafür war meine Frau zuständig, sie war eine erstklassige Köchin. Mein Job war einzukaufen, und nach dem Essen die Küche aufzuräumen. Das hat sie gehasst.«

Ehe Alma etwas sagen konnte, fügte er hinzu: »Nicht,

dass du jetzt denkst: der arme Mann, und mich bedauerst … ich lebe sehr gut. Auch wenn ich mich selten an den Herd stelle.«

Noch weniger wollte er bedauert werden, weil er seine Frau verloren hatte, das spürte Alma.

Nachdem sie eine halbe Ewigkeit an der Kasse angestanden hatten, verfrachteten sie die Einkäufe in Bernhards Auto.

»Puh. Geschafft«, sagte er, nachdem der letzte Blumentopf verstaut war. »Jetzt haben wir uns aber eine Stärkung verdient. Darf ich dich zum Kaffee einladen?«

Almas Herz machte einen glücklichen, kleinen Hopser, denn das war genau die Frage, die sie sich gewünscht hatte. »Ja, gern.«

»Ach, schön«, sagte Bernhard und strahlte sie an. »Jetzt haben wir allerdings ein kleines Problem, das du hoffentlich lösen kannst: Kennst du ein nettes Café, vielleicht in der Nähe, wo es leckeren Kuchen gibt?«

»Wie wär's mit einem Picknick auf dem Land?«

»Im Prinzip eine wunderbare Idee. Aber wie kommen wir da auf die Schnelle hin? Mein Auto ist ja vollgeladen.«

»Wir gehen zu Fuß und sind in ein paar Minuten auf dem Bauernhof. Dort gibt's Kaffee und köstlichen Kuchen, alles bio, und wir können es uns unter Linden gemütlich machen. Und das mitten in Berlin. Okay, Dahlem zählt offiziell zu den Randbezirken, aber mit der U-Bahn sind es von der Haltestelle Dahlem-Dorf bis zum Kurfürstendamm gerade mal fünfzehn Minuten.«

»Auf diesen Bauernhof bin ich extrem neugierig«, sagte Bernhard schmunzelnd.

Die Domäne Dahlem, ein ehemaliges Rittergut, blickte auf eine achthundertjährige Geschichte zurück. Heutzutage nannte sie sich schwerfällig »Freilandmuseum für Agrar- und Ernährungskultur mit ökologischem Schwerpunkt«. Hinter diesem Buchstabenungeheuer verbarg sich ein Schatz, der Alma bei jedem Besuch das Herz aufgehen ließ: eine bäuerliche Idylle mit alten Bäumen, einem großen Gemüsegarten, Feldern, Ställen, einer Streuobstwiese, Bienenvölkern und einem Teich. Kühe und Pferde weideten in friedlicher Nachbarschaft mit Schafen und Ziegen. Schwarz-weiße Sattelschweine führten ein glückliches Freilandleben; genau wie die Hühner, Enten und Puten. Nach der Arbeit ging sie bei schönem Wetter oft auf dem Gelände spazieren und kehrte anschließend in dem von Linden beschatteten kleinen Cafégarten ein.

Wie immer am Wochenende herrschte auch an diesem Nachmittag reger Betrieb. Vor allem Familien mit kleinen Kindern saßen an den Tischen oder nutzten den angrenzenden Spielplatz. Alma und Bernhard fanden trotzdem noch ein Plätzchen an der Sonne, ließen sich Kaffee und Käsekuchen schmecken und beobachteten die Spatzenschar, die auf der Suche nach Krümeln zwischen den Tischen herumhüpfte.

»Ist hier immer so viel los?«, fragte Bernhard.

»Unter der Woche ist es viel ruhiger. Ich komme gern nach der Arbeit her und gehe spazieren.«

Er lächelte sie an. »Wollen wir?«

»Wollen wir was?« Alma war abgelenkt, denn sie hatte an seiner Oberlippe einen Hauch Puderzucker entdeckt, den sie am liebsten weggeküsst hätte.

»Spazieren gehen …« Seine Stimme klang zärtlich, so als ob er etwas ganz anderes gemeint hatte. So etwas wie: Wollen wir uns umarmen, küssen, Händchen halten … Alma lächelte zurück. Und nickte.

Sie folgten dem Rundweg durch die Domäne. Jeder Schritt brachte für Alma eine Entdeckung, an der sie sich freuen konnte: Die ersten zarten Gemüsepflänzchen, Blütenfülle überall und saftiges Grün; Lämmer, Babyziegen, Ferkel und ein rotbraunes Kälbchen, das die Vorübergehenden aus seinen großen, dunklen Augen seelenvoll betrachtete. Am blauen Himmel zog Almas Freund, der Mäusebussard, seine Kreise. Er war nicht scheu, Alma hatte ihn schon oft aus nächster Nähe beobachten können, wenn er auf einem Ast oder Pfosten ansaß und auf Beute lauerte. Als sie die Streuobstwiese erreichten, wurde gerade eine Bank frei, so dass sie sich hinsetzen und die blühenden Apfelbäume bewundern konnten.

»Und? Wie gefällt dir die Domäne?«, fragte Alma erwartungsvoll. Sie hatten kaum ein Wort gewechselt auf ihrem Rundgang, beide waren viel zu beschäftigt gewesen, alle Eindrücke in sich aufzusaugen und die Gegenwart des anderen zu genießen.

»Sie ist ein Paradies«, sagte Bernhard schlicht. »Kein Wunder, dass du so gerne hier bist.«

»Im tiefsten Herzen bin ich ein Landei«, gab Alma zu. »Manchmal träume ich davon, auf der Domäne zu wohnen. Oder mitten im Grunewald, in einem kleinen Hexenhaus. Allein unter Füchsen, Rehen und Wildschweinen.«

»Und mit deiner Glückskatze«, sagte Bernhard.

»Ja. Pandora wäre im siebten Himmel.« So wie ich gerade, dachte Alma, und lehnte sich gemütlich auf der Bank zurück. Die Sonne schien ihr warm ins Gesicht, Bienen summten in den Apfelbäumen, Vögel zwitscherten, und neben ihr saß ein Mann, der ihr Herz schneller schlagen ließ. Es war – wieder – ein perfekter Samstagnachmittag.

»Alma?«

»Hm?« Sie blinzelte ihn aus halb geschlossenen Augen an.

»Wie du weißt, bin ich ja erst vor ein paar Wochen in dieser tollen Stadt gelandet. Natürlich hab ich mir auch schon die ein oder andere Sehenswürdigkeit angeschaut: Museumsinsel, Brandenburger Tor, Potsdamer Platz, Fernsehturm, Hackescher Markt, du weißt schon, die üblichen Touristenattraktionen. Aber es gibt ja noch viel mehr zu entdecken. Zum Beispiel solche Refugien wie die Domäne.«

Bernhard saß sehr aufrecht da, mit dem gleichen konzentrierten Gesichtsausdruck, der Alma in der Gärtnerei aufgefallen war. Der Ingenieur in ihm plante ein Projekt, genau so kam es ihr vor. Automatisch setzte sie sich ebenfalls gerade hin und freute sich, dass sie ein paar sorgsam abgespeicherte Perlen des Wissens teilen konnte: »Es gibt sogar wahnsinnig viel zu entdecken, denn Berlin ist die zweitgrößte Hauptstadt Europas. Und jetzt halt dich fest: Die Fläche beträgt insgesamt achthundertzweiundneunzig Quadratkilometer. Das weiß ich von Wolfgang und hab es mir gemerkt, was eine Leistung ist, weil Zahlen sonst nicht mein Ding sind. Was mich auch total beeindruckt hat: Die größte Ausdehnung des Stadtgebiets in Ost-West-Richtung beträgt rund fünfundvierzig Kilometer. In Nord-Süd-Richtung sind es etwa achtunddreißig Kilometer.«

Er pfiff anerkennend durch die Zähne. »Wow. Das ist gigantisch. Und dann gibt es ja noch das Umland. Brandenburg soll landschaftlich sehr schön sein. Und Polen ist nicht weit, und in Mecklenburg-Vorpommern war ich auch noch nie, es wird aber ebenfalls als sehr reizvoll beschrieben.«

Es gab eine kleine Pause, in der Bernhard offensichtlich nach Worten suchte. Schließlich sagte er: »Worauf ich hinauswill: Ich würde mich freuen, wenn wir öfter etwas zusammen unternehmen könnten. Es ist doch etwas ganz anderes, eine Stadt mit jemandem zu entdecken, den man sehr sympathisch findet, und der sich gut auskennt.«

Im ersten Moment traute Alma ihren Ohren kaum. Aber eindeutig hatten sie vernommen, dass er sie sehr sympathisch fand und öfter etwas mit ihr unternehmen wollte. Ob heute etwa eine gute Fee in der Domäne unterwegs war, die es darauf abgesehen hatte, ihre Wünsche zu erfüllen? Es sah ganz danach aus, denn es war geradezu unheimlich, wie perfekt sich eins zum anderen fügte, seit Bernhard und sie sich zum ersten Mal begegnet waren.

»Das würde mir großen Spaß machen! Aber so gut, wie du vielleicht denkst, kenne ich mich gar nicht aus.«

»Umso besser. Dann können wir doch ganz gemütlich zusammen auf Erkundungsreisen gehen.«

»Au ja!« Einen Moment lang war Alma peinlich berührt, dass sie ihre Begeisterung so offen gezeigt hatte. Aber Bernhard schien sich genauso zu freuen, er strahlte über das ganze Gesicht. Und obwohl Alma in seine Augen schaute und nicht zum Himmel, hätte sie darauf getippt, dass er voller Geigen hing.

Ein junges Paar, das mit zwei schreienden Kleinkindern an ihrer Bank vorbeiging, brachte Alma schlagartig zurück auf die Erde. Bernhard fuhr sich mit der Hand durchs Haar, das danach in sämtliche Richtungen abstand, und meinte mit einem spitzbübischen Grinsen, dass die Kleinen gesunde, leistungsfähige Lungen besäßen. Seine Tochter hätte als Baby oft nachts geschrien, und dieser Gedanke hätte ihn getröstet, wenn er morgens mal wieder todmüde zur Arbeit gefahren sei, weil er sie in der Wohnung herumgetragen hatte, um sie zu beruhigen. »Hast du eigentlich auch Kinder?«, erkundigte er sich.

»Nein«, antwortete Alma. Glücklicherweise fragte Bernhard nicht nach, warum sie kinderlos geblieben war, ob gewollt oder ungewollt, was Alma zu schätzen wusste. So taktvoll waren leider die wenigsten Leute.

»Mir geht gerade etwas im Kopf herum … was meinst du, Alma, ob dein Partner wohl etwas dagegen haben könnte, wenn du öfter etwas mit mir unternimmst?«

Sie starrte ihn verdutzt an. Von den Kindern, die sie nicht hatte, war er übergangslos bei dem Partner gelandet, den sie auch nicht hatte. Das Gespräch hatte auf einmal eine merkwürdige Wendung genommen. Das schien Bernhard auch aufgefallen zu sein, denn er fügte verlegen hinzu: »Du siehst erstaunt aus. Die Frage war vielleicht ein bisschen … hm … unorthodox …«

So konnte man es natürlich auch sehen. Alma war davon ausgegangen, dass Bernhard klar war, dass sie alleinstehend war. Aber wieso eigentlich? Nur, weil sie am Geburtstagsbrunch ohne Begleiter erschienen war, musste das ja nicht zwangsläufig bedeuten, dass sie Single war. Umgekehrt galt das Gleiche, es war nicht auszuschließen, dass es eine Frau in seinem Leben gab. Plötzlich war sie froh, dass er das Thema angeschnitten hatte, damit Klarheit herrschte.

»Sagen wir es so: Sie war unerwartet. Ich bin übrigens solo.«

Seine Antwort kam wie aus der Pistole geschossen: »Ach, das trifft sich ja gut!«

Es schien ihm aufzufallen, dass diese Reaktion auch nicht so ganz orthodox war, denn er fügte schnell hinzu: »Damit meinte ich, also, ich finde es, hm, interessant, dass wir etwas gemeinsam haben. Ich bin nämlich auch nicht liiert. Wir müssen also Termine für gemeinsame Unternehmungen nicht noch mit Dritten abklären. Das erleichtert vieles.«

»Stimmt«, sagte Alma und strahlte ihn an. Es gab also keine Frau in seinem Leben. Und er freute sich, dass sie ungebunden war. Sie hatte das Gefühl, dass er Informationen sammelte, die ihm wichtig waren, und dass es dezent, aber spürbar, zwischen ihnen knisterte.

Bernhard räusperte sich. »Wenn wir beide in einer Beziehung wären, hätten wir natürlich etwas zu viert unternehmen können. Vorausgesetzt, die Chemie hätte gestimmt, manchmal kommt man mit dem Partner oder der Partnerin eines Menschen, mit dem man gerne Zeit verbringt, ja nicht so gut zurecht. Jedenfalls: Freundschaften sind mir wichtig, und es ist gar nicht so einfach, in einer neuen Stadt Kontakte zu knüpfen.«

»Das habe ich auch von etlichen Klienten gehört, die neu zugezogen waren. Es dauert seine Zeit, bis man Fuß gefasst hat.«

Eine dicke Hummel brummte dicht an Almas Gesicht vorbei. Ob das wohl die gute Fee war, die ihr zuwinkte? Der Gedanke war ein bisschen verrückt, aber er gefiel ihr.

»Warst du eigentlich mal verheiratet, Alma? Hoppla. Schon wieder eine Frage, fällt mir auf«, sagte Bernhard treuherzig.

»Und wieder eine, die ich mit nein beantworte. Aber ich war mal verlobt. Das ist jetzt … warte mal … dreißig Jahre her. Ich war fünfundzwanzig.«

Eine Erinnerung tauchte unvermittelt auf, so frisch, als hätte sich die schrecklichste Szene ihres Lebens erst gestern abgespielt und nicht vor einer halben Ewigkeit. Da war Max, der in seinem winzigen Apartment stand und Alma anschrie. Sie sei eiskalt, egoistisch, herzlos, alles müsse nach ihrem Kopf gehen. Sie habe ihn nie geliebt, sie wisse überhaupt nicht, was Liebe sei. Das war nur der Auftakt gewesen. Er war völlig ausgerastet und hatte sie mit Vorwürfen überschüttet, bevor er sie an den Schultern packte und vor sich her aus der Wohnung schob. Sie solle sich zum Teufel scheren, er wolle nie wieder etwas von ihr sehen oder hören, das waren seine letzten Worte. Weinend, halb wahnsinnig vor Schmerz, hatte Alma sich in die kleine Grünanlage um die Ecke geflüchtet und sich mit dem Rücken an einen Baum gelehnt, bis sie sich einigermaßen beruhigt hatte und sich auf den Weg nach Hause machen konnte.

Sein Ausbruch hatte sie zutiefst schockiert und verletzt. Gleichzeitig fühlte sie sich schuldig, so als hätte sie Max ein Unrecht zugefügt. Er war ihre große Liebe, sie waren verlobt, hatten im nächsten Jahr heiraten wollen, und doch war sie nicht bereit gewesen, dorthin zu gehen, wohin er unbedingt gehen wollte, weil sein Onkel ihm überraschend ein lukratives Jobangebot gemacht hatte: nach Australien. War also alles, was Max ihr vorgeworfen hatte, wahr? War sie wirklich von Grund auf egoistisch und unfähig, einen Menschen zu lieben, ihn zu unterstützen und zu ihm zu stehen? Zu diesen Ängsten kam, dass niemand in ihrer Umgebung hatte nachvollziehen können, dass sie auf gar keinen Fall auswandern wollte. Da bot sich die einmalige Chance auf ein Leben auf dem fünften Kontinent, mit einem Mann, den Almas Eltern ideal für sie fanden und um den sie viele Freundinnen glühend beneideten. Warum nicht mal etwas wagen und neu durchstarten, sie war jung, und wenn es ihr dort wirklich nicht gefiel, könnte sie ja immer noch in die alte Heimat zurückkehren, sie wäre also kein Risiko eingegangen. So wurde argumentiert, und es gab etliche Leute, die am liebsten an ihrer Stelle die Koffer gepackt und sich neben Max in den Flieger gesetzt hätten. Niemand schien zu begreifen, dass Alma mit ihrem Leben in Berlin vollkommen zufrieden gewesen war, es hätte zu dieser Zeit nicht perfekter sein können. Bevor Max die Bombe platzen ließ, war sie davon ausgegangen, dass ihr Glück sogar noch eine Krönung erfahren würde: Hochzeit, eine hübsche gemeinsame Wohnung, Kinder. Aber Max wollte auf gar keinen Fall wegen Alma in Deutschland bleiben. Er träumte von Reisen in Down Under, einem spannenden Job und viel Geld, zumal ihm der Onkel in Aussicht gestellt hatte, in ein paar Jahren die Firma zu übernehmen. Dass er diese einmalige Gelegenheit unbedingt beim Schopf ergreifen musste, leuchtete allen ein, die ihn kannten. Sogar Alma, obwohl ihr beinahe das Herz brach, weil sie ihn verlieren würde. Aber Max musste seinen Weg gehen, das wusste sie, auch wenn das bedeutete, dass die Trennung unvermeidlich war. Als sie versuchte, ihm zu erklären, warum sie ihn nicht begleiten würde, hatte sie mit tiefer Traurigkeit auf beiden Seiten gerechnet; Tränen, durchaus auch verletzten Gefühlen seinerseits, die aber in dem Verständnis münden würden, dass für sie das Fortgehen genauso schlimm gewesen wäre, wie für ihn ein Leben in Deutschland ihr zuliebe. Nur nicht mit diesem ungezügelten Wutanfall, der nicht zu dem Mann passte, den sie liebte.

Die hässliche Szene hatte Alma jahrelang verfolgt. Mit der Zeit war die Erinnerung dann verblichen, wie die Farben in alten Fotografien verblassten, und mit ihr die Sehnsucht nach Max und auch die Traurigkeit, Schuldgefühle, Reue; die Angst, die falsche Entscheidung getroffen zu haben und den einzigen Mann, der sie aufrichtig geliebt hatte und der sein Leben mit ihr hatte teilen wollen, auf dem Altar ihrer Feigheit und Bequemlichkeit geopfert zu haben.

Irgendwann war Max dann vergessen, er kam einfach nicht mehr vor, weder in ihren Gedanken, noch in ihren Träumen. Alma hatte andere Männer kennengelernt, verliebte sich, aber einer für immer, oder wenigstens sehr lange Zeit, war nie dabei gewesen.

Wie merkwürdig, dachte Alma jetzt, dass Bernhards harmlose Frage, ob sie je verheiratet gewesen war (die ihr nun wirklich nicht zum ersten Mal gestellt worden war), plötzlich Bilder hochgespült hatte, die friedlich in der Versenkung geruht hatten.

Eine Hand legte sich sanft auf ihren Arm. »Alma? Du siehst auf einmal so traurig aus. Es tut mir leid, wenn ich mit meiner Frage an etwas Schmerzliches gerührt haben sollte.«

Eine Wärme, die nichts mit der Nachmittagssonne zu tun hatte, durchflutete Almas Körper, und sie hätte am liebsten ihren Kopf an seine Schulter gelegt.

»Damals hat es sehr weh getan, aber wie heißt es doch so richtig: Die Zeit heilt alle Wunden. Komisch, dass ich an etwas denken musste, mit dem ich seit Ewigkeiten abgeschlossen habe.«

»Erinnerungen haben ihr Eigenleben. Sie tauchen ab und unvermutet wieder auf und können einen eiskalt erwischen, das weiß ich aus eigener Erfahrung. Wenn du mir etwas erzählen möchtest … ich höre gerne zu.«

»Das ist lieb«, sagte Alma. »Aber …« Fast hätte sie gesagt »Aber das ist nicht nötig«. Und das war es vielleicht auch nicht, aber hier bot sich die Gelegenheit, nach vielen Jahren die Meinung eines Außenstehenden zu hören, noch dazu eines Mannes, den sie von Minute zu Minute mehr in ihr Herz schloss. Alma holte tief Luft. »Ich würde dich gerne etwas fragen …«

»Nur zu.«

»Stell dir vor, du bist glücklich verlobt, willst bald heiraten, da bekommst du ganz überraschend einen Job bei deinem Onkel in Australien angeboten, und du weißt, du musst dahin, es ist dein Lebenstraum.«

»Wie alt bin ich? Und was bin ich von Beruf?«, erkundigte sich Bernhard.

»Du bist achtundzwanzig und Bürokaufmann. Deine Verlobte sieht sich außerstande, mit dir auszuwandern.

Du bist ihre große Liebe, aber ein Leben in Australien kommt für sie nicht in Frage, auch wenn sie genau weiß, dass sie dich gehen lassen muss und dass das die Trennung bedeutet. Wie würdest du reagieren, wenn sie dir ihre Entscheidung mitteilt?«

Bernhard überlegte, dann schaute er Alma geradewegs in die Augen und sagte ruhig: »Mit achtundzwanzig, in der Situation, die du geschildert hast, wäre ich sehr traurig gewesen, wenn ich die Frau verloren hätte, mit der ich mein Leben verbringen wollte. Aber ich hätte ihren Entschluss akzeptiert.«

»Hättest du es nicht lieblos und egoistisch gefunden, dass sie nicht aus Deutschland wegwollte? Wärst du nicht wütend auf sie gewesen?«

»Enttäuscht ja, ich hätte sicher gehofft, dass sie mitkommt. Aber wütend? Bestimmt nicht. Es hat doch nichts mit Lieblosigkeit oder Egoismus zu tun, wenn Lebensträume nicht übereinstimmen.«

Alma seufzte. »Niemand hat damals verstanden, warum ich nicht mit Max nach Australien wollte. Nicht mal meine eigenen Eltern. Und Max am allerwenigsten.«

»Es muss auch niemand verstehen. Hauptsache, deine Entscheidung wurde respektiert. Es ging schließlich um deine Zukunft. Du hattest ja auch meine, äh, ich meine Max', Entscheidung respektiert.«

»Natürlich. Es blieb mir auch gar nichts anderes übrig. Sein Entschluss stand fest.«

»Hat er dir Vorwürfe gemacht?«

Alma nickte. »Es gab einen furchtbaren Streit, danach hatten wir keinen Kontakt mehr. Weil er es so wollte. Ich kam mir vor wie eine Verbrecherin.«

Bernhards warme Hand lag immer noch auf ihrem Arm, ganz leicht. »Kein Wunder. Ich finde, der Mann hat sich unmöglich benommen.«

Ein Lächeln huschte über Almas Gesicht. »Unsere Eltern und der Freundeskreis sahen das anders. Sie hatten alle Verständnis für Max' Schmerz und Enttäuschung … Naja. Seitdem ist viel Wasser die Spree hinuntergeflossen. Danke für deine Antwort. Es tut mir gut, dass man die Sache eben auch anders sehen kann. Damals hab ich mich so … einsam und verlassen gefühlt. Nicht nur, dass ich Max verloren hatte – niemand schien zu begreifen, warum ich mich so und nicht anders entschieden hatte. Ich habe mich kaum getraut, darüber zu sprechen, wie schlecht es mir zeitweise ging, weil ich das Gefühl hatte, dass alle denken: *Selbst schuld. Wir haben gleich gesagt, dass du diesen Schritt bereuen wirst.* Wenn die Sehnsucht kam, nachts, wenn ich nicht schlafen konnte, habe ich mir oft genug selbst Vorwürfe gemacht, mit mir gehadert, geweint, geglaubt, dass der Schmerz nie aufhört. Aber trotz allem: Ganz tief drinnen war ich immer überzeugt, richtig gehandelt zu haben.

Bernhards Blick war voller Mitgefühl. »Es gibt inzwischen aber doch sicher Menschen in deinem Leben, die darüber ähnlich denken wie ich?«

»Das ist gut möglich. Aber ich habe nie versucht,

es herauszufinden. Mit diesem Teil meiner Geschichte habe ich schon lange abgeschlossen. Ich hatte überhaupt nicht mehr daran gedacht. Bis vorhin.«

»Danke für dein Vertrauen«, sagte Bernhard. »Übrigens hätte ich persönlich anders gehandelt als dein Verlobter, wenn mir mit achtundzwanzig ein Jobangebot in Australien ins Haus geflattert wäre.«

Erstaunen zeichnete sich auf Almas Gesicht ab. »Ja? Inwiefern?«

»In dem Alter war ich seit drei Jahren mit meiner großen Liebe verheiratet. Ich weiß nicht, ob es für sie in Frage gekommen wäre, mit mir nach Australien auszuwandern. Das war ein Thema, das sich für uns einfach nie ergeben hat. Aber ganz sicher hätte ich den Job sausen lassen, wenn ein Leben im Ausland für sie unvorstellbar gewesen wäre.«

»Wirklich? Bist du sicher, dass du das nicht bereut hättest? Oder ihr später Vorwürfe gemacht hättest, weil du ihr zuliebe auf deinen Lebenstraum verzichtet hast?«

»Ganz sicher. Für mich ist ein Job ein Job, und ein Land ist ein Land, und auch in Australien wird nur mit Wasser gekocht. Das Paradies auf Erden gibt es nicht. Überall muss man mit Herausforderungen und Tiefschlägen fertigwerden, es gibt gute Zeiten und schlechte Zeiten. So ist das Leben. Liebe gibt ihm Sinn. Bettina und ich gehörten zusammen, so einfach war das.«

Alma war so gerührt, dass nicht viel fehlte und sie wäre in Tränen ausgebrochen. Seine Worte klangen wie aus einem Kitschroman, aber sie waren wahr, das wusste sie. Bernhards Hand löste sich von ihrem Arm, und er fuhr sich mit der Bewegung, die ihr schon so vertraut war, durchs Haar. »Wir gingen aufs selbe Gymnasium, ineinander verliebt haben wir uns kurz vor dem Abitur. Bettina war meine erste Freundin. Sie hatte mehr Erfahrung als ich, war vor mir schon mit ein paar Jungs zusammen gewesen. Ich war eher schüchtern, auch wenn das nicht unbedingt auf den ersten Blick ersichtlich war. Oder ist ...« Er grinste jungenhaft. »In dieser Hinsicht hat sich bei mir nicht viel geändert. Na ja, es ist auch eine Sache der Übung, auf eine Frau zuzugehen, die einem gefällt. Je mehr Erfahrungen man sammelt, desto lockerer wird man. Glaube ich zumindest. Ich war so lange mit Bettina zusammen, da hatte ich keine Gelegenheit zu üben. Und es ist ja auch nicht Sinn der Ehe, mit anderen Frauen zu flirten. Was nicht heißt, dass sämtliche Ehemänner und -frauen monogam sind. Aber Bettina und mir waren Treue und Loyalität wichtig.«

Die Sonne war schon ein wenig tiefer gesunken und tauchte die Streuobstwiese in ein goldenes Licht. Auf einem Birnbaum hatte sich ein Rotkehlchen niedergelassen und sang sein Lied. Treue und Loyalität ... diese Worte gingen Alma nicht aus dem Kopf.

Schließlich sagte Bernhard: »Du bist so still, Alma. Ist irgendwas?«

Sie wandte ihm ihr Gesicht zu. Wieder fiel ihm auf, wie dunkel ihre Augen waren, umrahmt von langen, schwarzen Wimpern, ein ungewöhnlicher Kontrast zu ihrer hellen Haut. »Ich hab dir zugehört«, sagte sie. »Und über Treue und Loyalität nachgedacht.«

»Und zu welchem Ergebnis bist du gekommen?«

»Um es umgangssprachlich zu formulieren: Das sind Werte, die hoffnungslos *out* sind. Hedonismus ist *in.* Alles nach Lust und Laune mitnehmen, bloß nicht einlassen, geschweige denn festlegen. So kommt es mir jedenfalls vor.«

»Möglich«, antwortete Bernhard. »Aber für mich ändert das nichts an dem, was ich für mich richtig finde. Ich möchte dir noch etwas erzählen ...«

»Gern ...«

»Vor ungefähr einem Dreivierteljahr hab ich bei einem Betriebsausflug eine Frau aus einer anderen Abteilung näher kennengelernt. Wir sind dann ab und zu abends ausgegangen, ins Kino oder in ein Restaurant. Aber zu der Zeit war ich einfach noch nicht offen. Mittlerweile hat sich meine Trauer verändert. Ich bin nicht mehr von dem Gefühl überwältigt, dass mein Leben sinnlos ist, weil der Mensch, den ich über alles geliebt habe, tot ist. Was Bettina und ich miteinander geteilt haben, war einzigartig, und ich werde ihr immer verbunden sein. Gleichzeitig schaue ich zum ersten Mal mit Freude nach vorn und bin sicher, dass das Leben noch ganz viel Schönes für mich bereithält.«

Jedes Wort war wie ein Nadelstich, der sich schmerzhaft unter Almas Haut bohrte. *Eine Frau. In Frankfurt.* Aus der Traum. Gute Feen und Bilderbuchromanzen, die ihren Anfang auf der Domäne Dahlem nahmen, gab es eben nur im Märchen. Mit einem Ruck schob sie ihre Enttäuschung beiseite. Ein neues Glück war Bernhard auf jeden Fall von Herzen zu gönnen. »Das klingt, als ob du dich inzwischen in die Frau verliebt hättest.«

Er zog erstaunt die Augenbrauen hoch. »Wie kommst du denn darauf?«

»Na ja, manchmal entdeckt man seine Gefühle für einen Menschen ja erst später. Wenn die Zeit dafür reif ist.«

»Mag sein. Aber ich bin nicht in Eva verliebt. Sie ist eine nette Bekannte, mehr nicht. Wir telefonieren ab und zu, und wenn sie das nächste Mal geschäftlich in Berlin zu tun hat, gehen wir zusammen essen, das haben wir schon ausgemacht. Möglicherweise fragst du dich jetzt, warum ich dir das alles erzähle.«

»Neugierig bin ich schon ...« Und nicht nur das, sie spürte, wie eine Welle der Freude und Erleichterung sie durchflutete. Er war nicht verliebt!

Bernhard zog ein Taschentuch aus seiner Hosentasche und putzte seine Brille. Er ließ sich Zeit, und sein konzentrierter Gesichtsausdruck ließ vermuten, dass er dabei seine Gedanken ordnete. Nachdem er die Brille wieder aufgesetzt hatte, sagte er: »Es klingt jetzt vielleicht etwas merkwürdig, aber ich hatte schon letzten Samstag das Gefühl, dass wir beide, also du und ich, etwas Besonderes füreinander sein könnten. Mehr als Bekannte oder Freunde. Das hat, äh, damit zu tun, dass du eine Frau bist und ich ein Mann. Verstehst du, was ich meine?«

Almas Ohren hatten jedes Wort verstanden, aber ihr Verstand hinkte hinterher. »Nicht so ganz. Ist es irgendwie ein Problem, dass du männlich bist und ich weiblich?«

»Nein. Das Problem bin ich.« Er holte tief Luft und atmete hörbar aus. »Ich gebe zu, ich bin gerade ziemlich nervös. Obwohl es eigentlich gar keinen Grund dafür gibt. Oder vielleicht doch …«

Er schaute ihr direkt in die Augen, und wieder spürte Alma den Sog, der von diesem tiefen Blau ausging. Ihr Mund verzog sich zu einem Lächeln, sie konnte gar nicht anders. Bernhard lächelte zurück, und sein Blick glitt langsam über ihr Gesicht und ihren Hals hinunter zu der Kette mit dem Katzenanhänger.

»Sehr hübsch … Darf ich ihn mal näher anschauen?«

Almas Herz klopfte auf einmal schneller, Bernhards Nervosität schien ansteckend zu sein. Sie streifte die Kette über den Kopf und hielt sie ihm hin. »Ja, natürlich …«

Ihre Hände berührten sich, als er nach dem Anhänger griff, Almas Herz schlug einen Purzelbaum. Schöne Hände hat er, dachte sie, groß und kräftig, ganz anders als Volkers schmale Künstlerhand mit den langen, biegsamen Fingern, auf die er so stolz gewesen war.

Bernhard begutachtete das Schmuckstück von allen Seiten, dann reichte er es wieder zurück. »Eine feine Arbeit. Ist das deine Glückskatze? Pandora?«

»Ja. Ein Geschenk von Regine zum Fünfzigsten.«

»Du siehst keinen Tag älter aus als Neununddreißig«, behauptete Bernhard.

»Du brauchst eine neue Brille«, gab Alma zurück, und sie mussten beide lachen.

»Sie IST nagelneu, ich hab sie mir vor gerade mal zwei Wochen anpassen lassen, es gibt da einen hervorragenden Optiker in Zehlendorf, aber das ist nicht das Thema, auf das ich hinauswollte ...«

Nachdenklich betrachtete er seine Turnschuhe, die neben Almas zierlichen Füßen riesig wirkten, dann fuhr er sich energisch durchs Haar und sagte entschlossen: »Vielleicht sollte ich einfach mal Klartext reden.«

Ohne Almas Antwort abzuwarten, fügte er hinzu: »Möglicherweise wirkt das abschreckend, aber das Risiko gehe ich ein.«

Alma nickte nur unter seinem erwartungsvollen Blick. Was sollte sie auch dazu sagen?

»Also, es ist so«, begann Bernhard, »ich fühle mich sehr zu dir hingezogen, Alma, als Mensch und als Mann. Und ich wäre glücklich, wenn es dir mit mir ähnlich ginge, und wir uns die Zeit nehmen würden, einfach mal zu schauen, wohin uns das führt ...«

Almas Herz verstand sofort, noch ehe der Kopf sich einschalten konnte, und das war gut so, denn so konnte er nicht dazwischenfunken. »Das ist eine wunderbare Idee«, hörte sie sich sagen, mit einer Stimme, die ihr fremd vorkam, weich und ein bisschen atemlos. Und dann, zu ihrer eigenen grenzenlosen Überraschung, beugte sie sich zu Bernhard hinüber und küsste ihn ganz leicht auf die Wange.

Er legte die Fingerspitzen auf die Stelle, die ihre Lippen berührt hatten. »Danke. Ich hatte schon Angst, dass du schreiend wegläufst.«

Alma fing an zu kichern. »Wirklich? Wieso denn das?«

Bernhard lächelte sie so zärtlich und gleichzeitig verschmitzt an, dass sie ihn am liebsten gleich noch mal geküsst hätte. »Na ja, es hätte ja sein können, dass ich überhaupt nicht dein Typ bin. Oder dass du mich grottenlangweilig findest, und dies unsere erste und letzte Verabredung ist. Es gibt mindestens fünfzig logisch nachvollziehbare Gründe, wieso du die Flucht hättest ergreifen können. Und nein, ich zähle sie jetzt nicht auf.«

»Ach, schade«, sagte Alma lachend. »Ich hätte sie gerne gehört.«

»Vielleicht verrate ich dir später mal ein paar. Aber jetzt würde mich interessieren, was in deinem Kopf vorgeht.«

»In meinem Kopf … oje. Da geht alles drunter und drüber, aber es fühlt sich gut an. Ich glaube, ich brauche ein bisschen frische Luft.«

Bernhard nickte, so als sei es ganz selbstverständlich, dass es jemanden nach frischer Luft verlangte, der unter freiem Himmel auf einer Bank saß, und sagte: »Ich auch. Lass uns noch mal spazieren gehen, ja?«

Sie wanderten wieder vorbei an den Feldern, den Tieren, dem Teich, in dem die Frösche quakten, und den vielen anderen Spaziergängern. Nach den ersten Metern hatte Bernhard Almas Hand genommen und sie nicht mehr losgelassen. Die Berührung fühlte sich schon vertraut an, warm und *richtig*. Aber beide wussten, dass es nach dieser Runde an der Zeit war, sich für heute von der Domäne und voneinander zu verabschieden.

»Ich schicke dir ein Foto von meinem Balkon, wenn alles fertig ist«, sagte Bernhard, als sie schließlich vor seinem Auto standen. Und dann tat er das, wonach Alma sich schon die ganze Zeit gesehnt hatte: Er nahm sie in die Arme. Das fühlte sich so wunderbar an, dass ihr leicht schwindelig wurde. Sie roch den Zitronenduft, der ihr schon am vergangenen Samstag aufgefallen war, und seinen Eigengeruch, ein bisschen wie gemähtes Gras. Am liebsten wäre sie in ihn hineingekrochen, aber das ging leider nicht, und es war klar, dass sie jetzt irgendetwas einigermaßen Sinnvolles von sich geben musste, denn es ging ja darum, dass sich ihre Wege für heute trennten.

»Das … das … war ein sehr schöner Nachmittag«, sagte sie. Und dann stellte sie sich ohne nachzudenken auf die Zehenspitzen und küsste ihn ganz leicht auf die Lippen.

Auf dem Heimweg war Alma so glücklich, dass sie vor sich hin summte, eine kleine Melodie, die ihr von irgendwo zugeflogen war. Sie spürte noch Bernhards Lippen auf ihren, dann rechts und links auf ihren Wangen. Sie hatte sich nach einem richtigen Kuss gesehnt, einem tiefen, zärtlichen, aber es war klar gewesen, dass die Zeit dafür noch nicht gekommen war.

Katrin saß auf der Bank im Gärtchen und strickte. Aktuell waren es Socken, bunt geringelte. Auch ihre Mutter hatte gern gestrickt, es war Tradition gewesen, übers Jahr so viele Schals, Mützen und Strümpfe wie möglich in die blaue Schachtel auf dem Kleiderschrank wandern zu lassen, um sie dann kurz vor Weihnachten bei einer Notunterkunft der Stadtmission für Obdachlose und Flüchtlinge vorbeizubringen. Sie war so vertieft in die Arbeit, dass Alma ihren Gruß wiederholen musste, ehe Katrin sie bemerkte und aufschaute. »Oh. Hallo!«, sagte sie, kniff die Augen gegen die Sonne zusammen und fügte beinahe ehrfürchtig hinzu: »Du siehst so glücklich aus …«

Alma lachte sie an. »So fühle ich mich auch. Und ich hoffe, das bleibt so, für immer und immer und immer.«

Katrin, angesteckt durch ihre Fröhlichkeit, lachte mit und dachte, dass es nur einen Grund geben konnte, der Alma so leuchten ließ: Sie war verliebt.

Das war auch Regines erster Gedanke. Sie stand am Empfangstresen und telefonierte gerade mit einem Klienten, als Alma am Montagmorgen zur Tür hereinkam. Sie bewegte sich, als schwebe sie zehn Zentimeter über dem Boden, und in ihren Haaren, die sie bei der Arbeit wie immer im Nacken zusammengebunden trug, steckte eine lila Rhododendronblüte. Ein geradezu überirdisches Strahlen ging von ihr aus, als sie Regine eine Kusshand zuwarf und, wie jeden Morgen, in der Küche verschwand, um Tee zu kochen. Da Alma nicht dazu neigte, überirdisch zu strahlen, zu schweben oder sich Blumen ins Haar zu stecken, schon gar nicht Montags, stand Regine, kaum dass sie ihr Telefonat beendet hatte, neben ihr und fragte: »Und?«

»Wir haben Blumen gekauft, das weißt du doch«, sagte Alma und rückte die Blüte im Haar zurecht. »Danach waren wir noch auf der Domäne Dahlem, er hat mich zu Kaffee und Kuchen eingeladen. Und am Sonntag sind wir mit den Rädern zum Grunewaldsee gefahren.«

»Und sonst so? Bitte denk dran: Gleich hab ich einen Termin, und vorher muss ich wissen, ob ich recht habe.«

Alma zog erstaunt die Augenbrauen hoch. »Womit?«

»Dass du bis über beide Ohren in Bernhard Lebeck verliebt bist, und er in dich. So siehst du jedenfalls aus.«

Alma fing an zu lachen. »Ach, du bist so süß. Über beide Ohren verliebt … So schnell geht das nicht, wir sind doch nicht im Film. Aber …«

»Ja?«

»Wir mögen uns und haben beschlossen, dass wir öfter etwas zusammen unternehmen wollen und einfach mal schauen, was daraus wird«, sagte Alma, und da war es wieder, dieses Leuchten.

Ein Sturm der Leidenschaft hörte sich anders an, dachte Regine, aber die beiden schienen definitiv auf dem richtigen Weg zu sein. Alma wirkte überglücklich, und das war das Einzige, was zählte.

»Das klingt doch gut, es kann ja nicht schaden, sich Zeit zu lassen. Und wie kam es, dass ihr euch gestern schon wieder getroffen habt?«

»Bernhard rief an, nachdem er mir ein Foto von seinem frisch bepflanzten Balkon aufs Handy geschickt hatte. Ich war gerade mit Wotan auf dem Weg zum See, und da fragte er, ob ich etwas dagegen hätte, wenn er mitkäme. Hatte ich natürlich nicht, ich hab mich riesig gefreut. Na ja, dann haben wir einen Treffpunkt ausgemacht, und kurz darauf war er da. Es war *so* schön am See ...«

Beide zuckten zusammen, als die Türglocke läutete.

»Oh, Mist, ich muss los. Gerade, wenn es besonders spannend wird ...«

»Ich komme heute nach der Arbeit vorbei und mache ein bisschen was bei euch im Garten. Und dann reden wir weiter, in Ruhe. Ja?«, sagte Alma.

Regine umarmte sie hastig, bevor sie zur Tür hinausstürzte. »Ja! Liebend gerne. Du bist ein Schatz. Und natürlich herzlich zum Abendessen eingeladen.«

Alma jätete vor dem Haus Unkraut und mähte das kleine Rasenstück. Wie so oft, leistete ihr das Rotkehlchen Gesellschaft. Immer wieder setzte es sich auf den Rand der Vogeltränke und zwitscherte eine kleine Melodie, bevor es sich wieder auf Futtersuche begab und zum Nest flog, wo die Küken warteten. Alma verlor jedes

Zeitgefühl, während sie arbeitete. Sie genoss die Erde an ihren Händen, den Wind in ihrem erhitzten Gesicht, den betörenden Duft nach frisch gemähtem Gras in der Frühlingssonne. Es machte ihr nichts aus, dass ihr Rücken vom Bücken schmerzte, das gehörte dazu, genau wie schwarze Fingernägel und Schweißperlen auf der Stirn. Und die Freude darüber, wie schön der Vorgarten aussah, als sie fertig war. Ganz zum Schluss reinigte sie die Vogeltränke an der Außenzapfstelle und füllte sie mit frischem Wasser. Sofort kam das Rotkehlchen herbei, diesmal, um zu baden. Alma schaute ihm lächelnd zu, bevor sie zum Schuppen ging, um ihre Arbeitsgeräte wegzuräumen.

Es war immer noch angenehm warm, als Regine kurz vor sieben auf die Terrasse trat und Alma entdeckte: Sie lag auf der Hollywoodschaukel. Regine streifte ihre Schuhe von den Füßen und ging barfuß über den gänseblümchengesprenkelten Rasen. Kurz bevor sie die Schaukel erreicht hatte, drehte Alma den Kopf zur Seite und lächelte sie an.

»Hej!«, sagte Regine. »Der Vorgarten ist ja nicht wiederzuerkennen, so fleißig warst du. Im ersten Moment hab ich gedacht, ich hab mich in der Hausnummer geirrt. Vielen Dank!«

»Es hat Spaß gemacht. Spendierst du mir ein Glas Wein? Und ganz viel Mineralwasser?«

»Klar. Und es gibt auch etwas zu essen.«

Alma stand auf und streckte sich. »Super, ich bin halb verhungert. Wo ist Wolfgang?«

»Er rief vorhin an. Er geht noch mit ein paar Kollegen ein Bier trinken«, erklärte Regine.

»Wir machen das viel zu selten«, sagte Regine, als sie auf der Terrasse saßen.

»Was denn?«, fragte Alma mit vollem Mund. Der Tisch war reich gedeckt. Es gab Baguette aus dem kleinen französischen Laden um die Ecke, verschiedene Käsesorten, Oliven, Cocktailtomaten und Weintrauben, Paté und eine luftgetrocknete Salami aus dem Baskenland, dazu einen leichten Rotwein.

»Uns einen gemütlichen Abend gönnen. Nur wir zwei.«

»Stimmt. Das müssen wir ändern.« Alma erhob ihr Glas. »Auf uns und viele schöne Mädelsabende.«

Nachdem sie miteinander angestoßen hatten, sagte Regine: »Ich hab heute so oft an dich gedacht. Genau genommen an euch beide, ganz allein am Grunewaldsee ...«

Alma fing an zu kichern. »Von ganz allein konnte keine Rede sein. Außer uns waren schätzungsweise tausend Hunde samt ihren Besitzern am See unterwegs. Aber das hat uns nicht gestört. Es war ... ein verzauberter Nachmittag.«

»Du glaubst ja gar nicht, wie mich das freut!«

Almas Gesicht war plötzlich ernst. »Kennst du das Gefühl, dass etwas zu schön ist, um wahr zu sein?«

»Klar. So ging es mir mit Hawaii, als wir auf Silberhochzeitsreise waren. Die Inseln sind einfach überwältigend in ihrer Schönheit, und ich dachte die ganze Zeit, gleich wache ich auf aus diesem Traum vom Paradies.«

»So ähnlich ist mir auch zumute. Wenn ich so nachdenke, ich meine, über Bernhard und mich und was sich bisher getan hat … alles kommt mir so unwirklich vor. Wie im Märchen.«

»Wie meinst du das?«

»Ehrlich gesagt hatte ich die Hoffnung begraben, dass mir noch mal jemand fürs Herz begegnet. Ich hatte mich innerlich damit abgefunden, allein zu bleiben. Und dann taucht plötzlich ein ausgesprochen sympathischer Mann auf, wir liegen auf einer Wellenlänge, treffen uns, da ist etwas zwischen uns, etwas Besonderes … alles läuft so perfekt, wie in einem Drehbuch für einen Liebesfilm. So kommt es mir jedenfalls vor.«

»Aber das ist doch wunderbar romantisch! Wenn ich dich jetzt fragen würde, ob Bernhard gut küsst, würdest du das neugierig finden?«

»Ja. Aber woher weißt du eigentlich, dass wir uns geküsst haben?«

»Das war mir schon heute Morgen klar. Du hast so gestrahlt. Und dann die Blüte im Haar …«

»Hm«, machte Alma nur. Und strahlte.

»Auch auf die Gefahr hin, dass du mich für hoffnungslos begriffsstutzig hältst: Wo genau liegt eigentlich das Problem? Manchmal geht es im echten Leben tatsächlich zu wie in einem märchenhaft schönen Liebesfilm. Genieß es doch einfach.«

»Das tue ich ja auch. Aber ich hab auch Angst, dass etwas, das sich so perfekt anlässt, bloß eine prächtige, bunt schillernde Seifenblase ist, die jeden Moment platzen kann. Und es könnte ja auch sein, dass ich mir Illusionen mache und alles in viel zu rosarotem Licht sehe. Ihn, mich, was zwischen uns ist und sein könnte.«

»Ist das nicht ein bisschen um die Ecke gedacht? Nur weil sich etwas richtig gut anfühlt, muss es doch keine Illusion sein.«

»Es *könnte* aber sein«, sagte Alma störrisch. »Denk an Volker. Am Anfang war es auch wunderschön, und ich habe gedacht, er ist der Mann, auf den ich mein ganzes Leben gewartet habe. Und er war nicht der Erste, den ich mir passend geträumt habe. Kaum waren bei mir Gefühle im Spiel, malte die Sehnsucht nach dem Glück alles in den schönsten Farben. Oder war es umgekehrt? Wie auch immer – die Enttäuschung war vorprogrammiert.«

»Unter Volkers zuckersüßem Geturtel steckte ein hochgradig manipulativer Charakter, und den traue ich Bernhard nicht zu. Da verlasse ich mich auf meine Intuition. Ich hab's dir nie gesagt, aber ich sag's dir jetzt: Volker war mir auf Anhieb unsympathisch.«

»Dass ihr nicht miteinander klarkamt, war kein Geheimnis. Egal. Das ist Schnee von gestern.«

»Eben!«, erwiderte Regine. »Heute ist heute, und endlich flattern wieder Schmetterlinge bei dir.«

Almas Gesicht verzog sich zu einem glücklichen Lächeln. »Ein bisschen. Vielleicht sogar etwas mehr als ein bisschen.«

Regine zögerte einen Moment, dann sagte sie: »Weißt du, dass ich gerade neidisch auf dich bin?«

»DU? Auf mich?« Alma sah ehrlich erstaunt aus.

»Ja. Du hast noch alles vor dir. Wolfgang und ich, wir sind schon so lange zusammen. Ich kann mich gar nicht mehr daran erinnern, wie es sich anfühlte, als wir frisch verliebt waren. Du weißt schon: Schmetterlinge im Bauch, weiche Knie, die Rosarote-Wolken-Zeit, die ersten Küsse und Zärtlichkeiten, die Neugier aufeinander, Herzklopfen, Unsicherheit, Leidenschaft, tagelang nicht aus dem Bett rauskommen … das volle Programm eben …« Sie stieß einen sehnsüchtigen Seufzer aus. »Für mich ist das unwiderruflich vorbei. Und das macht mich manchmal traurig.«

In all den Jahren, die sie befreundet waren, hatte Alma Regine nie so reden hören. »Bist du denn nicht mehr glücklich mit Wolfgang?«, erkundigte sie sich vorsichtig.

»Doch. Auch wenn wir natürlich so unsere Probleme haben. Du hast ja nun auch so einiges mitbekommen. Aber bisher haben wir uns immer durchgewurstelt.«

»Weil ihr euch liebt«, ergänzte Alma. Es klang geradezu beschwörend.

»Und weil wir beide Menschen sind, die nicht so schnell die Flinte ins Korn werfen«, sagte Regine nüchtern. »Versteh mich nicht falsch, ich bin wirklich nicht so unzufrieden, wie es sich vielleicht gerade anhört.

Worum ich dich beneide, ist der Zauber des Anfangs. Die Verheißung. Das Abenteuer. Kennst du das Lied von Rainhard Fendrich? *Alles ist möglich, aber nix is fix,* so fängt es an. Nix is fix, das ist die Zeit, wenn es noch keinen Alltagstrott gibt, keine ärgerlichen Angewohnheiten, keine Streitereien, keine Langeweile, keine Perioden, in denen im Bett nichts läuft.«

Alma schaute sie nachdenklich an. »Es gibt wohl immer etwas, wonach man sich sehnt. Manchmal sogar voller Verzweiflung. Ich wollte immer Geborgenheit, Familienglück, Kinder, beständige Liebe und Treue, einen Partner, der mit mir durch dick und dünn geht. Du hast das alles seit vielen Jahren in deinem Leben, und das finde *ich* beneidenswert.«

»Ich weiß, wie gut ich es habe, und bin dankbar dafür. Und ich hoffe, in zwanzig Jahren sitzt du mal mit Bernhard auf einer Bank im Park, glücklich und zufrieden, und ihr erinnert euch gemeinsam daran, wie eure Liebe angefangen hat, und an euren ersten Kuss am Grunewaldsee. Vielleicht kommt es auch anders. Wir können es nicht wissen. Aber ich fände es so schrecklich schade, wenn du nicht aus vollem Herzen jede Minute mit ihm genießen würdest, weil du damit beschäftigt bist, dir Sorgen zu machen.«

»Ich verstehe schon, was du sagen willst: *Don't worry, be happy* … aber das ist nicht so einfach, wie es sich anhört.«

»Ich weiß«, sagte Regine, und es klang ein bisschen traurig.

Zu Hause wurde Alma von einer hungrigen Pandora erwartet, die lautstark ihr verspätetes Abendessen und Streicheleinheiten einforderte. Bernhard hatte eine SMS geschrieben, in der er ihr sagte, dass er viel an sie dachte, und sich noch einmal für die schöne Zeit bedankte.

Lächelnd schrieb Alma eine kleine Nachricht zurück. Es war schon erstaunlich, wie glücklich einen so ein paar nette Zeilen machen konnten. Alles schien möglich: In Frühlingsfarben getaucht, lag eine Zukunft voller Verheißung vor ihr. Am Wochenende würden sie sich wiedersehen. Sie konnte es kaum erwarten.

Auch ihre Eltern hatten geschrieben:

Liebe Alma,
deiner Mutter und mir geht es gut, wenn man von ein paar lästigen Kleinigkeiten absieht, die das Alter so mit sich bringt. Wir haben eine schöne Überraschung für dich: Den August wollen wir in Deutschland verbringen. Da deine Wohnung ja zu klein für uns alle ist, werden wir wieder in der Ferienwohnung wohnen. Deine Mutter hat schon telefoniert und alles klargemacht. Wir freuen uns schon sehr auf dich. Ich wünsche mir Rouladen mit Salzkartoffeln und Rotkohl als Begrüßungsessen, und deine Mutter möchte unbedingt eine echte Currywurst vom Imbiss.
Ruf doch mal wieder an, du weißt besser, wann du Zeit hast, wir in Phuket sind dir ja sechs Stunden voraus. Wir versuchen, das Handy jetzt öfter mitzunehmen, wenn

wir unterwegs sind. Zu Hause liegt es im Wohnzimmer. Probier es einfach, du wirst uns schon irgendwann erwischen.
Wir schicken Küsse und liebe Grüße aus unserem Sonnenparadies.
Mutter & Vater.

Alma schmunzelte in sich hinein. Die Abneigung der Eltern gegen Mobiltelefone war legendär. Früher sei man ja auch nicht jederzeit erreichbar gewesen, die Welt sei deswegen noch lange nicht untergegangen, war das Hauptargument. Und auch wenn E-Mails zugegebenermaßen eine praktische Sache waren, gehörte »Der Computer« ebenfalls zu den Gerätschaften, mit denen sich Mutter und Vater nie wirklich angefreundet hatten. Schnell tippte Alma eine Antwort in den Laptop:

Liebe Eltern,
das sind ja wunderbare Neuigkeiten! Ich freu mich riesig, dass ihr im Sommer nach Berlin kommt, und werde mir ein paar Tage freinehmen, damit wir mehr Zeit miteinander haben …

Es wurde eine längere E-Mail, denn Alma war es wichtig, die Eltern ein wenig an ihrem Alltag teilhaben zu lassen. Als sie auf »senden« klickte, war es halb elf. Sie lehnte sich im Stuhl zurück, verschränkte die Hände hinter dem Kopf und ließ den Blick durchs Wohnzimmer wandern. Viel Weiß und Hellgrau ließen den Raum größer wirken, als er war. Für Farbtupfer sorgten mehrere Stehlämpchen mit farbigen Schirmen, bunte Sofakissen und ein Blumenstrauß auf dem antiken Nussbaumsekretär, an dem sie saß. Ob Bernhard ihre Wohnung gefallen würde? Wie er wohl eingerichtet war? Sie schloss die Augen und träumte vor sich hin, von gemeinsamen Abenden mit Lachen und Zärtlichkeit und Küssen, die nach mehr schmeckten.

3

In dieser Nacht schlief Alma wie ein Murmeltier und wachte erst auf, als der Wecker klingelte. Pandora lag schnurrend neben ihrem Kopfkissen. Durch das geöffnete Fenster waren Vogelstimmen zu hören. Alma spürte, wie sich die Vorfreude auf diesen Dienstag reckte und streckte, bis sie sich in ihrem ganzen Körper ausgebreitet hatte. Das Beste zu erwarten, in jeder Hinsicht, war kinderleicht, wenn eine strahlende Maisonne ins Zimmer flutete und ihr Handy auf dem Nachttisch gerade mit einem melodischen Bing! eine SMS ankündigte.

Guten Morgen, Alma!, las sie. *Ich wünsch dir einen herrlichen Tag. Gruß und Kuss, B.*

Danke!, schrieb sie zurück. *Ich dir auch! Und viel Erfolg bei dem Meeting, von dem du erzählt hast. Einen Kuss mit Morgensonne von A.*

Almas erster Klient des Tages hieß Ole Bernauer. Er kam seit Jahren zweimal im Monat, um sich, wie er es formulierte, richtig durchkneten zu lassen, bevor er beschwingt zur Arbeit fuhr. Er war in den Vierzigern, über eins neunzig groß, und machte den Eindruck, als könne ihn so schnell nichts aus der Ruhe bringen. Heute hatte er Alma einen kleinen Strauß Maiglöckchen mitgebracht.

»Oh! Die sind ja entzückend«, sagte Alma und schnupperte an den zarten Blüten. »Vielen Dank!«

»Bitte schön. Ich konnte nicht widerstehen. Sie sind nicht selbstgepflückt, keine Angst, ich weiß, dass sie unter Naturschutz stehen. Vor der S-Bahn-Station gibt es einen kleinen Stand.«

»Gut zu wissen«, sagte Alma lächelnd. »Ich stelle sie schnell ins Wasser.«

Sie verschwand in der Teeküche, um kurz darauf mit der Vase in der Hand wieder aufzutauchen. Bernauer hatte die Zeit genutzt, um einen Blick in seine WhatsApp-Nachrichten zu werfen.

»Du kannst schon reingehen, du weißt ja Bescheid …«

Ole schaute von seinem Smartphone auf. Irgendetwas in Almas Stimme hatte anders geklungen als sonst. Sie stand reglos da, mit weit aufgerissenen Augen, ihr Gesicht war plötzlich aschfahl. Die Vase glitt ihr aus der Hand, und mit einer Mischung aus Entsetzen und Faszination sah Ole sie auf dem Boden aufschlagen. Weiße Scherben, weiße Blumen, und Alma, die ein weißes T-Shirt und weiße Hosen trug, taumelte, taumelte … Mit einem einzigen Sprung war er bei ihr und fing sie auf, ehe sie hinstürzen konnte. Vollkommen schlaff und reglos hing sie in seinen Armen. Einen Moment glaubte er, dass sie in Ohnmacht gefallen sei. Aber sie atmete nicht. Sie atmete nicht. Ihr Gesicht war inzwischen blau verfärbt, die Augen starrten ins Leere. Sie atmete nicht. In diesem Körper war kein Leben mehr zu spüren.

»Hilfe!«, brüllte Ole, immer wieder, so verzweifelt, dass Regine in ihrem Behandlungsraum alles stehen und liegen ließ und zur Tür hinausrannte.

4

Man hatte ihr alles genau erklärt. Sie wusste, dass sie einen Herzstillstand erlitten hatte und klinisch tot gewesen war. Acht Minuten hatte es gedauert, bis der Notarztwagen eingetroffen war und das Rettungsteam sie mit einem Defibrillator reanimiert hatte. Dass ihr Herz wieder anfing zu schlagen, hatte sie Ole Bernauer und Regine zu verdanken, die sofort nach ihrem Zusammenbruch eine Herzdruckmassage und Mund-zu-Mund-Beatmung durchgeführt und damit die Aufrechterhaltung eines minimalen Kreislaufs im Körper sichergestellt hatten.

»Sie haben unendlich viel Glück gehabt«, sagte der junge Arzt auf der Intensivstation, auf der sie einen Tag zur Beobachtung verbrachte, bevor sie verlegt wurde. »Ihr Herz hätte sich keinen besseren Ort aussuchen können, um stillzustehen.«

Warum es stehengeblieben war, war unerklärlich. Alma wurde gründlich durchgecheckt, doch ihr Herz und alles andere in ihrem Körper funktionierten so, wie es sollte.

»Erinnern Sie sich noch an Margarethe Schreinemakers? Die Fernsehmoderatorin?«, fragte die Ärztin, die mit Alma die Untersuchungsergebnisse durchsprach.

»Nein, tut mir leid.«

»Sie brach vor ein paar Jahren beim Joggen mit einem Herzstillstand zusammen. Auch sie hatte großes Glück: Ihr damaliger Lebensgefährte war bei ihr und führte eine Herzdruckmassage mit Atemspende durch, bis der Notarzt kam und sie reanimiert werden konnte. Genau wie bei Ihnen gab es keine organische Ursache. Frau Schreinemakers geht es sehr gut, sie hat keine Folgeschäden davongetragen, und sie macht nach wie vor viel Sport. Übrigens hat sie ihren Lebensretter geheiratet.«

»Woher wissen Sie das bloß alles?«, fragte Alma erstaunt.

»Ich habe kürzlich ein Interview in einer Zeitschrift gelesen«, erklärte die Ärztin. »Mit dieser Geschichte möchte ich Ihnen Mut machen. Es spricht wirklich alles dafür, dass Sie Ihr Leben wie bisher weiterleben können.«

»Ich glaube nicht, dass das möglich ist«, sagte Alma höflich. Sie hatte so wenig gesprochen in den letzten Tagen, dass ihre eigene Stimme ihr fremd in den Ohren klang. Das Schweigen war wie ein schützender Kokon gewesen, in den sie sich zurückgezogen hatte.

»Sie können natürlich auch etwas verändern, wenn Sie das gerne möchten. Vielleicht täte Ihnen eine Kur gut? Urlaub? Ein neues Hobby, um auf andere Gedanken zu kommen? Ich habe die Erfahrung gemacht, dass manche Patienten nach einem Herzstillstand Ängste entwickeln, aber dagegen lässt sich mit therapeutischer

Unterstützung ganz viel tun. Es braucht mitunter seine Zeit, bis man eine … sagen wir, Konfrontation mit der eigenen Sterblichkeit verarbeitet hat. Aber das muss nicht sein, viele Menschen genießen ihr Leben nach einer solchen Erfahrung viel intensiver und fürchten sich nicht mehr vor dem Sterben, weil sie es als leicht und friedvoll erlebt haben. Jeder reagiert anders. Sprechen Sie doch mal mit Ihrem Hausarzt, wenn Sie wieder zu Hause sind. Er hat sicher ein paar Empfehlungen, was Ihnen in Ihrer individuellen Situation guttun könnte.«

Aber Alma hatte keine Ängste, die ihre Sterblichkeit betrafen, und wollte auch nicht mit ihrem Hausarzt reden. Sie wollte einfach nur heim, raus aus der tristen Klinikatmosphäre. Am Tag der Entlassung holte Regine sie mit dem Auto ab. Alma genoss jede Minute der Heimfahrt: Die vertrauten Straßen und Häuser, Bäume und Gärten im Frühlingskleid, Passanten und Radfahrer; alles, was sie sah, kam ihr vor wie ein Geschenk. Die erste Überraschung klebte an der Tür zu ihrer Wohnung: Ein mit Blumen und Schmetterlingen verziertes Plakat.

Herzlich willkommen zu Hause, liebe Alma!

»Das hat Katrin gemalt«, sagte Regine lächelnd. Sie hatte Almas Nachbarin in den letzten Tagen näher kennengelernt und ins Herz geschlossen.

Alma strich mit dem Finger über einen besonders farbenfrohen Schmetterling.

»Schön …« Mehr brachte sie nicht heraus. Die Tränen saßen plötzlich auf dem Sprung, sie hatte Mühe, sie hinunterzuschlucken. Alle waren so liebevoll und rührend um sie besorgt. Wieder einmal wurde ihr bewusst, was für ein kostbares Geschenk die Menschen in ihrem Leben waren. Katrin, der Regine den Zweitschlüssel zu Almas Wohnung ausgehändigt hatte, hatte sich um Pandora gekümmert und ihr Blumen aus ihrem Gärtchen ins Krankenhaus gebracht. Regine und Wolfgang hatten jeden Tag vorbeigeschaut und sich nicht daran gestört, dass Alma so schweigsam war. Dass Bernhard nicht gekommen war, lag daran, dass Alma nicht gewollt hatte, dass er sie besuchte. »Ja, aber warum denn nicht?«, hatte Wolfgang gefragt. »Du bist doch jetzt von der Intensiv runter. Der Mann macht sich Sorgen um dich, möchte dich sehen, aber er will nicht stören, deshalb hat er mich gebeten, dich zu fragen, ob es dir recht ist, dass er dich besucht. Und du sagst doch tatsächlich nein. Das verstehe ich nicht.«

»Es ist mir einfach zu viel«, gab Alma einsilbig zurück. Wolfgang hatte ihre Hand getätschelt und schuldbewusst gebrummt, dass er sich das ja hätte denken können, nach allem, was sie durchgemacht hatte.

»Quatsch. Du bist doch kein Telepath.« Sie grinsten sich voller Zuneigung an, und einen Moment lang war alles wie vor dem Tag X, als Almas Leben noch voller frühlingsgrüner Verheißung schien.

Sie hatte sich immer vorgestellt, dass Sterben bedeutete, dass man einfach ausgelöscht wurde. Dass der

Mensch, der man gewesen war, mit all seinen Gedanken, Gefühlen und seiner Persönlichkeit, aufhörte zu existieren. Eben war man noch da und mit irgendetwas beschäftigt, dann legte der Tod den Schalter um und man ging aus wie ein Licht, versank in ewiger Dunkelheit. Das war beängstigend und sprengte den Horizont dessen, was man geistig und emotional erfassen und wirklich nachvollziehen konnte. Und doch machte es Sinn, denn es hatte eine Ordnung: Erst war man nicht da. Dann wurde man geboren, lebte, starb und verschwand wieder im Nichts.

Alma war gestorben, sie war mehrere Minuten tot gewesen, aber sie war keineswegs in Dunkelheit versunken, bevor ihr Herz wieder angefangen hatte zu schlagen. Was für einen Sinn, was für eine Ordnung hatte es, wenn man aus reiner Glückseligkeit zurückgeschleudert wurde in ein Leben, das sich seither wie eine triste Sackgasse anfühlte?

Die Tränen, die Alma zurückgedrängt hatte, fingen an zu fließen, als sie ihre Glückskatze auf den Arm nahm und ihr Gesicht in das weiche Fell drückte. Pandora schnurrte laut und ließ sich widerstandslos herumtragen, was nicht selbstverständlich war. Das Erste, was Alma im Wohnzimmer auffiel, waren die Blumen auf dem Sekretär – gelbe Ranunkeln, Rosen und Freesien. Daneben lag ein Kuvert. Sie setzte die Katze ab, wischte sich mit dem Papiertaschentuch, das Regine ihr kommentarlos reichte, energisch die Tränen ab und putzte sich die Nase. Dann öffnete sie den Umschlag und las:

Liebe Alma,
herzlich willkommen in deinem Zuhause! Ich bin so glücklich und dankbar, dass du lebst, und freue mich sehr, wenn du dich bei mir meldest. Vielleicht können wir bald wieder einmal zusammen spazieren gehen?
Alles Liebe und eine Umarmung von Bernhard

»So nett …«, sagte Alma leise. »Und so herrliche Blumen.«

»Ihm liegt viel an dir. Er hat sich jeden Tag ganz besorgt bei Wolfgang erkundigt, wie es dir geht.«

Alma lächelte, aber es war nicht das Lächeln, das Regine in Erinnerung hatte. Wo war die strahlende Frau geblieben, die von Küssen am Grunewaldsee erzählt und von einer neuen Liebe geträumt hatte? Die Freundin wirkte zerbrechlich und in sich gekehrt, und Regine hätte sie am liebsten in die Arme genommen und gewiegt wie ein Kind.

Alma wanderte durch ihre Wohnung, wie sie es immer tat, wenn sie länger fort gewesen war, es war wie eine Begrüßung all der Dinge, die ihr lieb und vertraut waren. Jeder Gegenstand hatte eine Geschichte, war sorgfältig ausgesucht worden, spiegelte etwas von ihrem Geschmack und damit von ihrer Persönlichkeit wider. Alles in ihrem Zuhause gehörte zu ihr, so wie ihr Leben zu ihr gehörte, aber sie hatte erfahren: All dies war flüchtig, man konnte jederzeit alles verlieren, wenn das Herz stillstand, doch das war nichts, was ihr Angst einjagte. Sterben war leicht. Dankbarkeit erfüllte Alma, während sie einen Kerzenständer zurechtrückte, die Sofakissen aufschüttelte, lange ihr Lieblingsbild betrachtete, einen üppig blühenden Bauerngarten. Sie wusste es wohl: Es war ein kostbares Geschenk, dass ihr Herz wieder angefangen hatte zu schlagen, dass ihr Körper gesund war, dass sie mit allen Sinnen wahrnehmen konnte, dass ihr Lebenszeit geschenkt worden war. Sie hatte unendlich viel Glück gehabt, alle hatten das gesagt, die Ärzte und Pfleger im Krankenhaus, Katrin, Regine, Wolfgang. Ich müsste mich doch auch glücklich fühlen, dachte Alma, ich müsste jubeln, dass ich dem Tod von der Schippe gesprungen bin. Aber ich kann nicht. Ich fühle mich … zerrissen in tausend Fetzen, die ein Sturm über den Himmel wirbelt.

Almas Rundgang, den Regine schweigend begleitete, endete in der Küche. Auf dem Tisch prangte ein Tablett mit verlockend aussehenden Früchten: Kirschen, Erdbeeren, Nektarinen, Weintrauben und Aprikosen. »Ein kleiner Vitamincocktail von Wolfgang und mir«, sagte Regine.

»Danke«, sagte Alma. »Danke, danke und nochmals danke. Für alles. Ich …« Weiter kam sie nicht. Die Tränen flossen wieder, und sie ließ sich in Regines Umarmung fallen, als sei sie ihr Rettungsanker. Regine weinte mit. Alles brach sich Bahn, was sich seit dem Tag X angestaut hatte: Schock, Angst, die schrecklichen Bilder, als Alma leblos, mit blau verfärbtem Gesicht auf dem Boden gelegen hatte; die Seligkeit, als sie gerettet war. Es tat so gut, die Freundin zu halten, ihren Körper, ihre Wärme und ihre Lebendigkeit zu spüren.

»Ich schäme mich so«, stieß Alma unter Schluchzen hervor.

»Schämen? Aber warum denn nur?«

»Weil ich mir wünsche, ich wäre tot!«

»Alma!«, keuchte Regine entsetzt und trat einen Schritt zurück.

Wie oft hatten sie zusammen an dem kleinen Küchentisch gesessen und geredet, gelacht, gegessen, getrunken. Regine kannte jedes Detail von Almas Küche, doch heute kam es ihr vor, als sähe sie alles zum ersten Mal und hörte einer Frau zu, die ihr fremd war. Einer Frau mit verweintem Gesicht, die von ihrer großen Liebe erzählte, die vor dreißig Jahren zerbrochen war. Dieses Kapitel in Almas Lebensgeschichte war ihr vollkommen neu, und während sie aufmerksam zuhörte, fragte sie sich, warum es ausgerechnet jetzt zur Sprache kam.

»Ich hab so viele Jahre nicht mehr an Max gedacht, das war doch alles längst abgeschlossen. Am Samstag, als ich mit Bernhard unterwegs war, da fiel er mir plötzlich ein, und …« Alma unterbrach sich mitten im Satz und senkte den Kopf, so dass ihre dunklen Haare ihr wie ein Vorhang ins Gesicht fielen.

Regine griff nach Almas Hand, die zur Faust geballt auf dem Tisch lag. »Und?«, fragte sie leise.

Alma schüttelte den Kopf, sie rang sichtlich um Fassung.

»Alma … bitte rede mit mir. Ich mache mir solche Sorgen. Du wünschst dir, du wärst tot, und erzählst von der Trennung von dem Mann, den du vor dreißig Jahren heiraten wolltest. Ich verstehe die Welt nicht mehr, und ich habe Angst um dich.«

»Und ich habe gesagt, dass ich mich für diese Gedanken schäme, und das stimmt auch. Es geht auch nicht darum, dass ich vorhabe, mich in die Spree zu stürzen oder vom Fernsehturm zu springen. Ich bin dir und Ole und allen zutiefst dankbar, dass ihr mir das Leben gerettet habt. Ich weiß, dass das verrückt klingt.« Sie zog ihre Hand weg und schaute Regine direkt in die Augen. »Nur – ich würde so gerne dort sein, wo ich war, als mein Herz nicht mehr schlug. Darum geht es.« Almas Augen füllten sich wieder mit Tränen. Regine stand wortlos auf und reichte ihr die Rolle mit Küchenpapier.

»Wo warst du denn?«, erkundigte sie sich vorsichtig.

Alma lächelte unter Tränen. »Du glaubst bestimmt, ich habe einen Schaden. Ich denke, ich hatte so etwas wie eine Nahtoderfahrung. Eine Vision, oder wie immer man es nennen will.«

»Irgendwo habe ich mal gelesen, dass so etwas häufiger vorkommt«, sagte Regine erleichtert. An diese recht naheliegende Möglichkeit hatte sie in ihrer Sorge um Almas psychische Gesundheit gar nicht gedacht. »In dem Artikel wurde vermutet, dass der durch den Herzstillstand verursachte Sauerstoffmangel im Gehirn bei manchen Menschen Halluzinationen hervorruft.«

Alma zuckte mit den Schultern. »Es gibt verschiedene Theorien zu dem Thema, ich habe im Internet recherchiert. Es geht mir gar nicht um eine Erklärung. Ich wäre einfach gerne geblieben, bei Max und unseren beiden Kindern in unserem kleinen Haus mit dem großen Garten. Wir waren jung und unbeschreiblich glücklich. Noch nie, absolut nie, war ich so selig, eingehüllt in grenzenlose Liebe. Ich war zu Hause. Dort angekommen, wohin ich gehöre.« Almas Gesicht wirkte auf einmal wie von innen erleuchtet. »Es war früh am Morgen, ein kühler, sonniger Morgen. Ich kam von draußen, mit einer Schale voller Erdbeeren, die ich im Garten gepflückt hatte. Ich kann noch das taufeuchte Gras unter meinen nackten Füßen spüren, aber ich kann dir nicht beschreiben, wie der Garten aussah, er war mehr ein Gefühl von Fülle und Wachstum als ein optischer Eindruck. Das Haus war meine Heimat, ein Ort absoluter Geborgenheit, und das Herz dieses Hauses war die Küche, in der Max und die Kinder am Frühstückstisch saßen. Mein kleines Mädchen mit den grünen Augen. Mein kleiner Junge mit der frechen Zahnlücke … mein Mann, der aufstand, mir die Schale aus der Hand nahm, mich in die Arme schloss und voller Zärtlichkeit küsste …«

»Ein schöner Traum. Ich kann schon nachvollziehen, warum du Sehnsucht danach hast«, sagte Regine. »Aber bitte vergiss nicht: Das echte Leben spielt sich *hier* ab.« Zur Bekräftigung klopfte sie auf die Tischplatte.

Almas Augen wirkten riesengroß in dem blassen Gesicht, als sie weitersprach: »Ich habe viel nachgedacht in den letzten Tagen, ich hatte ja genug Zeit. Es klingt bescheuert, aber ich bin davon überzeugt, dass mir in dieser Vision das Leben gezeigt wurde, das für mich bestimmt gewesen war. Ich könnte jetzt auf dreißig glückliche, erfüllte Jahre zurückblicken, wenn ich mich damals nur für Max und Australien entschieden hätte.«

»Aber es gab gute Gründe, in Berlin zu bleiben. Es hat doch keinen Zweck, plötzlich mit der Vergangenheit zu hadern. Was vorbei ist, ist vorbei und lässt sich im Nachhinein nicht mehr ändern.«

»Ja«, sagte Alma traurig. »Es ist vorbei. Ich habe mein Glück damals weggeworfen. Und nun ist es zu spät.«

»Wie kommst du nur auf so was?«, rief Regine aus. »Dir ist dein Leben neu geschenkt worden, und alles, was du dazu sagst, ist: Es ist zu spät. Für was? Warum? Wieso? Nur weil du von diesem Mann und einem angeblich perfekten Leben mit ihm geträumt hast? Das macht doch keinen Sinn. Ich versteh dich gerade überhaupt nicht. Hast du im Krankenhaus mit jemandem über diese Halluzination gesprochen?«

»Nein. Und ich habe auch nicht vor, eine Therapie zu machen, falls du mir das ans Herz legen möchtest. Mit mir ist alles in Ordnung. Nur sehe ich jetzt ganz klar, wo ich die falsche Abzweigung genommen habe. Alles ergibt jetzt plötzlich einen Sinn, so wie ein Puzzle, das sich zusammenfügt. Es ist kein Zufall, dass ich nie wirklich Glück in der Liebe hatte. Der richtige Mann für immer und ewig konnte nicht dabei sein, weil es nur einen gab, der für mich bestimmt war. Und das war Max.«

Regine hätte vieles einwenden können. Vor allem, dass Alma irrige Schlüsse in Bezug auf ihre Vergangenheit und, schlimmer noch, ihre Zukunft aus einer durch Sauerstoffmangel im Gehirn erzeugten Fata Morgana zog. Aber sie tat es nicht, denn ihr Gefühl sagte ihr, dass sie damit jetzt nicht zu Alma durchdringen konnte. Was Alma zwischen Leben und Tod erlebt hatte, hatte sie ganz offensichtlich zutiefst aufgewühlt, und kein noch so logisches Argument würde sie erreichen, solange sie in dieser Seelenverfassung war. Sie musste erst wieder in ihrem eigenen Leben und im Alltag ankommen.

»In ein, zwei Wochen siehst du das hoffentlich wieder anders. Gönn dir eine Auszeit. Ich organisiere das mit deinen Terminen, keine Sorge.«

»Danke, dass du dich so lieb kümmerst. Gestern hab ich noch gedacht, ach, es wird schon irgendwie gehen, ich kann nächste Woche wieder loslegen. Aber ich merke, es geht nicht. Gott sei Dank sind keine Rippen gebrochen, aber ich habe blaue Flecken, und mir tut immer noch alles weh von der Herzdruckmassage. Ist ja auch kein Wunder, wenn so ein Bär wie Ole mit voller Kraft auf deinem Brustbein herumdrückt. So ungern ich es mir eingestehe: Ich brauche erst mal Ruhe.«

»Genau«, antwortete Regine eifrig. »Ein Besuch bei deiner Hausärztin schadet auch nicht, du könntest mit ihr über alles sprechen, was dich bewegt. Und es tut dir bestimmt auch gut, wenn du etwas Schönes unternimmst. Zum Beispiel mit Bernhard. Oder mit uns. Und du kannst Wolfi und mich Tag und Nacht anrufen, wenn dir danach ist. Das weißt du hoffentlich?«

»Ja. Das weiß ich«, sagte Alma und drückte der Freundin einen Kuss auf die Wange.

Kurz darauf verabschiedete sich Regine, sie hatte noch in der Praxis zu tun. Alma fühlte sich auf einmal erschöpft und legte sich aufs Sofa. Ich muss nachher Bernhard anrufen und mich bedanken, dachte sie schläfrig. Und Ole Bernauer. Und ... Katrin. Ich klingele heute Abend einfach mal bei ihr. Das war ihr letzter Gedanke, bevor sie einschlief. Als sie aufwachte, war es nach fünf. Sie hatte den Nachmittag verschlafen und fühlte sich immer noch wie zerschlagen und steif vom langen Liegen. Und hungrig. Nach Spiegeleiern auf Toast und Erdbeeren und Kirschen zum Nachtisch ging es ihr schon besser, und sie wählte Ole Bernauers Nummer. Zu ihrer Enttäuschung meldete sich nur der Anrufbeantworter, der verkündete, dass Ole Bernauer auf dem Jakobsweg unterwegs sei, und nicht verriet, wann er zurückerwartet wurde. Alma hinterließ eine Nachricht und beschloss, ihm einen Brief zu schreiben.

Bernhard hingegen meldete sich nach dem ersten Klingeln, als hätte er auf ihren Anruf gewartet. Es tat ihr gut, seine Stimme zu hören. Er sagte genau das Richtige und war voller Verständnis, als sie erklärte, dass sie sich ziemlich erschöpft fühlte und sich nur kurz bei ihm melden wolle, um sich für die wunderschönen Blumen zu bedanken. Er schlug einen Spaziergang für Sonntag vor, und sie sagte zu und fragte sich gleichzeitig, wie es sein konnte, dass alles, was zwischen ihnen gewesen war, all die Freude und Wärme, das Kribbeln im Bauch, die Schmetterlinge, die fliegen wollten, die Erinnerung an seine Lippen auf ihren, so unendlich weit weg schien.

Als das Gespräch beendet war, fühlte sie sich leer und traurig. Schnell nahm sie eine Jacke vom Kleiderhaken im Flur, zog bequeme Schuhe an, schnappte sich ihr Schlüsselbund und ging die Treppe hinunter. Sie war schon zur Haustür hinaus, als sie, einem Impuls folgend, bei Katrin klingelte. Aber nichts rührte sich, Katrin schien nicht da zu sein.

Langsam spazierte Alma in den Abend hinein. Es zog sie zu *Özdemir*, das war ein gutes Ziel, mit angenehmen Gefühlen verbunden und nicht zu weit weg. Der Laden hatte schon geschlossen um diese Uhrzeit, aber das machte nichts, sagte sie sich, sie würde einen Blick ins Schaufenster werfen und dann wieder umkehren. Eine ganze Weile starrte sie in die Auslagen, ohne zu registrieren, was sie sah, während sich die Gedanken und Bilder in ihrem Kopf drehten: Max, der sie lachend in die Arme schloss und küsste, seine strahlenden braunen Augen. Ihr Sohn, der seinem Vater so ähnlich sah; die kleine Tochter unerwartet blond und grünäugig, bestimmt würden die Haare nachdunkeln, wenn sie älter war. So viel Liebe, zu der sie, Alma, keinen Zugang mehr hatte, wie das kleine Mädchen mit den Schwefelhölzern in dem Märchen von Hans Christian Andersen, wenn das Zündholz abgebrannt war.

Als es anfing zu regnen, machte sich Alma auf den Heimweg. Normalerweise hätte sie sich geärgert, dass sie keinen Schirm dabeihatte. Aber heute tat es ihr gut, den Regen auf ihrem Körper zu spüren. Als Kind hatte sie oft im Sommerregen getanzt und war glücklich gewesen, jedenfalls hatte sie es so in Erinnerung. Doch vor ein paar Tagen hatte sie mit dem Tod getanzt, und sie drehte sich immer noch, wie in einem Kreis, aus dem sie keinen Weg hinaus fand. Wie mit der Gewissheit umgehen, dass sie am einzigen Glück, das für sie bestimmt gewesen war, vorbeigelebt hatte, weil sie die falsche Entscheidung getroffen hatte? Und diesen Kurs nicht korrigieren konnte, weil die Vergangenheit unwiderruflich die Weichen für die Zukunft gestellt hatte? Das waren Fragen, auf die sie noch keine Antworten hatte. Was sie jedoch klar vor Augen hatte, war, dass alles, was sie mit Bernhard erlebt hatte, bedeutungslos schien gegen die absolute Seligkeit mit Max und den Kindern zwischen Leben und Tod. Wieder überfiel sie ein Gefühl der Zerrissenheit. Irgendwo hatte sie einmal die Worte gelesen: du kannst nie tiefer fallen als in Gottes Hand. Gottes Hand – wenn es denn einen Gott gab – war wohl gerade sehr weit weg, da schien nichts in Sicht, das sie auffangen könnte. Das, was hätte sein können, gab es nicht. Wohin ihr Weg sie führte, wusste sie nicht. Jetzt und hier spürte sie nur, dass ihr persönlicher Tanz mit dem Tod all die schönen Gefühle, die sie für Bernhard empfunden hatte, all die Hoffnungen auf eine gemeinsame Zukunft und das Lachen und die Leichtigkeit davongewirbelt hatte.

5

Als sie zu Hause ankam, war sie bis auf die Haut durchnässt und die Haare klebten ihr am Kopf. Bei Katrin brannte Licht, aber Alma war weder innerlich noch äußerlich in der Verfassung, bei ihr zu klingeln. Müde stieg sie die Treppe zu ihrer Wohnung hoch. Am liebsten wäre sie so, wie sie war, ins Bett gefallen und hätte sich in den Schlaf hinübergleiten lassen. Aber das ging natürlich nicht, sie würde sich den Tod holen … sie musste hysterisch kichern bei diesem Gedanken. Sie hatte ihn sich schon geholt, aber er war nicht bei ihr geblieben. Oder war es umgekehrt?

Pandora rieb sich liebevoll an ihren Beinen, während sie die Schuhe abstreifte, und folgte ihr ins Bad. Alma zog sich aus und stieg unter die Dusche. Was für eine Wohltat, als das heiße Wasser auf ihren Körper prasselte. Lange stand sie unter der Brause, dann wickelte sie sich in ihr Badehandtuch. Sie hätte ihr Gesicht gerne im Spiegel betrachtet, um herauszufinden, ob sie so erschöpft und durcheinander aussah, wie sie sich fühlte. Aber das Glas war vom Dampf beschlagen, und sie hatte nicht die Kraft, es sauberzuwischen. Sie ließ das Badetuch fallen, auf das nasse Bündel Kleider am Boden, tappte nackt ins Schlafzimmer und kroch unter ihre

Bettdecke. Abschalten … den Stecker ziehen, nichts mehr denken, fühlen, sehen, hören. Es dauerte nur wenige Minuten, bis sie eingeschlafen war. Dass Pandora es sich auf ihrem Stammplatz neben dem Kopfkissen gemütlich machte, bekam sie schon nicht mehr mit.

Mitten in der Nacht wachte Alma auf und konnte nicht wieder einschlafen. Also zog sie Schlafanzug und Bademantel an, holte sich etwas zu trinken und setzte sich an den Nussbaumsekretär. Während der Laptop hochfuhr, las sie noch einmal Bernhards Karte. Seine Blumen leuchteten wie kleine Sonnen im Schein der Schreibtischlampe.

In Almas E-Mail-Briefkasten lag eine Nachricht von ihren Eltern. Es ging ihnen gut, sie hatten Rommé mit Freunden gespielt und einen kleinen Bootsausflug unternommen. Konnte man seinen alten Eltern schreiben, dass man einen Herzstillstand erlitten hatte? Nein, entschied Alma. Denn die Eltern würden sich aufregen und sich Sorgen machen, dass Almas Leben nun an einem seidenen Faden hing, und das war das Letzte, was sie wollte. Der Tod schien weit weg im Garten Eden unter der tropischen Sonne, und das durfte sie ihrem Vater und ihrer Mutter nicht nehmen. Sie schrieb eine heitere E-Mail, in der es viel um Frühling und den Garten von Wolfgang und Regine ging, und hängte ein Foto von Pandora auf dem Balkon an.

Als hätte die Katze geahnt, dass Alma sich mit ihrem

Konterfei beschäftigt hatte, tauchte sie lautlos auf und sprang mit einem Satz auf den Sekretär.

»Meine Süße«, murmelte Alma und streichelte sie. Eine Erinnerung blitzte auf, sie spürte wieder das taunasse Gras unter ihren nackten Füßen, roch die Erdbeeren in der Glasschale und sah einen Winkel des Gartens, in dem sich das Haus ihrer Sehnsucht befand, wo Max und die Kinder auf sie warteten. Jetzt verschwamm die Umgebung nicht mehr in einem grünen Nebel wie in ihrer Vision, sondern war scharf gestellt wie durch das Objektiv einer Kamera: Eine Schaukel. Ein Sandkasten, in dem buntes Spielzeug lag: Eimer, Schaufeln, Sieb, ein Kipplaster mit Anhänger. Auf dem Rand des Sandkastens saß eine getigerte Katze und putzte sich. Hier spielen meine Kinder also, dachte Alma, ich weiß nicht einmal, wie sie heißen … *Weil sie nicht existieren. Genauso wenig wie alles andere.* Die Realität sieht so aus: Ich sitze mutterseelenallein mit meiner Katze im Wohnzimmer und fühle mich wie betäubt vor Sehnsucht.

Alleinstehenden, kinderlosen Frauen wurde gern nachgesagt, dass Haustiere die Babys waren, die sie nie bekommen hatten. Alma hatte sich von ganzem Herzen Kinder gewünscht, und bis Ende dreißig war sie davon überzeugt gewesen, dass der Mann, mit dem sie diesen Wunsch verwirklichen konnte, noch rechtzeitig auftauchen würde. Der Liebeskummer wegen Max war längst verheilt, die Erinnerungen verblasst. Aber der Richtige ließ auf sich warten, und es kam der Zeitpunkt, an dem Alma entschied, dass ein Kapitel in ihrem Leben abgeschlossen war. An ihrem vierundvierzigsten Geburtstag, den sie nach der Trennung von einem Mann, mit dem sie drei Jahre zusammen gewesen war, allein in einem schönen Hotel auf Sylt verbrachte, nahm sie endgültig Abschied von den Kindern, die sie nie zur Welt bringen würde. Abends war sie zum Strand gegangen und hatte laut ausgesprochen, was ausgesprochen werden musste, damit sie ihren Seelenfrieden fand: *Ich akzeptiere, dass ich mit meinen vierundvierzig Jahren kinderlos bin und bleiben werde. Es ist zu spät.* Es war eine Erleichterung gewesen, mit dem Warten und Hoffen abzuschließen, auch wenn es manchmal schmerzte, besonders, wenn sie älteren Müttern mit Babys auf der Straße begegnete.

Der kleine Junge und das kleine Mädchen – die Kinder, die sie mit Max hätte haben können –, das war der Preis, den sie dafür gezahlt hatte, dass sie nicht mit nach Australien gegangen war. So kam es ihr jedenfalls vor in dieser dunklen Stunde. War er zu hoch gewesen? In Almas erschöpftem Kopf drehten sich die Antworten: Nein. Ja. Vielleicht. Es ist so lange her. Kinder sind nicht alles im Leben. Es ist sinnlos, zu hadern. Erinnere dich: Damals, mit vierundvierzig, an diesem stürmischen Abend am Meer, da hast du Frieden mit dem Thema geschlossen, du hattest dich damit abgefunden, dass du niemals eine Schwangerschaft erleben, ein Kind zur Welt bringen, es aufziehen würdest. Und doch hatte sie ihre Kinder in den Armen gehalten, auch wenn es nur in einem Traum gewesen war, sie hatte unendliche Liebe, Harmonie und Glückseligkeit erlebt. Voller Wehmut sah sie ihren kleinen Jungen und ihr kleines Mädchen vor sich, wie sie sich darum gestritten hatten, wer sie zuerst umarmen und ihr einen Guten-Morgen-Kuss geben durfte. Heute wären die beiden längst erwachsen, hätten vielleicht selbst schon Kinder.

»Ich wäre eine gute Mutter gewesen«, sagte Alma unvermittelt zu Pandora. »Und eine begeisterte Großmutter.«

Die Tränen liefen ihr übers Gesicht. Es tat ihr gut, sie einfach fließen zu lassen.

Später, viel später, ging sie wieder ins Bett und schlief tief und traumlos, bis das Acht-Uhr-Läuten der nahegelegenen Kirche sie weckte. Als sie aus dem Schlafzimmerfenster schaute, entdeckte sie Katrin, die mit einem Frühstückstablett auf der Bank im Gärtchen saß und Zeitung las. »Guten Morgen!«

»Dir auch einen wunderschönen guten Morgen!«, rief Katrin fröhlich zurück. »Kommst du runter? Es ist genug Kaffee in der Kanne für uns beide.«

»In fünf Minuten bin ich da!«

Draußen war es kühl, Dampf stieg aus Almas Becher auf. Sie hatte auch einen Teller mit Obst mit nach unten genommen, sehr zu Katrins Freude. Ein paar Hundebesitzer waren mit ihren Vierbeinern zur Morgenrunde unterwegs und winkten freundlich über den Zaun. Man kannte sich, zumindest vom Sehen, in der ruhigen, kleinen Straße.

Ich würde dich gerne irgendwohin einladen, als kleines Dankeschön«, sagte Alma. »Ich bin so froh, dass du dich um Pandora gekümmert hast. Und ich hab mich wahnsinnig über das Plakat an der Tür gefreut.«

»Das war doch selbstverständlich«, wehrte Katrin verlegen ab. »Du glaubst ja gar nicht, wie glücklich ich bin, dass alles gutgegangen ist und du wieder zu Hause bist.«

»Nein, es war *nicht* selbstverständlich. Und ich will *keine* Widerrede hören. Ich lasse mir einfach etwas Schönes einfallen, das wir unternehmen können, und wir haben Spaß zusammen, okay?«

»Okay«, sagte Katrin friedfertig, teilte eine Aprikose in zwei Hälften und reichte eine davon Alma. »Darf ich dich was fragen? Bezüglich des Herzstillstands? Oder willst du lieber nicht darüber sprechen?«

»Was möchtest du denn wissen?«

»An dem Morgen in der Praxis ... hast du gemerkt, dass etwas passieren wird? War dir schlecht oder schwindelig oder hattest du Schmerzen?«

»Nein. Ich erinnere mich, dass ich zur Tür gegangen bin, als es geklingelt hat. Danach ... totaler Blackout, bis zu dem Moment, als ich auf der Intensivstation aufgewacht bin. Regine hat mir später alles erzählt.«

»Mir auch. Puh. Ich hatte am ganzen Körper Gänsehaut und eine Riesenangst. Das Leben kann so schnell vorbei sein. Wie geht es dir jetzt? Ich meine, wirklich, so ganz tief drinnen?«

»Ach, Katrin. Das ist eine lange Geschichte. Und ich kann nicht mal mit einer eindeutigen Antwort aufwarten.«

»Ich habe Zeit«, sagte Katrin. »Aber lass uns reingehen, mir wird es langsam zu kalt hier.«

»Zu mir oder zu dir?«

»Zu mir. Da sind wir schneller im Warmen.«

Sie setzten sich ins Wohnzimmer. Dort hatte sich Frau Ritter während ihrer Krankheit die meiste Zeit aufgehalten, und dort war sie auch gestorben. Der Gedanke hatte nichts Erschreckendes für Alma, im Gegenteil: sie hatte die alte Dame gemocht. Ihr Geist schien immer noch im Raum zu schweben, denn Katrin hatte nichts an der Einrichtung verändert. Noch nicht.

»Ich möchte gern alles anders haben«, sagte sie jetzt, nachdem sie auf dem wuchtigen, pistaziengrünen Sofa Platz genommen hatten. »Raus mit den alten Möbeln, der Blümchentapete und dem ollen Teppichboden. Aber ich kann mich nicht aufraffen. Na ja. Irgendwann werde ich einen Rappel bekommen und loslegen, ganz bestimmt.«

»Alles zu seiner Zeit«, sagte Alma.

Katrin seufzte tief auf. »Genau. Das sage ich mir auch immer. Und so vergehen Wochen, Monate, Jahre … Alma?«

»Mhm?«

»Wie geht es dir?«

»Das ist schwierig zu beantworten. Ich weiß nicht, wo ich anfangen soll. Und vor allen Dingen weiß ich nicht, wie es weitergeht. Ich bin so durcheinander.«

Voller Mitgefühl betrachtete Katrin die Freundin. Das war nicht die Alma, die sie kannte, der Fels in der Brandung in der schweren Zeit nach dem Tod ihrer Mutter. Alma sah aus wie ein Schatten ihrer selbst, und so, als bräuchte sie ganz dringend eine Schulter zum Anlehnen.

»Fang doch einfach mal beim Anfang an. Das hat meine Mutter immer gesagt, wenn etwas schwierig in Worte zu fassen war.«

»Okay. Ich versuch's.«

Katrin saß mucksmäuschenstill in ihrer Sofaecke, im Schneidersitz, den Kaffeebecher in der Hand, während Alma erzählte. Von Max und dem, was sie erlebt hatte, als sie klinisch tot gewesen war, und von Bernhard.

»Und jetzt stehe ich vor einem Scherbenhaufen. Das ideale Leben mit allem, wonach ich mich immer gesehnt habe – die ganz große Liebe, Kinder, Familienglück – ich habe es vor dreißig Jahren eigenhändig zerschlagen. Damit muss ich irgendwie zurechtkommen. Ich weiß, ich sollte dankbar sein, dass ich den Herzstillstand überlebt habe, und nach vorne schauen und jeden Tag genießen. Und da ist Bernhard, der alles richtig macht, ich müsste glücklich sein über das, was da zwischen uns aufgekeimt ist. Aber so einfach ist es nicht. Zwischen dem, was ich sollte und müsste, was ich von mir selbst erwarte, und was andere Menschen vielleicht von mir erwarten, und dem, was wirklich in mir vorgeht, klafft ein himmelweiter Unterschied. Innerlich bin ich wie … abgestorben. Leer. Traurig. Dann wieder verwirrt, zerrissen, es ist ein ständiges Auf und Ab. Alle meine schönen Gefühle für Bernhard sind weg. Ich weiß genau, dass es nichts mehr werden kann mit uns. Jedenfalls nichts, was über eine Freundschaft hinausgeht.«

»Das wäre aber sehr schade. Du hast so gestrahlt, als du letzten Samstag nach Hause kamst. Ich weiß noch, dass ich dachte: Alma sieht aus, als hätte sie sich verliebt.«

»Das hab ich auch gedacht«, sagte Alma leise. »Aber davon ist nichts mehr übrig. Katrin, sag mal ehrlich: Glaubst du, ich spinne? Dass ich mich in etwas verrenne? Regine sagt, ich solle im Hier und Jetzt leben und nicht einer Vision nachhängen, und das stimmt ja auch, aber diese Gedanken und Gefühle sind einfach *da.*«

»Was spricht dagegen, sie zu lassen, wo sie sind und dir Zeit zu geben? Du hast auch körperlich eine Menge hinter dir. Wer weiß, wie du die Dinge in ein paar Wochen siehst.«

»So was in der Art hat Regine auch gesagt.«

Einen Moment herrschte Schweigen, beide waren mit ihren Gedanken beschäftigt. Katrin war noch ganz gefangen von dem, was Alma erzählt hatte. Dass man im Leben falsche Abzweigungen nehmen konnte, die einen um das Glück prellten, das eigentlich für einen bestimmt war, hatte ihr sofort eingeleuchtet. Auch, dass ein einmal fehlerhaft eingeschlagener Kurs zwangsläufig eine Kette von Entscheidungen und Erfahrungen nach sich zog, die man sich gerne erspart hätte.

»Das Dumme ist ja, dass man vorher nicht wissen kann, was richtig und was falsch ist. Welche Konsequenzen eine Entscheidung hat, stellt sich ja erst hinterher heraus. Ich muss sagen, ich kann gut verstehen, dass du nicht mit nach Australien wolltest. Und ehrlich gesagt, finde ich es ganz schön krass, wie Max dich behandelt hat«, sagte Katrin schließlich.

»Damals hatten alle Verständnis für ihn. Und man konnte nicht nachvollziehen, warum ich nicht auswandern wollte. Irgendein Philosoph hat mal geschrieben, dass man das Leben nur rückwärts verstehen könne. Bei mir zumindest scheint das zuzutreffen. Es brauchte dreißig Jahre und einen Herzstillstand, bis es so weit war.«

»Ich glaube, das Leben lässt sich nicht verstehen, nicht mal rückwärts. Ich muss gerade an meine Mutter denken, die sich nach der Frühlingsaffäre mit meinem Vater nie mehr auf einen anderen Mann eingelassen hat und unbedingt den einzigen Brief, den er ihr je geschrieben hat, und seine Ohrringe mit ins Grab nehmen wollte. Ich habe es akzeptiert – aber das heißt noch lange nicht, dass ich es verstehe. Und das ist nur ein Beispiel von ganz, ganz vielen. Wer hat noch gesagt: Ich weiß, dass ich nichts weiß?«

Alma fing an zu kichern. »Ich glaube, das war Sokrates. Aber ich weiß es nicht genau.«

Katrin grinste von einem Ohr zum anderen. »So viel Philosophie früh am Morgen. Warte mal, mir fällt gerade etwas ein, ich muss mal Google fragen …« Sie griff nach ihrem Smartphone, das auf dem Couchtisch lag. »Ah ja. Hier haben wir es schon: *Leben lässt sich nur rückwärts verstehen, muss aber vorwärts gelebt werden.* Das ist von dem dänischen Philosophen Sören Kierkegaard.«

Alma seufzte. »Apropos vorwärts leben: Morgen treffe ich mich mit Bernhard. Wir wollen spazieren gehen.«

»Eine gute Idee. Das Wetter soll schön werden«, sagte Katrin nur und schenkte der Freundin ein warmes Lächeln.

Nach dem Gespräch mit Katrin fühlte sich Alma ein bisschen besser. Es regte sich sogar die leise Hoffnung, dass doch noch alles irgendwie wieder gut werden könnte, wenn sie Bernhard wiedersah. Er hatte angerufen und einen Spaziergang am Schlachtensee vorgeschlagen und würde sie mit dem Auto abholen, da Alma sich noch nicht fit genug für einen Ausflug mit Wotan fühlte. Zur verabredeten Zeit sah sie seinen Wagen im Schritttempo am Haus vorbeifahren, offenbar auf der Suche nach einem Parkplatz, und beschloss, ihm entgegenzugehen.

Alma trug wieder die rosa Bluse und die hübsche Kette mit dem Katzenanhänger, wie bei ihrem ersten Date in der Gärtnerei. Jede Minute dieses und des darauffolgenden Nachmittags hatte sich in Bernhards Gedächtnis eingebrannt. An die schönen Erinnerungen hatte er sich in den letzten Tagen geklammert, wenn die Panik in ihm aufstieg, Almas Herz könne wieder stehenbleiben, vielleicht mitten in der Nacht, wenn niemand außer ihrer Katze in ihrer Nähe war. Er hatte sich immer wieder damit beruhigt, dass das Schicksal es bestimmt gut mit ihnen meinte. Dass es unmöglich sein konnte, dass er diese besondere Frau, die ihn auf ganz besondere Weise berührte, gleich nach den ersten Küssen verlieren würde. Sie hatte unglaubliches Glück im Unglück gehabt, Wolfgang hatte ihm alles genau erklärt. Bernhard wusste, dass seine Angst um Alma auch mit Bettina zu tun hatte, und dass es wichtig war, ihr so wenig Raum wie möglich zu geben. Wolfgang, in seiner unverblümten Art, hatte es auf den Punkt gebracht: »Leben ist immer lebensgefährlich. Es könnte jederzeit jeden von uns treffen. Alma ist nicht gefährdeter als du und ich. Ihr Herz ist kerngesund, und auch sonst fehlt ihr nichts.«

Sie sah müde und blass aus, das fiel Bernhard sofort auf, als sie ihm lächelnd auf der Straße entgegenkam. Er hatte ihr Strahlen in Erinnerung, die dunklen Augen, die ihn an Schwarzkirschen erinnerten, ihr ansteckendes Lachen, den zarten Rosenduft, der sie umgab. »Du riechst so gut«, hatte er nach dem ersten Kuss in ihr Haar gemurmelt.

Auch heute nahm er den Duft wahr, als sie sich zur Begrüßung umarmten und rechts und links auf die

Wange küssten. Und er merkte, dass sie sich anders anfühlte. Sie schmolz nicht in seine Arme hinein wie am Sonntag, sondern wahrte Distanz. Auf der Fahrt zum Schlachtensee überlegte er, was wohl der Grund für ihre Zurückhaltung sein mochte. Stand sie noch unter Schock? Hatte sie körperliche Beschwerden? Er hatte stundenlang im Netz über Herzstillstand und Reanimierungsmaßnahmen recherchiert und war erschrocken gewesen, welche Folgen damit verbunden sein konnten. Energisch schob er seine Gedanken zur Seite und sagte: »Ich dachte mir, wir schlendern ein bisschen am Wasser entlang, und dann würde ich dich gerne zu Kaffee und Kuchen einladen. Es gibt da ein Lokal mit Biergarten, direkt am See.«

Sie lächelte ihn an. »Ach, schön. Da war ich früher oft mit einer Freundin, die einen Hund hatte.«

Er hatte sich Mühe gegeben, ein Ziel in seinem Reiseführer auszuwählen, das ihr gefallen und sie nicht überanstrengen würde. Für ihn war der Schlachtensee Neuland, und er war ziemlich entsetzt, wie groß der Ansturm der Ausflügler war. Menschenmassen, mit und ohne Hund, schoben sich auf dem Spazierweg direkt am Wasser entlang, und dazwischen drängelten sich Jogger, Kinderwagen und Radfahrer. Auch am Grunewaldsee war sehr viel los gewesen, aber an diesem Nachmittag hatte es ihn nicht gestört. Jetzt wäre er gern mit Alma allein gewesen, an einem Ort, wo sie ihm in Ruhe sagen konnte, was ihr auf der Seele lag. Denn dass sie etwas bedrückte, war unverkennbar, und es hatte mit ihm zu tun, das spürte er. Sie liefen nebeneinanderher, als wären sie nie Hand in Hand gegangen, als hätten sie sich nie mit Zärtlichkeit und Leidenschaft geküsst. Nachdem sie sich durch einen Pulk schwatzender, lachender Senioren geschlängelt hatten, hielt Bernhard es nicht mehr aus. »Das Gedrängel hier macht mich fertig. Und das Lokal ist bestimmt auch völlig überlaufen. Lass uns zurück zum Parkplatz gehen und irgendwohin fahren, wo wir in Ruhe miteinander reden können. Hast du eine Idee?«

Sie landeten in einem kleinen, plüschigen Café in der Nähe des S-Bahnhofs Schlachtensee. Es lag versteckt in einer Nebenstraße und war der Geheimtipp einer Klientin von Alma, weil es dort Kuchen »wie früher« gab: Frankfurter Kranz, Holländer-Kirsch-Torte, Liebesknochen. Alma war einmal nach einem langen Spaziergang mit Regine und Wolfgang dort eingekehrt. Die Zeit schien stehengeblieben zu sein in dem Gastraum mit den dunklen Möbeln und dem altmodischen Kronleuchter an der getäfelten Decke. Bernhard und Alma bestellten Kaffee, aber nach Kuchen war beiden nicht zumute. Er ist *so* nett, dachte sie, ich mag ihn so sehr, und er merkt, dass etwas nicht stimmt, das spüre ich, er ist unruhig, er macht sich Sorgen. Ich wünschte, ich wüsste nicht, was ich heute weiß. Ich wünschte, der Tod hätte mich nicht wieder ausgespuckt … nein, das stimmt nicht, ich bin verdammt dankbar, am Leben zu sein. Aber ich kann nicht dort weitermachen, wo wir aufgehört hatten an diesem magischen Nachmittag am Grunewaldsee. Ich kann einfach nicht, es fühlt sich vollkommen falsch an, und ich muss es ihm sagen und hoffen, dass er es versteht, und dass wir trotzdem Freunde sein können. Nachdem die Kellnerin den Kaffee gebracht hatte, nahm Alma innerlich Anlauf.

Aber Bernhard kam ihr zuvor. »Was ist mit dir? Du wirkst so verändert. Wir waren uns viel näher.«

»Ich habe nachgedacht in den letzten Tagen. Können wir einfach nur Freunde sein? Oder werden? Wir kennen uns ja noch nicht lange.«

In dem dämmrigen Licht des Cafés wirkten seine Augen beinahe schwarz, so weit hatten sich seine Pupillen geöffnet, und sein Gesicht wirkte wie versteinert. »Was möchtest du mir damit sagen, Alma?«

»Dass ich mir eine platonische Freundschaft mit dir wünsche.«

»Darf ich fragen, warum sie unbedingt platonisch sein muss? Am Grunewaldsee hatte ich ein ganz anderes Gefühl, und ich war sicher, dass du es erwidert hast.«

»Ich kann es nicht erklären. Alles ist anders, seit ich im Krankenhaus war.«

»Hast du Angst? Dass es noch mal passieren könnte? Und dann vielleicht niemand in der Nähe ist?«

»Nein. Das ist es nicht. Bitte frag nicht weiter, okay?«

Sie schaute ihn so flehend an, dass er einfach nicken musste. »Wie du möchtest. Ich habe mir etwas anderes gewünscht, aber natürlich respektiere ich deine Gefühle.«

Es gab nichts mehr zu sagen. Auf der Heimfahrt hatten sie stumm nebeneinander gesessen, jeder mit seinen Gedanken beschäftigt. Bernhard parkte in zweiter Reihe vor dem Haus und stieg mit aus. Eine vorsichtige Umarmung, ein Kuss auf die Wange und ein verlegener Abschied, der darauf hinauslief, dass man miteinander telefonieren und vielleicht am nächsten Wochenende etwas gemeinsam unternehmen würde. Alma winkte dem Auto hinterher, bis es außer Sichtweite war. Dann rief sie Regine an. Zwanzig Minuten später saß sie im Bus.

Im Garten war das Grün förmlich explodiert in den letzten Tagen, und aus dem Rasen war eine Wiese geworden. »Morgen komme ich vorbei und kümmere mich ein bisschen um den Dschungel hier«, sagte Alma. »Ich habe ja jetzt erst mal jede Menge Zeit.«

»Aber mach langsam. Bloß nicht überanstrengen«, mahnte Wolfgang, der seine Grillschürze mit dem Aufdruck: *Keep calm and grill on* umgebunden hatte. Sie saßen zu dritt auf der Terrasse und warteten darauf, dass der Gasgrill heiß wurde, damit Wolfgang die Würstchen auflegen konnte, die es zum Abendessen geben sollte. Alma spürte, wie sich ihr Körper entspannte. Zu Hause wäre ihr heute Abend die Decke auf den Kopf gefallen. Hier im Garten schien die Welt in Ordnung und schenkte ihr die Atempause, die sie dringend brauchte.

Unzählige Male hatte sie mit ihren Freunden auf dieser Terrasse gesessen, Steaks und Salat und andere

Köstlichkeiten verspeist und etwas Gutes dazu getrunken. Grillen bei Familie Möbius war eine ihrer großen sommerlichen Freuden. Gleichzeitig etwas Selbstverständliches, so wie die Tatsache, dass die Sonne jeden Tag auf- und unterging. Aber in Wirklichkeit war es ein riesengroßes Geschenk, dass sie hier saß und einen ruhigen Abend mit Regine und Wolfgang verbringen konnte. Jede Sekunde ihres fünfundfünfzigjährigen Lebens war ein Geschenk gewesen. In Gedanken zog es sie zu dem Friedhof, auf dem Frau Ritter beerdigt worden war. Sie sah das Grab vor sich, das Katrin so liebevoll gestaltet hatte; den Grabstein mit der Inschrift: *Auch morgen werden Rosen blühen*. Auf diesem oder einem anderen Friedhof würde sie, Alma, jetzt liegen, wenn das Schicksal nicht beschlossen hätte, dass die Zeit dafür noch nicht gekommen war. Für Frau Ritter hatten, metaphorisch gesprochen, keine roten Rosen der Liebe mehr geblüht, seit Katrins Vater sie im Stich gelassen hatte. Aber es hatte andere Farben für sie gegeben, an denen sie Freude gehabt hatte. So würde es für sie selbst auch sein, jedenfalls hoffte sie es. Es musste doch etwas geben, etwas, das ihr helfen würde, so etwas wie eine Medizin, ein Elixier der Lebensfreude.

Regines Stimme riss sie aus ihrer Versenkung. »Ich denke die ganze Zeit an das, was du mir eben am Telefon erzählt hast. Und weißt du was? Bernhard tut mir richtig leid. Er hat es nicht verdient, dass du so mit ihm umspringst.«

Das kam so unvermittelt, dass Alma im ersten Moment glaubte, sich verhört zu haben. »Was in aller Welt meinst du damit?«

»Mensch, Alma. Wach mal auf und schau dir an, was du gerade anrichtest, ja? Wegen einer Halluzination von einem Mann, mit dem du seit dreißig Jahren nichts mehr zu tun hast, verbaust du dir deine Zukunft. Bernhard ist ein feiner Kerl, und es hat alles so wunderschön angefangen mit euch. Warum hast du dir und ihm nicht einfach Zeit gelassen?«

»Ich habe es euch doch erklärt. Ich kann einfach nicht anders.«

»Das ist doch Unsinn!«, fuhr Regine auf. »Niemand stand mit gezogener Pistole hinter dir und hat dich gezwungen, diesen Platonik-Scheiß heute aufs Tapet zu bringen.«

Almas Gesicht war rot angelaufen vor Zorn, ihre Augen funkelten. »Das ist kein Scheiß! Ich wollte ehrlich sein. Es hätte doch keinen Sinn gemacht, ihm etwas vorzuspielen.«

»Du hättest ihm die Wahrheit sagen können«, sagte Regine ruhiger. »Dass diese Nahtoderfahrung oder wie immer man es nennen will, zurzeit alles überschattet.«

»Und was hätte das geändert?«, schrie Alma, die noch nie geschrien hatte, seit Regine sie kannte.

Eine Amsel, die im Fliederbusch friedlich ihr Abendlied gesungen hatte, flog mit einem erschrockenen Zwitschern auf.

»Vielleicht alles!«, brüllte Regine zurück.

Wolfgang, der dasaß wie der sprichwörtliche Fels in der Brandung, hob die Hand und sagte ruhig: »Mädels. Das bringt doch nichts. Sag mal, Alma – bist du eigentlich nicht neugierig auf diesen Max? Darauf, was aus ihm geworden ist? Stell dir mal vor, heute wiegt er vier Zentner, ist Kettenraucher, säuft wie ein Loch, hat keine Zähne mehr im Mund, ist Mitglied der Mafia und hatte vor ein paar Jahren sein Coming-out … Meinst du, du wärst immer noch selig mit ihm?«

Diese Frage klang so absurd, dass Alma anfing zu lachen. Es war ein zittriges, leicht hysterisches Lachen, aber immerhin, dachte Wolfgang zufrieden.

»Ich habe natürlich ein klein wenig übertrieben«, fuhr er augenzwinkernd fort.

»Das ist mir gar nicht aufgefallen«, sagte Alma trocken. »Du weißt doch, Max lebt in Australien. Ich kann also nicht mal eben bei ihm klingeln und ihn besichtigen.«

»Auch auf die Gefahr hin, mich zum x-ten Mal zu wiederholen: In dreißig Jahren kann viel passieren«, gab Regine zurück.

»Und trotzdem bleibt die Vergangenheit, wie sie ist. Mit einer einzigen Entscheidung kann man das Leben, das eigentlich für einen bestimmt ist, wegwerfen«, sagte Alma.

»Na ja, Lütte, wenn das wirklich deine feste Überzeugung ist, kann man wohl nichts machen.« Wolfgang seufzte. »Schade.«

Mehr sagte er nicht dazu. Auch Regine hielt sich zurück, obwohl es ihr sicher nicht leichtfiel, und dafür war Alma den beiden dankbar.

An diesem Abend konnte Alma nicht einschlafen. Das Gespräch mit Wolfgang und Regine ließ ihr keine Ruhe. Sie hatte nie das Bedürfnis gehabt, Max zu kontaktieren, all die Jahre nicht. Daran hatte auch ihre Vision vom Familienglück mit ihm und den Kindern nichts geändert, denn den jungen Max und die junge Alma, für die dieses Leben bestimmt gewesen war, gab es ja nicht mehr. Zum ersten Mal machte sich Alma darüber Gedanken, wie Max heute aussehen mochte. Immer noch ein bisschen wie Alain Delon, allerdings mit braunen statt mit blauen Augen? Sie versuchte, ein Bild heraufzubeschwören. Aber Max als Mann, der auf die sechzig zuging, lag außerhalb ihres Vorstellungsvermögens. Ihre Gedanken wanderten wieder zurück in die Vergangenheit, zu dem Abend, an dem sie nach einem schrecklichen Sehnsuchtsanfall alles, was ihr von Max geblieben war, aus ihrem Leben verbannt hatte. Viel war es nicht gewesen. Die Fotos und die kleinen Geschenke, die er ihr in den drei gemeinsamen Jahren gemacht hatte (er war eher sparsam gewesen), waren im Müll gelandet. Den einzigen Liebesbrief, den er ihr je geschrieben hatte, und die Handvoll Postkarten hatte sie verbrannt. Dann hatte sie ihren Verlobungsring aus dem Schmuckkästchen genommen und an den Ringfinger ihrer linken Hand gesteckt. Es war ein schlichter Goldring mit einem kleinen Aquamarin, der Max' Mutter gehört hatte. Sie hatte darauf bestanden, ihrer zukünftigen Schwiegertochter ein Familienerbstück zu schenken. Alma hatte ihn nach der Trennung zurückgeben wollen, aber davon hatte Emmi Tiburtius nichts wissen wollen. »Ich möchte, dass du ihn behältst«, hatte sie am Telefon zu Alma gesagt. »In meinem Herzen bleibst du die Frau, die ich gern für meinen Jungen gehabt hätte.« Alma hatte sich gut mit Max' Eltern verstanden, sie hatten öfter ein Wochenende bei ihnen verbracht. Also hatte Alma den Ring in ihre Schatulle gelegt, aber nie mehr getragen. Tränen waren geflossen, als sie ihn an diesem Abend zum ersten Mal wieder an ihrer Hand gesehen hatte. Sie hatte ihn dann in einem Park auf eine Bank gelegt, in der Hoffnung, dass ihn jemand finden würde, dem er mehr Glück brachte als ihr.

Alma drehte sich auf die andere Seite, um einen Blick auf den Wecker zu werfen. Kurz nach Mitternacht. Geisterstunde. Die Geister der Vergangenheit gingen um, so kam es ihr vor. Ob Emmi und Walter Tiburtius noch lebten? Einem Impuls folgend, ging sie ins Wohnzimmer und schaltete den Laptop ein. Ihr Herz klopfte schneller, als sie die Namen und die alte Anschrift im Telefonbuch sah, und sie hatte sofort das idyllische niedersächsische Städtchen an der Elbe vor Augen, in dem Max geboren und aufgewachsen war. Wenn jemand wusste, wo Max sich aufhielt, dann natürlich seine Eltern … Alma notierte die Telefonnummer auf einem Zettel. Dann gab sie bei Google ›Max Tiburtius‹ ein. Die Suchmaschine förderte einige wenige Personen zutage, aber »ihr« Max war nicht darunter. Was tun? Die Vergangenheit ruhen lassen, oder bei Emmi und Walter anrufen und sich nach Max erkundigen? Und dann? Das ist jetzt noch nicht dran, sagte sie sich, darüber denke ich später nach. Eins nach dem anderen. Ich werfe jetzt eine Münze. Kopf bedeutet, dass ich morgen telefoniere. Bei Zahl bleibt alles, wie es ist.

»WER sind Sie? Sie müssen etwas lauter sprechen, ich höre nicht gut«, sagte Emmi Tiburtius am Telefon.

»Alma. Alma Schneyder. Ihr Sohn Max und ich waren vor vielen Jahren verlobt. Bevor er nach Australien auswanderte. Erinnern Sie sich?«

Es gab eine längere Pause, in der Alma fürchtete, die alte Dame, deren Stimme so fremd und brüchig klang, werde einfach auflegen. Aber dann hörte sie: »Ach, Gott. Alma. Das Mädchen mit den schönen Augen und der spanischen Mutter, der ich meinen Aquamarinring geschenkt habe.«

»Ja. Genau. Wie geht es Ihnen und Ihrem Mann?«

»Du kannst ruhig ›du‹ sagen. Ich sollte ja mal deine Schwiegermutter werden.« Emmis Stimme klang jetzt kräftiger. »Wir sind jetzt beide fünfundachtzig und kommen noch ganz gut zurecht. Und der Junge und seine Frau gucken auch ab und zu am Wochenende vorbei.«

Der Junge … dabei konnte es sich nur um Max handeln. Almas Herz hämmerte vor Aufregung so heftig gegen ihre Rippen, dass es weh tat, und ihre Knie fühlten sich an wie Wackelpudding. Vorsichtig setzte sie sich auf die Sofalehne und atmete tief ein und aus, während Emmi hinzufügte, dass sie die beiden Enkel leider nur noch selten sähen, weil sie beide in Süddeutschland wohnten.

»Max lebt also nicht mehr in Australien?«, erkundigte sich Alma in der Hoffnung, dass Emmi mehr erzählen würde.

»Ach, schon lange nicht mehr. Die Firma vom Onkel ist nach ein paar Jahren pleitegegangen, und da kam er zurück nach Deutschland. Er konnte nicht so richtig mit den Australiern, und das Klima machte ihm auch zu schaffen. Er war ja immer schon sehr sensibel. Erst hatte er eine Stelle in Mainz, dann in Hannover, und jetzt wohnt er schon lange in der Nähe von Kiel. Möchtest du seine Nummer haben? Im Telefonbuch ist er nicht eingetragen.«

»Ja. Gerne«, sagte Alma erschüttert. In ihrem Kopf schwirrte es, während sie die Zahlen aufschrieb, die Emmi ihr durchgab.

»Er freut sich bestimmt, wenn du dich meldest.«

Das war eine ziemlich wagemutige Behauptung, fand Alma, aber sie beschloss, sie einfach mal stehenzulassen.

»Und wie ist es so bei dir, Alma?«, fragte Emmi jetzt beiläufig, so als hätten sie sich vor ein paar Monaten zuletzt gesehen und nicht vor dreißig Jahren.

»Ach … alles gut. Ich bin immer noch in Berlin und hab ein ganz normales Leben.« Damit gab sich Emmi zufrieden und kurz darauf legten sie auf.

Alma blieb auf der Sofalehne sitzen und betrachtete wie hypnotisiert die Telefonnummer. In diesen Zahlen steckte Max' aktuelles Leben. Er hatte also zwei Kinder. Und eine Frau. Wenn ich gewusst hätte, dass es nach ein paar Jahren definitiv wieder nach Hause gegangen wäre, wäre ich mitgekommen, dachte Alma. Nicht gerne, aber, ja, doch. Na ja, sagen wir: wahrscheinlich. Aber wer hätte ahnen können, dass sich die Dinge so entwickeln würden? Max war so wild entschlossen gewesen, die Heimat für immer hinter sich zu lassen. Seufzend legte sie den Zettel mit der Telefonnummer auf den Sekretär und registrierte dabei, dass Bernhards Strauß müde aussah. Sie trug die Vase in die Küche, sortierte die verblühten Blumen aus und erneuerte das Wasser. Regines und Wolfgangs Garten fiel ihr ein, es gab viel zu tun, es würde ihr guttun, in die Arbeit einzutauchen. Wenn sie mit der Erde verbunden war, würden die Gedanken hoffentlich aufhören, sich im Kreis zu drehen.

Wie jedes Mal, wenn sie das Törchen öffnete, hatte Alma das Gefühl, dass der Garten sich freute, sie zu sehen. Sie mähte den Rasen hinter dem Haus und jätete Unkraut im Staudenbeet. Und obwohl sie sich vorgenommen hatte, nicht an Max zu denken, war er die ganze Zeit dabei. Dass sie ihn anrufen würde, stand außer Frage. Heute Abend würde sie seine Nummer wählen und seine Stimme hören. Oder zuerst die Stimme seiner Frau. Wie sie wohl sein mochte? Ob sie Ähnlichkeit mit Alma hatte? Max hatte auf brünette Frauen mit dunklen Augen gestanden, keine seiner Freundinnen war blond gewesen. Sie dachte an die kleine, blonde und grünäugige Tochter, die sie während ihrer Nahtoderfahrung gesehen hatte. Auch Max war als Kind hellhaarig gewesen, wie ein kleiner Engel, hatte Emmi mit verliebtem Lächeln erzählt. Walter hatte dazwischengebrummt, dass der Junge ein Bengel gewesen sei, weil Emmi ihn so verwöhnt hatte und ihm alles durchgehen ließ. Zum Glück habe sich das mit der Zeit ein bisschen ausgewachsen … Alma musste lächeln bei diesem Rückblick, und dann kamen ihr unvermittelt die Tränen. So viele Erinnerungen, und wenn sie auftauchten, waren sie so frisch, als wäre alles gestern passiert.

Regine und Wolfgang waren noch nicht von der Arbeit zurück, als Alma das Gartentörchen hinter sich schloss, mit einem letzten Blick zurück zur Vogeltränke, wo ihr Freund, das Rotkehlchen, fröhlich vor sich hin zwitscherte. Auch heute war sie mit dem Bus unterwegs statt mit Wotan, und sie stieg zwei Haltestellen früher aus, um ein paar Kleinigkeiten bei *Özdemir* einzukaufen. Gül stand hinter der Frischetheke und strahlte über das ganze Gesicht, als sie Alma sah. »Wie schön, dass du da bist. Wie geht es dir?«

»Ich lebe noch«, sagte Alma ohne nachzudenken.

»Warst du krank?«, fragte Gül mitleidig.

»Ein bisschen. Es geht schon wieder.«

Gül lud feierlich ein gefülltes Weinblatt auf ein Tellerchen und reichte es über die Theke. »Für dich. Ein paar Vitamine.«

»Oh, das ist ja lieb. Vielen Dank!« Alma war ganz warm ums Herz geworden. Und ihr fiel auf, dass Gül zum ersten Mal, seit sie bei *Özdemir* einkaufte, nicht gefragt hatte, ob sie probieren wollte, sondern ihr ganz selbstverständlich eine kleine Freude anbot. Es steckte viel Zuneigung in diesem kleinen Röllchen, das Alma mit Genuss verspeiste.

Als sie wenig später mit ihren Einkäufen den Laden verließ und sich noch einmal umdrehte, um zu winken, rief Gül: »Pass gut auf dich auf, Alma!«

Wie passt man gut auf sich auf, fragte sich Alma, während ihre Füße sie nach Hause trugen. Aß man vegan, trank weder Kaffee noch Alkohol, machte Yoga und meditierte, trieb mäßigen Ausdauersport und erhielt dafür vom Kosmos die Garantie, dass das Herz erst dann seinen Dienst einstellen würde, wenn man hochbetagt war? Die Vorstellung war durchaus verführerisch und wurde von den Medien und einer höchst geschäftstüchtigen Industrie nach Kräften genährt. Was nichts daran änderte, dass das Leben so nicht funktionierte. Es machte einfach, was es wollte, und man musste sehen, wie man damit klarkam.

Im ›Gärtchen‹ saß Katrin mit ihrem Strickzeug. Als sie Alma sah, sprang sie auf.

»Da bist du ja! Ich hab schon bei dir geklingelt, aber du hast nicht aufgemacht. Na ja, kein Wunder, du warst unterwegs. Hast du einen Moment Zeit?«

Alma sah ihr blasses Gesicht und spürte Katrins Anspannung, als wäre es ihre eigene. »Klar. Komm mit rauf.«

6

»Er ist tot«, sagte Katrin. Sie saßen mit einer Kanne Tee auf dem Balkon und ließen sich von der Abendsonne wärmen.

»Wer?«, fragte Alma erschrocken.

»Mein … Vater. Oder Erzeuger. Ich meine, er war mir ja kein Vater, und ich empfinde nichts für ihn. Ich hab ihn ja nicht mal gekannt. Und trotzdem bin ich irgendwie … geschockt.«

»Verständlich. Aber woher weißt du denn, dass er gestorben ist?«

»Seine Schwester hat geschrieben. Der Brief war an meine Mutter adressiert und lag heute im Briefkasten. Bitte lies doch mal.«

Sie zog ein Kuvert aus ihrem Strickbeutel. Der Brief war ein Computerausdruck und von Hand unterschrieben, in einer kleinen, akkuraten Schrift.

Sehr geehrte Frau Ritter,
mein Bruder Paul Jottwig hat mich beauftragt, Ihnen im Todesfall Bescheid zu geben. Er verstarb am ersten März diesen Jahres, nur bin ich bislang nicht zum Schreiben gekommen. Wir haben viel Arbeit in unserem Landgasthof zum Tulpenbaum. *Auch der Beerdigungskaffee für Paul*

fand bei uns statt, teilgenommen haben aber nur mein Mann, ich, unser Sohn und die Schwiegertochter, der Enkel und meine beste Freundin. Sie war so was wie seine letzte Liebe und nimmt es schwer, dass er nicht mehr da ist. Schwerer als ich, das sage ich frei von der Leber weg. Paul war sieben Jahre älter als ich, wir konnten schon als Kinder nicht viel miteinander anfangen, und das wurde nicht besser, als wir erwachsen waren. Er zigeunerte in der Weltgeschichte herum und lag auf der faulen Haut, während ich und mein Mann gearbeitet und uns etwas aufgebaut haben. Dann, letztes Weihnachten, stand Paul plötzlich vor der Tür und fragte, ob er ein paar Tage bei uns wohnen dürfe, in einem der Fremdenzimmer. Er habe Heimweh bekommen nach der alten Heimat. Was schon komisch ist, er war zwanzig Jahre nicht mehr zu Besuch. Aus den Tagen wurden Wochen. Paul hat viel gemalt, und abends öfter in der Gaststube Gitarre gespielt und gesungen, viele Gäste kamen extra seinetwegen. Im Sommer wollte er zu Freunden nach Korfu. Aber dazu kam es nicht mehr. Er ist an einem Herzinfarkt gestorben, im Krankenhaus. Als wir sein Zimmer im Gasthof ausgeräumt haben, fanden wir ein Testament. Das war eine Liste mit ein paar Leuten, die wir im Todesfall benachrichtigen sollten. Darunter war auch Ihr Name. Er hinterließ auch Anweisungen zu seiner Beerdigung und setzte mich als Erbin ein. Nicht, dass er viel zu vererben hatte. Aber seine Aquarelle gefallen den Leuten. Sie hängen im Gasthof aus, und wir haben schon einige verkauft. Ich weiß nicht, woher Sie Paul kannten und wie sie zu-

einander standen. Es war ihm wichtig, dass Sie Bescheid wissen, und so sende ich Ihnen seinen letzten Gruß.
Mit freundlichen Grüßen
Brigitte Nissen

»Was für ein … seltsamer Brief«, sagte Alma.

»Allerdings. Es ist mir völlig schleierhaft, warum dieser Mensch unbedingt wollte, dass eine Frau, mit der er vor Ewigkeiten mal einen Frühling lang eine Affäre hatte, erfährt, dass er tot ist.« Katrins Augen füllten sich mit Tränen, als sie hervorstieß: »ICH komme überhaupt nicht vor. Es hat mich nie gegeben für den Kerl. Nicht mal einen verdammten, scheißletzten Gruß hatte er für mich übrig!«

»Mir geht gerade etwas durch den Kopf … Was, wenn der Mann wirklich nicht gewusst hat, dass es dich gibt?«

Katrin starrte sie aus weit aufgerissenen Augen an. »Wie meinst du das?«

»Na ja … vielleicht hat deine Mutter ihm gar nicht erzählt, dass sie schwanger war? Wäre das denkbar?«

»Nein. Eigentlich nicht. Sie hat immer gesagt, er sei ein Zugvogel. Ich bin damit aufgewachsen, dass er weiterzog, als sie schwanger war, und meine Existenz ihm gleichgültig war.«

»Aber theoretisch *könnte* es sein, dass deine Mutter, aus welchen Gründen auch immer, etwas verschwiegen hat?«

Katrin zuckte mit den Schultern. »Ja. Aber … ich will das nicht glauben. Es würde bedeuten, dass sie uns bewusst getäuscht hat. Dass sie eine Lüge gelebt hat. Mich um meinen Vater betrogen hat, und meinen Vater um die Möglichkeit, seine Tochter kennenzulernen. Das KANN doch einfach nicht sein.«

Der Schock stand ihr ins Gesicht geschrieben, sie war kreideweiß geworden. Alma nahm ihre Hand und drückte sie.

»Ich liebe meine Mutter. Ich vermisse sie jeden Tag. Wir waren ein Herz und eine Seele. Okay, es gab auch mal Streit, das ist normal. Wenn ich mir vorstelle, dass sie … mich totgeschwiegen hat … dann zerstört das alles. Ich könnte ihr das nicht verzeihen.«

»Ich hätte den Mund halten sollen«, sagte Alma kleinlaut. »Es tut mir leid. Das war doch nur ein Hirngespinst von mir. Bitte, vergiss, was ich gesagt habe. Ich fände es ganz furchtbar, wenn der Unsinn, den ich verzapft habe, deine Gefühle für deine Mutter vergiften.«

Katrins grünbrau gesprenkelte Augen hatten einen Ausdruck, den Alma noch nie an ihr gesehen hatte. »Weißt du, das Schlimme ist, je mehr ich darüber nachdenke, desto mehr Sinn macht deine Vermutung. Das würde auch die Gelassenheit erklären, mit der sie hinnahm, dass er sie sitzenließ, als sie schwanger war. Seien wir ehrlich, nicht viele Frauen in dieser Situation hätten so freundlich von ihrem Ex gesprochen. Und es ist schon auch ungewöhnlich, dass sie den Namen nicht in der Geburtsurkunde angegeben und nie versucht hat, ihn wegen Unterhaltszahlungen dranzukriegen. Sie hatte ihr ›Geschenk‹ – mich, und das wollte sie nicht teilen. So könnte man es auch sehen.« Katrin wischte sich mit der Hand übers Gesicht und fügte müde hinzu: »Das Allerschlimmste ist aber, dass ich die Wahrheit nie herausfinden werde. Am liebsten würde ich Mutter von ihrer Wolke im Himmel runterzerren, von der sie so gern geredet hat, und so lange durchschütteln, bis sie mit der Sprache herausrückt. Ich bin so … wütend.«

»Und ich fühle mich schuldig«, sagte Alma traurig.

»Das brauchst du nicht. Die Wut hat auch was Gutes. Ich gehe jetzt runter und räume Mutters Sachen zusammen. Vielleicht finde ich ja doch noch einen Hinweis darauf, was sich wirklich abgespielt hat. Wenn nicht, kann ich es nicht ändern, aber ich habe wenigstens endlich angefangen, klar Schiff zu machen. Das ist schon lange überfällig.«

Alma nickte. »Wo liegt eigentlich das Dorf, von dem in dem Brief die Rede ist?«

»Auf irgendeinem Acker in irgendeinem Kuhkaff. Ist doch völlig egal. Leider können die Leute dort lesen und Briefe schreiben, und einen Briefkasten scheint es auch zu geben. Warum, zum Teufel, ist der Zugvogel nicht in der Einsamkeit der Sahara tot umgefallen?«

»Ach, Katrin. Ich weiß es nicht. Aber ich könnte mir vorstellen, dass er sein Nomadenleben leid war. Und Spuren hinterlassen wollte. Vielleicht hat er geahnt, dass er nicht mehr so viel Zeit hatte, so was soll es ja geben.«

»Tolle Story«, schnaubte Katrin. »Der verlorene Bruder, zum Sterben heimgekehrt in den Schoß der Familie. Ich geh jetzt mal, ich muss mich abreagieren. Wenn du von unten Gepolter und Wutgeheul hörst, weißt du, dass ich etwas gefunden habe und gerade mit der Axt auf Mutters Möbel losgehe.«

Als sie sich zum Abschied umarmten, sagte Katrin: »Was ich noch sagen wollte … Ich hab zufällig aus dem Fenster geschaut, als Bernhard dich am Sonntag abgeholt hat. Er sieht wirklich nett aus …«

Alma hörte das Fragezeichen in Katrins Stimme und war gerührt, dass die Freundin so taktvoll Erkundigungen einzog. »Er ist nett. Und ich hoffe, dass wir Freunde werden können.«

Katrin verstand sofort. »Schade. Wirklich schade. Ich hatte so gehofft … na ja, du weißt schon.«

»Ja. Ich auch. Und ich bin traurig, aber auch erleichtert, weil die Dinge jetzt klar sind. Du, Katrin?«

»Ja?«

»Wenn du ich wärst, und du hättest die Telefonnummer von Max herausgefunden … würdest du ihn anrufen?«

»Darauf kannst du Gift nehmen!«, kam es wie aus der Pistole geschossen von Katrin.

»WER ist da?«, fragte die sonore Männerstimme ungläubig. Sie klang anders, als Alma sie in Erinnerung hatte. Voller, tiefer und vor allem – älter. Alma wiederholte ihren Namen. Ihr Herz klopfte vor Aufregung zum Zerspringen, und ihre Hände waren schweißnass. Das Schweigen am anderen Ende der Leitung dehnte sich. Was würde danach kommen? Würde er kommentarlos auflegen? Etwas Unfreundliches sagen? Sich womöglich gar nicht an sie erinnern?

»Jetzt fällt der Groschen«, sagte Max freundlich. »Das ist ja ein Ding. Alma. Ich hab ewig nicht mehr an dich gedacht. Wie kommt's, dass du dich meldest? Und woher hast du meine Telefonnummer?«

»Ach, ich hab kürzlich beim Aufräumen Fotos gefunden«, log Alma. »Und da hab ich einfach mal bei deinen Eltern angerufen. Deine Mutter hat sich gefreut.«

Max lachte. »Irgendwie freue ich mich auch. Erzähl doch mal. Was machst du denn so? Bist du verheiratet?«

Offenbar hegte er keinen Groll mehr, aber Alma wollte sichergehen. »Du warst damals nach der Trennung ja sehr wütend auf mich …«

Wieder ein leises Lachen. »Jetzt fällt es mir ein. Stimmt. Aber das ist lange, lange her. Ich bin nicht nachtragend.«

Der letzte Satz irritierte Alma: »Das hörte sich damals aber anders an. Und die Sache hat zwei Seiten. Du warst enttäuscht, dass ich nicht mitkommen wollte. Umgekehrt hätte ich dir genauso gut vorwerfen können, dass du deinen Weg gehst, ohne Rücksicht auf mich und meine Wünsche.«

»Hast du deswegen angerufen? Um den alten Kram aufzuwärmen und dich mit mir zu streiten? Das wäre wirklich schade, weil ich dann auflegen müsste. Dabei klingt deine Stimme so sympathisch, und ich würde mich wirklich gerne weiter mit dir unterhalten«, sagte Max, ein wenig kühler, aber immer noch freundlich.

»Es war mir einfach wichtig, es anzusprechen«, sagte Alma steif.

»Das haben wir dann ja hinter uns und können zum vergnüglichen Teil übergehen. Schieß los. Aus deiner Telefonnummer schließe ich, dass du immer noch in Berlin wohnst?«

»Ja. Genau …« In wenigen, wohlgesetzten Worten skizzierte Alma ihr Leben, in puncto Partnerschaft schlängelte sie sich an der Wahrheit vorbei, denn Max sollte auf keinen Fall den Eindruck gewinnen, dass sie frustriert oder unglücklich war. Und so erzählte sie, dass sie seit vielen Jahren locker mit einem wunderbaren Mann zusammen und sehr glücklich sei.

»Was heißt locker?«, hakte Max nach.

»Wir wohnen nicht zusammen und geben uns viel Freiheit«, improvisierte Alma, die an Katrins Peter denken musste. »Wenn wir uns sehen, genießen wir unser Zusammensein.«

Max seufzte. »Das hört sich einfach phantastisch an. Davon kann ich nur träumen. Wenn ich gewusst hätte, was auf mich zukommt, hätte ich nie geheiratet.«

»Du liebe Güte. Das klingt ja schlimm. Bist du unglücklich in deiner Ehe?«

»Da du mich so direkt fragst, und ich ehrlich sein möchte: Ja. Aber ich habe ein Talent, das Beste aus allem zu machen.«

Er erzählte eine dieser Ehe-Geschichten, wie Alma sie schon oft gehört hatte. Man lebte durchaus freundschaftlich nebeneinanderher, hatte ein Haus und Kinder, die inzwischen erwachsen waren, und einen komfortablen, finanziell abgesicherten Alltag.

»Als Familie funktionieren wir gut. Alles andere … ist schwierig für mich. Meine Frau leidet extrem unter Wechseljahrsbeschwerden, trotz Hormonersatztherapie und allen möglichen alternativen Heilmitteln. Und das schon seit vielen Jahren, ein Ende scheint nicht in Sicht. Im Gegensatz zu Ulla bin ich kein Mensch, dem es nichts ausmacht, ohne Sex und Zärtlichkeit zu leben.«

»Ja. Das kann ich gut verstehen.«

Auf einmal war sie wieder da – die Verbindung, die sie vor vielen Jahren miteinander geteilt hatten. Jedenfalls kam es Alma so vor. Max »nahm sie mit in die Küche«, wie er es ausdrückte, weil er sich ein Glas Wein einschenken wollte, und erzählte, dass seine Frau die nächsten Wochen auf Sri Lanka verbringen würde, sie habe sich zu einer Ayurveda-Kur entschlossen.

»Und du – willst du auch in Urlaub fahren?«, fragte Alma, die sich ebenfalls ein Glas Wein eingegossen hatte.

»Ich muss leider arbeiten. Aber ich habe ein paar schöne Wochenenden geplant. Apropos Wochenenden – weißt du noch, als wir zusammen an die Ostsee gefahren sind, in diese kleine Pension, wo es selbst gebackene Rosinenbrötchen zum Frühstück gab und abends frischen Fisch? Das Wetter war grottenschlecht, aber das war völlig egal, weil wir sowieso kaum aus dem Bett gekommen sind.« Er lachte, und Alma lachte mit. »Klar erinnere ich mich. Wir sind doch noch mal hingefahren, im Spätsommer. Und ich habe mir einen schlimmen Sonnenbrand geholt, du musstest mir andauernd den Rücken mit einem Gel aus der Apotheke eincremen.«

»Das hab ich gern gemacht. Du hattest so schöne, zarte Haut. Nicht nur auf dem Rücken«, sagte Max leise. Alma musste schlucken. Es war so leicht, in die Vergangenheit einzutauchen und sich daran zu erinnern, wie verliebt und glücklich sie damals gewesen war.

»Wie siehst du aus, Alma? Ich meine, heute? Du warst so zierlich und ein bisschen exotisch mit deinen schwarzen Mandelaugen. Meine kleine Señorita ...«

Señorita ... das war sein Kosename für sie gewesen, und er traf sie mitten ins Herz.

»Alma? Bist du noch dran?«

Sie atmete tief durch. »Ja. Es war nur ... so seltsam zu hören, dass du mich Señorita nennst.«

»Auf einmal war sie wieder da, die kleine Spanierin, ich hab sie vor mir gesehen. Sie hatte kurze, dunkle Haare.«

»Aus der Señorita ist eine Señora geworden. Mit schulterlangen, nicht mehr ganz naturbraunen Haaren. Und zierlich ist sie auch nicht mehr.«

»Jetzt sag bloß, du bist dick geworden. Das kann ich nicht glauben«, sagte Max. »Du warst doch nicht der Typ Frau, der sich gehenlässt.«

»Ich sehe vollkommen normal aus«, gab Alma irritiert zurück und erinnerte sich, dass Max sehr genaue Vorstellungen davon gehabt hatte, wie der Körper einer Frau proportioniert sein sollte, damit er ihn attraktiv fand. »Und du? Hast du noch alle deine Haare? Du hattest solche Angst davor, frühzeitig kahl zu werden, wie dein Vater, das weiß ich noch.«

»Sie sind alle noch da«, sagte Max stolz. »Und ich kann mit Fug und Recht behaupten, dass ich mich gut gehalten habe. Ich werde durchweg mindestens zehn Jahre jünger geschätzt. Das ist keine Angeberei, sondern das Ergebnis harter Arbeit. Ich laufe fast jeden Tag, gehe ins Fitnessstudio, ernähre mich gesund. Das heißt aber nicht, dass der Genuss zu kurz kommt, am Abend trinke ich gerne ein Glas Wein. Hast du eine E-Mail-Adresse? Soll ich dir ein Foto zumailen?«

»Nein. Danke. Es fühlt sich … nicht richtig an. Obwohl ich neugierig bin, das gebe ich zu.«

»Ich auch. Auf die Frau, die du geworden bist. Damals warst du, wenn ich das aus heutiger Sicht betrachte, ein apartes Mädchen. Du hast mir sehr viel bedeutet, Alma. Je länger ich mit dir spreche, desto mehr Erinnerungen tauchen auf. Dein Lachen … deine wunderbaren Massagen. In der ersten Zeit in Australien bin ich fast wahnsinnig geworden vor Sehnsucht nach dir.«

Alma schmolz dahin. Das war Balsam auf eine alte Wunde. Sie hatte so viel geweint nach der Trennung, nächtelang wach gelegen, und hatte sich mit der Vorstellung gequält, dass er sie nicht vermisste. Dass seine

Wut und seine Enttäuschung die Liebe, die er für sie empfunden hatte, einfach ausgelöscht hatte.

»Erzähl doch mal. Von deinem Leben dort.«

»Ach. Es ist so lange her. Und es gab so viele Enttäuschungen. Mein Onkel war ein krummer Hund, man kann es nicht anders sagen, die Arbeit hat mir überhaupt keinen Spaß gemacht. Das Land ist schon faszinierend, ich bin viel gereist, hab viel gesehen. Als die Firma dann pleiteging, wusste ich: Ich will nicht bleiben. Mit Mitte dreißig bin ich jung genug, um in Deutschland neu durchzustarten. Und das ist mir auch gelungen. Ich hab alles erreicht: ein guter Job, Heirat, zwei wohlgeratene Kinder, Hobbys, ein netter Bekanntenkreis. Aber manchmal wache ich nachts auf und kann nicht wieder einschlafen, und die Gedanken kreisen: Wie wäre mein Leben, wenn ich in Australien geblieben wäre? Oder: Was wäre passiert, wenn ich Ulla nicht kennengelernt hätte, sondern eine Frau, die vom Wesen her viel besser zu mir passt? Oder: Wie ginge es mir, wenn ich nicht geheiratet hätte, sondern so eine lockere Spaß-Geschichte leben würde wie du? Es gibt so viele Möglichkeiten, sein Leben zu gestalten, und mich treibt mit meinen achtundfünfzig Jahren die Befürchtung um, dass ich eigentlich ein besseres, spannenderes, glücklicheres Leben verdient habe, das sich mir aus irgendwelchen obskuren Gründen immer hartnäckig entzogen hat. Kannst du das verstehen?«

»Ja. Absolut. Es ist eine Sache der Entscheidungen. Ob man an bestimmten Stationen im Leben die richtige trifft, die einen glücklich macht; oder eine, die einen auf ein Abstellgleis führt, von dem man nie mehr runterkommt.«

»Du liebe Güte, das klingt ja furchtbar. Ich gehöre ganz sicher nicht zum alten Eisen, das auf einem Abstellgleis verlottert«, protestierte Max. »Ich denke, es ist normal, dass man sich ab und zu mal mit der Frage beschäftigt: Was wäre, wenn ich dies und jenes anders gemacht hätte? Und sich mit anderen vergleicht, deren Leben verlockender aussieht als das eigene, jedenfalls von außen. Ich tröste mich dann damit, dass niemand, den ich kenne, zufrieden ist. Wirklich niemand. Alle haben Probleme, ob nun beruflich, gesundheitlich oder in der Familie oder der Ehe. Wenn man jung ist, hat man Träume und will das Rad neu erfinden. Wenn man älter wird, sieht man, was aus all den Plänen und Wünschen geworden ist. Und das ist ziemlich ernüchternd. Trotzdem habe ich noch eine Menge vor.«

»Zum Beispiel?«

»Ich will wieder beim Hamburger Halbmarathon mitlaufen, noch ganz viel reisen, tauchen auf den Seychellen, Kitesurfen lernen, Polarlichter sehen, auf einem Elefanten reiten, ein Autorennen fahren, ach, es gibt tausend Sachen, die ich toll finde.«

Ein Gefühl der Unwirklichkeit überkam Alma, eine Ahnung, dass ihre Vision auch andere Schlüsse zuließ als die, die sie bisher gezogen hatte. War es möglich, dass eine uralte Liebe noch einmal aufblühen konnte? Konnte es sein, dass ihre Nahtoderfahrung ein Hinweis auf kommendes Glück gewesen war? War es denkbar, dass ihr eine zweite Chance geschenkt wurde?

»... und ich würde mich gerne mit dir treffen«, hörte sie Max plötzlich sagen. »Hallo? Alma? Bist du noch dran?«

»Ja ...«

Er lachte. »Jetzt bist du überrascht. Ich auch ... ich hätte nie gedacht, dass wir noch mal miteinander reden würden, geschweige denn, dass wir uns so gut verstehen. Wie ist es ... hast du Lust auf ein Wiedersehen? Vielleicht an der Ostsee?«

Die Luft im Wohnzimmer schien plötzlich elektrisch aufgeladen. Alma spürte ein Prickeln im Nacken und merkte, dass sich ihr Körper mit Gänsehaut überzog. Wenn sie ja sagte, würde nichts mehr so sein, wie es war, das wusste sie genau.

»Ich ... ich muss darüber nachdenken«, murmelte sie.

»Kein Problem.« Max klang belustigt. »Ruf mich an, wenn du so weit bist. Wir können uns natürlich auch woanders treffen. Es muss nicht die Ostsee sein, wenn das für dich schwierig sein sollte, wegen der Erinnerungen.«

»Ich lasse es mir durch den Kopf gehen.«

»Tu das. Ich würde mich wirklich, wirklich freuen, dich zu sehen. Und du brauchst keine Angst zu haben ... ich beiße nicht ...«

... außer, du möchtest es ..., fiel ihr ein. Das hatte er ihr ins Ohr geflüstert, bevor sie zum ersten Mal Sex hatten und sie vor Aufregung kaum atmen konnte.

Als das Gespräch zu Ende war, steckte Alma ihre Schlüssel in die Hosentasche, schlüpfte in ihre Schuhe und machte sich auf den Weg. Zu *Özdemir*. Einmal hin und zurück, zum Durchatmen, um den Kopf freizubekommen. Es hatte geregnet an diesem Abend, die Luft roch nach feuchter, warmer Erde, Wachstum und Frühling. Der Nachmittag mit Bernhard auf der Domäne kam ihr in den Sinn, sie spürte wieder die Sonne im Gesicht und hörte das Brummen der guten Fee in Hummelgestalt, als sie zusammen auf der Bank gesessen hatten und sie so voller Freude und Hoffnung gewesen war. Plötzlich vermisste sie ihn so, dass es beinahe weh tat. Seine Stimme, die warmen Hände, die Fältchen um seine Augen, wenn er lächelte, die Ruhe, die er ausstrahlte. Dann sah sie sich in dem dämmrigen kleinen Café, und Bernhards Gesicht, als sie von platonischer Freundschaft geredet hatte, und wusste mit einem Mal, dass daraus nichts werden würde. Bernhards Herz war auf der Suche nach einer neuen Liebe, und ganz sicher würde sie ihm zufliegen, da blieb keine Zeit und Energie übrig für eine Frau, die ihn enttäuscht hatte.

Den Rückweg von *Özdemir* absolvierte Alma so schnell sie konnte, denn es hatte angefangen zu nieseln. Katrin hatte die Rollläden im Wohnzimmer noch nicht heruntergelassen. Im Vorbeigehen sah Alma die Freundin, wie sie Bücher aus der Schrankwand in eine Kiste packte. Es sah nach Umzug aus im Wohnzimmer, das Frau Ritters Reich gewesen war: Mehrere Kartons und blaue Müllsäcke waren schon gefüllt. Alma huschte ins Gärtchen und klopfte an die Scheibe.

»Du bist es … oh Mann, hast du mich erschreckt«, sagte Katrin, nachdem sie das Fenster geöffnet hatte. Ihr Gesicht war gerötet, die Augen verschwollen, so als hätte sie geweint. »Es regnet. Warum hast du keinen Schirm dabei?«

»Weil … Mairegen macht groß. Das hat mein Vater jedenfalls immer behauptet, als ich klein war. Ich hab angerufen. Bei Max.«

»Wow. Das ging ja fix. Willst du einen Moment reinkommen und einen Tee mit mir trinken? Auch wenn es hier aussieht wie nach einem Erdbeben?«

Alma nickte. Sie war müde, gleichzeitig aber viel zu aufgedreht, um gleich schlafen zu gehen.

Den Melissentee tranken sie dann doch in der picobello aufgeräumten Küche, weil Katrin, wie sie sagte, eine Pause vom Chaos brauchte.

»Das ist ja super«, sagte sie, nachdem Alma berichtet hatte. »Und? Triffst du dich mit ihm?«

»Ich glaube schon.«

Katrin trank einen Schluck Tee und betrachtete dabei nachdenklich die Tapete, die ihr schon immer ein Greuel gewesen war. Rosa Rosen hatten in einer Küche nichts verloren, das war ihre Meinung gewesen, aber ihre Mutter hatte das Muster geliebt. Weiße Wände, sagte Katrin. Ich will reine, weiße Wände, überall. Unbeschriebene Blätter. Endlich das Leben neu beginnen.

Dann sagte sie: »Vielleicht ist es wirklich so, dass ihr

füreinander bestimmt seid und euch jetzt erst wiederfindet … es wäre jedenfalls absolut romantisch. Und … auch ein bisschen unheimlich. Ich kriege gerade Gänsehaut. Meine Mutter hat früher immer gesagt, wenn einem so ein Schauer über den Rücken läuft, dann setzt gerade jemand seinen Fuß auf die Stelle, wo einmal dein Grab sein wird.«

»Das klingt makaber.«

»So ist mir auch zumute. Ich trage gerade alles, was von meiner Mutter geblieben ist, zu Grabe. Na ja, fast alles. Ein paar Andenken will ich aufbewahren. Die alte Seemannskiste von meinem Großvater ist ein guter Ort für Souvenirs. Das ist dann alles, was von meiner Familie übrig geblieben ist. Außer mir sind alle tot.«

»Katrin … ist dir eigentlich klar, dass du sehr wohl eine Familie hast? Eine Tante, einen Onkel, Cousin, Cousine. Und den Enkel deiner Tante. Ist das ein Großcousin?«

»Keine Ahnung«, gab Katrin gereizt zurück. »Diese Leute zähle ich nicht als Familie, ich kenne sie doch gar nicht. Blut ist ganz bestimmt nicht dicker als Wasser.«

»Bist du nicht neugierig? Auf das, was man dir über deinen Vater erzählen könnte? Vielleicht gibt es Fotos. Und es war von Aquarellen die Rede, die er gemalt hat.«

Katrin hatte die Arme vor der Brust verschränkt. »Nein«, sagte sie trotzig.

»Hm. Ich schon. Überleg doch mal … das ist auch eine zweite Chance für dich, doch noch herauszufinden, ob dein Vater über dich Bescheid wusste.«

»Du kannst ja hinfahren und Privatdetektivin spielen. Es gibt Fremdenzimmer im *Landgasthof zum Tulpenbaum.* Mit Bad, und sie sehen sogar ganz gemütlich aus. Du findest den Acker, auf dem der Gasthof steht, in einem Kuhkaff, das immerhin über einen Bahnhof verfügt. Mit dem Zug sind es zwei Stunden von Berlin. Du musst einmal umsteigen.«

»Du hast ja doch überlegt, hinzufahren«, stellte Alma mit einem Grinsen fest.

»Ich google einfach gerne, das ist alles.«

»Ach so. Schade. Ein Wochenende auf dem Land würde mir guttun. Mal raus aus dieser Riesenstadt, durchatmen, Natur genießen, spazieren gehen.«

Katrin schaute sie aus großen Augen an. »Du willst mit mir nach Kuhkaff fahren? Verstehe ich das richtig?«

Alma lachte. »Ja! Liebend gern.«

»Ich staune gerade«, sagte Katrin. »Und ich freue mich.«

»Worüber denn?«, wollte Alma wissen.

»Über deinen Elan. Dein Lachen. Endlich strahlst du wieder Freude am Leben aus. Ich bin so froh, dass du dich getraut hast, Max anzurufen.«

»Ich auch«, gab Alma zurück. »Ich weiß nicht, was noch alles auf mich wartet. Aber etwas ist in Bewegung gekommen, und das tut mir gut.«

7

Alma träumte wild durcheinander in dieser Nacht. Sie ging mit Max an einem Fluss spazieren. Es war der junge Max, der Alain Delon ähnlich sah. Alma war so alt, wie sie war, und in ein langes, weißes Hochzeitskleid gekleidet. In den Händen hielt sie einen Brautstrauß aus rosa Rosen. Regine trug die Schleppe des Kleides und sang »Viel Glück und viel Segen«, während Wolfgang mit den Trauringen vorneweg marschierte. Das waren die Sequenzen, an die Alma sich erinnerte, aber sie wachte mit dem Gefühl auf, die ganze Nacht in einer verwirrenden Bilderwelt unterwegs gewesen zu sein.

Auf dem Weg zum Bad fand sie einen Zettel, den jemand unter der Wohnungstür durchgeschoben hatte. Darauf war ein Herz gemalt, und darunter stand:

Danke, du Liebe. Habe zwei Einzelzimmer mit Bad von Samstag auf Sonntag in Kuhkaff für uns gebucht und besorge auch Zugtickets. Musste beim Aufwachen an Konfuzius denken, keine Ahnung, wieso er plötzlich in meinem Hirn erschien. Vielleicht gibt es einen klugen Spruch von ihm, dass man manchmal in die Vergangenheit abtauchen muss, um Weisheit zu erlangen? Werde das bei Gelegenheit mal googeln.

Wünsche dir schönen Tag!
Wir sehen uns. Umarmung von K.

Alma musste grinsen. Konfuzius, und das am frühen Morgen, das war beinahe so kompliziert wie Sören Kierkegaard. War eine Reise nach Kuhkaff, wie Katrin das Dorf getauft hatte, ein Tauchgang in die Vergangenheit? Alma kam es eher wie eine Expedition in eine neue Welt mit neuen Menschen vor. Wer sich in die Vergangenheit stürzen würde, kopfüber, das war Alma Schneyder. Aber noch nicht gleich. Erst einmal würde sie sich mit Katrin im *Landgasthof zum Tulpenbaum* umschauen.

»Herzlichen Glückwunsch!«, sagte Regine ein paar Stunden später.

»Wozu?« Alma rührte in ihrem Cappuccino und leckte den Löffel ab. Sie hatten sich in Regines Mittagspause getroffen, in einem Café in der Nähe der Praxis, und saßen draußen.

»Dass du ihn angerufen hast. Und dich mit ihm treffen willst. Das ist das Allerwichtigste. Dass ihr euch persönlich begegnet, im wahren, echten Leben.«

»Erst mal fahre ich mit Katrin übers Wochenende weg. Raus aufs Land.«

»Oh, schön. Viel Spaß und gute Erholung!« Sie warf einen gehetzten Blick auf ihre Armbanduhr und sprang auf. »Mist, ich muss los. Entschuldige.«

Ein hastiger Kuss auf die Wange, dann war sie weg.

Alma winkte ihr nach, dann nahm sie einen Schluck vom ausgezeichneten Cappuccino. Die Sonne schien warm auf sie hinunter, von den Tischen nebenan drangen gedämpfte Stimmen an ihr Ohr. Es war schön, hier sitzenbleiben zu können, nicht zurück zur Arbeit eilen zu müssen. Sie schloss die Augen und ließ ihre Gedanken spazieren gehen. Zu einer lichtdurchfluteten Küche, in der ein junger Mann mit braunen Augen sie lachend in die Arme schloss und küsste …

Alma war so versunken in ihre Träumerei, dass sie zusammenzuckte, als ihr Smartphone kurz darauf eine SMS meldete.

Liebe Alma,
wie wäre es mit einem Spaziergang auf der Domäne heute, so um fünf? Ich würde mich freuen. Liebe Grüße Bernhard.

Sachlich. Platonisch-freundschaftlich, daran gab es nichts zu rütteln. Absolut korrekt, genau, wie sie es sich gewünscht hätte. Wieso kamen ihr dann beinahe die Tränen? Es schien, als raste sie seit dem Tag, an dem ihr Herz stillgestanden hatte, auf einer emotionalen Achterbahn dahin, rauf und runter, um die Kurven und dann wieder geradeaus, ohne die Möglichkeit, auszusteigen oder das Karussell zum Anhalten zu bringen. Das Telefonat mit Max, die leisen Hoffnungen, die es geweckt hatte, Fragmente der Begegnungen mit Bernhard, Regines und Wolfgangs Unverständnis und ihre eigene Unsicherheit. Ihr Kopf war voll mit Eindrücken und Erinnerungen, die Emotionen wachriefen, schöne und schmerzliche. War etwas dran an dem, was Regine gesagt hatte: War ihre Gemütslage etwa deswegen so schwankend, weil ihre Psyche einen Knacks bekommen hatte? Sollte sie doch zu ihrer Hausärztin gehen und sich beraten lassen? Nein, sagte sie sich, nachdem sie eine Weile in sich hineingespürt hatte. Nach wie vor bin ich davon überzeugt, dass das nicht der richtige Weg ist.

Bernhard sah abgespannt aus, das war das Erste, was Alma auffiel, als sie sich vor dem Eingang zur Domäne zur Begrüßung platonisch-freundschaftlich umarmten.

»Schön, dass du Zeit hast«, sagte er. »Ich hab heute mal früher Schluss gemacht. Wir hatten eine stressige Woche im Büro und da dachte ich, ich hab mir eine Belohnung zum Feierabend verdient.«

»Ich freu mich. Für einen Spaziergang bin ich immer zu haben.« Sie lächelten sich verlegen an.

Same, same, but different, dachte Alma wehmütig. Der Spätnachmittag war kühl, und der Wind trieb Wolken über den Himmel, der nach Regen aussah. Weiden und Felder boten einen Rausch von Grün in allen Schattierungen, betupft mit bunten Wildblumen.

Als sie an der Streuobstwiese vorbeikamen, sagte Bernhard abrupt: »Wollen wir uns auf eine Bank setzen? Oder ist es dir zu kalt?«

»Es geht schon.« Alma lächelte, obwohl ihr nicht danach zumute war. Zum allerersten Mal überhaupt blieb der Zauber der Domäne, der ihr auf Anhieb Freude schenkte, wirkungslos. Heute steckten in jedem Meter Land schmerzliche Erinnerungen an den einen besonderen Nachmittag mit Bernhard, und Alma hätte einiges dafür gegeben, wenn eine gute Fee aufgetaucht wäre und mit einem Abrakadabra ihre Traurigkeit einfach weggezaubert hätte.

Sie setzten sich auf eine Bank in der Nähe der Bienenkörbe. Von dort hatte man einen guten Blick über die Wiese und das benachbarte Gelände. Die letzten Obstbäume waren verblüht, die Gräser und Wildkräuter standen viel höher als bei ihrem ersten Besuch. Alma suchte den Himmel nach ihrem Freund, dem Mäusebussard ab, vergeblich, er war anderweitig beschäftigt. Nur die Mauersegler und Nebelkrähen waren unterwegs. Im selben Moment, als Alma zu Bernhard hinüberschaute, wandte er ihr sein Gesicht zu, und ihre Augen trafen sich und ließen sich nicht mehr los. Wieder hatte Alma das Gefühl, in diesem Lobelienblau zu versinken, und wusste plötzlich, was kommen würde.

»Das hier ist ein Abschied, oder?«, sagte sie leise.

»Ja. Aber ich möchte, dass du weißt, dass er nicht geplant war.«

Alma nickte. »Ich verstehe …« Mehr fiel ihr nicht ein, denn das ›Ja‹ dröhnte in ihrem Kopf und übertönte alle Gedanken.

»Wirklich? Oder nur in deiner Phantasie? Du hast nicht mal nach dem Warum gefragt«, sagte er ungewohnt heftig.

»Okay. Warum?«

»Weil ich gerade merke, dass ich nicht dein Freund sein kann. Jedenfalls nicht so, wie du dir das wünschst. Ich möchte dich küssen, dich berühren, ich möchte all das, was hier anfing und am Grunewaldsee weiterging, und noch viel mehr. Ich brauche diesen Abschied, damit ich dich aus meinem Kopf und meinem Herzen bekomme.«

»Du möchtest dich verlieben. Ich weiß«, sagte Alma und merkte zu ihrer Überraschung, dass ihr die Tränen die Wangen hinunterrollten. »Es ist mir völlig klar, dass dir Freundschaft allein nicht das geben kann, was du dir wünschst.«

Er zog scharf die Luft ein. »Alma … bitte, nicht weinen. Das bringt mich um.«

»Ich weine nicht. Mir ist was ins Auge geflogen. Ist gleich vorbei.«

Er zog ein Stofftaschentuch heraus und reichte es ihr. »Danke«, sagte Alma. »Ich wünsche dir viel Glück und eine große Liebe. Und jetzt möchte ich nach Hause gehen.«

Sie waren beide gleichzeitig aufgestanden. »Ich werde dir das Taschentuch zuschicken, wenn ich es gewaschen habe. Oder, noch besser, ich gebe es Wolfgang mit.«

»Behalt das Taschentuch. Oder wirf es weg. Egal.« Bernhards Stimme klang belegt. Und dann hatte er sie mit einer einzigen Bewegung in die Arme genommen und drückte sie so fest an sich, dass ihr die Luft wegblieb. Ihre Knie gaben nach, und sie ließ sich in seinen Körper hineinfallen, den einzigen Halt weit und breit, und spürte seinen Herzschlag, als wäre es ihr eigener. Als er dann ging, mit langen Schritten, ohne sich umzusehen, hatte sie das irrwitzige Gefühl, als nähme er ein Stück von ihr mit.

An diesem Abend rief Max an. »Ich wollte deine Stimme hören«, sagte er vergnügt. »Wie ist es, hast du Zeit für einen kleinen Klönschnack, wie man hier im Norden sagt?«

Das ist ein gutes Omen, dachte Alma, und ihr Herz klopfte ein bisschen schneller. Es ist bestimmt kein Zufall, dass er sich meldet, nachdem Bernhard sich aus meinem Leben zurückgezogen hat. Welcher Philosoph hatte noch gleich davon gesprochen, dass es keine Zufälle gab, nur Möglichkeiten? Sie konnte sich nicht erinnern, und das war kein Wunder, denn sie hatte nicht nur Bernhards Taschentuch unter Wasser gesetzt, sondern eine ganze Packung Papiertaschentücher, und jetzt fühlte sich ihr Kopf an, als sei er mit Watte gefüllt. Sie hatte einen Menschen verloren, den sie gern zum Freund gehabt hätte, und das schmerzte, egal, wie gut sie seine Beweggründe nachvollziehen konnte. Es tat gut, mit jemandem zu reden, der sie auf andere Gedanken bringen konnte.

Das Telefonat dauerte zwei Stunden und führte Alma zurück in ihre gefühlt schönsten Jahre. Vielleicht spielte auch das Glas Wein eine Rolle, dass Max und sie sich wie immer einschenkten – ein kleines, gemeinsames Ritual beim Telefonieren. Sie hatten viele Rituale geteilt, damals, und im Gespräch wurden sie wieder lebendig. »Weißt du noch«, sagte Max, »wie wir sonntags immer über den ›Berliner Flohmarkt‹ am U-Bahnhof Nollendorfplatz gebummelt sind?«

»Der war toll. Auf die Idee, stillgelegte U-Bahn-Waggons dafür zu nutzen, muss man erst mal kommen.«

»Manchmal spielte eine Dixie-Band, das weiß ich noch. Und du hattest mir mal einen weißen Seidenschal geschenkt, so ein Retro-Teil aus den zwanziger Jahren.«

»Ich wollte dir noch den passenden Zylinder kaufen. Aber du hast gestreikt. Obwohl du bestimmt umwerfend ausgesehen hättest. So elegant wie Johannes Heesters«, neckte Alma.

»Genau das wollte ich vermeiden«, konterte Max.

Die Watte in Almas Kopf hatte sich verflüchtigt und die Traurigkeit mitgenommen. Es fiel ihr leicht, herumzuplänkeln, zu lachen, sich an all das Schöne zu erinnern, das zwischen ihnen gewesen war. Natürlich hatte es auch Schwierigkeiten gegeben, wie bei jedem Paar, aber sie erschienen unwichtig und so weit weg, dass es keinem von beiden in den Sinn kam, sie aus dem Gedächtnis zu kramen.

»Und?«, fragte Max schließlich, nachdem sie über einen Witz gelacht hatten, den er heute von einem Kollegen gehört hatte. »Wann sehen wir uns?«

»Übernächstes Wochenende?« Sie hatte geantwortet, ohne nachzudenken, und war auf einmal so aufgeregt, dass sie kaum atmen konnte.

»Warum nicht gleich am nächsten? Das Wetter soll großartig werden.«

»Da habe ich schon etwas vor.«

»Schade. Aber ich will nicht meckern, dafür freue ich mich viel zu sehr. Wo treffen wir uns? Irgendwo an der Ostsee? Ich könnte aber auch nach Berlin kommen. Ich war schon länger nicht mehr da. Oder, besser noch, Potsdam, da ist es gemütlicher, und es gibt viel zu sehen. Ich suche mir ein nettes Hotel raus. Für dich ist das mit der S-Bahn ja ein Katzensprung.«

»Potsdam klingt gut …«

»Fein! Ich freu mich!«

»Irgendwie kann ich es nicht fassen, dass wir uns schon bald gegenüberstehen werden«, sagte Alma. »Es kommt mir so unwirklich vor.«

Max lachte. »Mir nicht. Ich finde es … aufregend.«

»Das auch. Puh.«

»Tief durchatmen. Und anschnallen. Das wird ein tolles Wochenende!«

Wahnsinn, dachte Alma später, als sie mit der schnurrenden Pandora im Bett lag. Es kommt mir vor wie ein Traum, aber es ist wahr, Max und ich sehen uns wieder, und nix is fix, alles ist möglich … Vielleicht. Mit einem glücklichen Lächeln auf den Lippen schlief sie ein.

Am Samstagmorgen saßen Alma und Katrin im Zug nach Kuhkaff. Katrin war extra beim Friseur gewesen und hatte sich in ihrem Lieblingsladen von oben bis unten neu eingekleidet. »Das hab ich gebraucht. Für mein inneres Gleichgewicht«, hatte sie gesagt, als Alma ihr ein Kompliment machte. »Ich will mich gut fühlen, wenn ich meiner Tante zum ersten Mal begegne. Auch wenn sie vielleicht nie erfahren wird, dass sie meine Tante ist.«

»Ich würde ihn ja zu gern sehen«, sagte Katrin, nachdem Alma ihr von der Verabredung mit Max erzählt hatte. »Vielleicht könnte ich ja rein zufällig zur selben Zeit wie ihr Schloss Sanssouci besichtigen. Natürlich würde ich so tun, als würde ich dich nicht kennen. Wegen der Diskretion.«

Alma grinste von einem Ohr zum anderen. »Du könntest dich mit einem Schlapphut und Sonnenbrille tarnen, um dein Inkognito zu wahren.«

»Du meinst, damit er mich nicht wiedererkennt, falls du ihn mit zu dir nach Hause nimmst, und wir uns über den Weg laufen sollten?«

»Daran hab ich noch gar nicht gedacht.«

Es entstand eine längere Pause, in der beide ihren Gedanken nachhingen.

»Es könnte natürlich darauf hinauslaufen, dass … na ja, du weißt schon«, sagte Katrin schließlich.

»Nein«, gab Alma sehr bestimmt zurück. »Dafür bin ich nicht der Typ. Ich brauche Zeit. Und außerdem …«

»Ja?«

»Außerdem hab ich Angst, ich könnte mich blamieren, weil ich mich ungeschickt anstelle. Es ist schon ziemlich lange her, seit ich mit einem Mann im Bett war.«

»Ach, Sex ist wie Radfahren, das verlernt man nicht. Zumindest hab ich das mal gelesen«, sagte Katrin gelassen und zog einen Apfel aus ihrem Rucksack. »Peter und ich haben übrigens keinen. Wir kuscheln nur. Das ist auch ganz schön.«

»Hm. Ja. Wenn dir nichts dabei fehlt ...«

»Es ist okay. Ich meine, wir haben ja insgesamt eine ziemlich spezielle Beziehung. Vielleicht eher ein Arrangement. Wenn wir was zusammen kochen, schauen wir uns anschließend einen Film an und schmusen, dann lesen wir noch ein bisschen im Bett, bevor wir einschlafen, und morgens fahre ich dann von seiner Wohnung aus zur Arbeit.«

»Liebst du ihn eigentlich?«

»Du stellst Fragen ...« Katrin biss krachend in ihren Apfel und kaute nachdenklich. »Ich glaube schon. Er ist ein Fixpunkt in meinem Leben. Eine Art Zuhause.«

Alma nickte, sie konnte das ganz gut nachvollziehen. Auch Volker war so ein Fixpunkt gewesen. Es hatte gedauert, bis sie bereit gewesen war, sich von ihm zu lösen, obwohl die Beziehung nicht mehr funktionierte.

»Bist du aufgeregt? Wegen Kuhkaff?«

»Nö. Nicht mehr. Ich hab mich sinnvoll abreagiert. Mutters Sachen sind alle aus dem Haus, bis auf die Schätze in der Seemannskiste und zwei Bilder. Als

Nächstes sind die Möbel in ihrem Schlafzimmer und im Wohnzimmer dran. Einiges hab ich bei Ebay eingestellt, der Rest wird vom Sozialkaufhaus abgeholt.«

»Wow. Du legst ja ein Wahnsinnstempo vor.«

Katrin entsorgte den Apfelbutzen im Abfallbehälter und sagte seufzend. »Ich staune über mich selbst. Übrigens hab ich nichts gefunden, was Aufschluss darüber geben könnte, ob mein Vater wusste, dass Mutter von ihm schwanger war.«

»Bist du immer noch so wütend auf sie?«, erkundigte sich Alma vorsichtig.

»Es tut einfach nur scheißweh«, sagte Katrin und schaute dabei aus dem Fenster auf die vorüberrollende Landschaft. »Dass sie nicht mehr da ist, genauso wie die Ungewissheit, ob sie eine Lüge gelebt hat.«

Der *Landgasthof zum Tulpenbaum* befand sich nicht auf einem Acker, wie Katrin behauptet hatte, sondern im Dorfzentrum. Eigentlich, dachte Alma auf der Taxifahrt vom Bahnhof, war das Örtchen ganz hübsch. Jedenfalls, wenn man wie sie Landei-Gene hatte. Um einen Platz mit einem Springbrunnen und Bänken gruppierten sich Fachwerkhäuser, oft mit gekreuzten Pferdeköpfen als Giebelschmuck, wie es in Niedersachsen üblich war. Es gab eine Bäckerei, einen Friseur und einen kleinen Supermarkt, in dem auch eine Postfiliale untergebracht war, sowie ein Geschäft, über dem ein Schild mit dem Aufdruck *Kunststückchen* prangte.

»Den Laden schauen wir uns nachher mal genauer an«, sagte Katrin, nachdem sie aus dem Taxi gestiegen waren.

Der Dorfgasthof war das größte Gebäude am Platz und wirkte anheimelnd und gepflegt mit seiner weiß verputzten Fassade und den Blumenkästen, in denen rote Geranien prangten. Eine große Magnolie – ein Tulpenbaum – stand im Vorgarten in voller Blüte. Auf der Terrasse vor dem Haus saßen Gäste unter Sonnenschirmen beim Mittagessen. An der Rezeption in der Gaststube wurden sie von einer älteren, weißhaarigen Frau empfangen.

»Frau Nissen?«, fragte Katrin. »Wir hatten miteinander telefoniert, ich hatte zwei Einzelzimmer auf den Namen Ritter gebucht.«

Frau Nissen stutzte, kniff die Augen zusammen, dann setzte sie die Brille auf, die sie an einer langen Kette um den Hals trug. Nachdem sie Katrin ungeniert gemustert hatte, verzog sich ihr rundes Gesicht zu einem Lächeln. »Herzlich willkommen! Ich freue mich, dass Sie Pauls Gruß an Ihre leider verstorbene Mutter zum Anlass genommen haben, unseren Gasthof zu besuchen. Ich hoffe, Sie beide fühlen sich wohl bei uns. Wenn Sie mir folgen möchten, zeige ich Ihnen jetzt Ihre Zimmer.«

Die Räume im zweiten Stock waren klein, aber geschmackvoll mit hellen Möbeln im Landhausstil eingerichtet und zeigten zum Garten hinter dem Haus.

»Wo hat Ihr Bruder eigentlich gewohnt in seinen letzten Monaten?«, erkundigte sich Katrin.

»Im Dachstübchen, eine Etage höher. Kannten Sie ihn?«

»Nein. Meine Mutter und er hatten vor meiner Zeit Kontakt.«

Wieder betrachtete Frau Nissen Katrins Gesicht. Dann sagte sie seufzend: »Sie sehen ihm wirklich sehr ähnlich. Die gleichen Augen. Der gleiche Mund, nur ein bisschen voller, der Haaransatz, die runde Stirn. Und die kleine Lücke zwischen den Vorderzähnen.«

Katrin wurde knallrot. »Was für ein Zufall.«

»Das möchte ich nicht ausschließen, aber ich halte es für eher unwahrscheinlich. Auf der Liste der Personen, die ich benachrichtigen sollte, standen zehn Namen. Alles Frauen. Natürlich waren wir gespannt, ob sich wer meldet. Bis jetzt war Frau Katrin Ritter aus Berlin die Einzige. Als sie anreist, denke ich gleich beim ersten Blick: Oha. Wie aus dem Gesicht geschnitten.«

Unvermittelt brach Katrin in Tränen aus. Frau Nissen klopfte ihr unbeholfen auf den Rücken, als sei sie ein Kind, das sich verschluckt hatte. »Wie wär's, wenn Sie sich erst mal ein bisschen frisch machen und auspacken, und dann kommt Ihr runter, und wir trinken im Garten eine gute Tasse Kaffee?«

»Ja. Danke«, schniefte Katrin.

Frau Nissen tätschelte noch mal Katrins Schulter und war schon zur Tür hinaus, ehe Alma sich vom Schock erholt hatte.

Als Katrin, wie verabredet, eine Viertelstunde später an Almas Zimmertür klopfte, wirkte sie ruhig und gefasst. »Es ist unglaublich«, sagte sie auf dem Weg zur Treppe. »Dass ich ihm so ähnlich sehe, damit hab ich nun nicht gerechnet. Soviel zu inkognito.«

»Es hat aber auch was Gutes, dass die Katze aus dem Sack ist. Du kannst nach Herzenslust und ganz offen Fragen stellen.«

An der Rezeption stand diesmal ein älterer, bärtiger Mann, der sich als Rolf Nissen vorstellte. »Für dich – Onkel Rolfi«, sagte er mit einem festen Händedruck, als er Katrin begrüßte. »Brigitte ist schon im Garten. Den Korridor einfach geradeaus durchgehen, dann kommt ihr hin.«

Alma biss sich auf die Lippe, um nicht loszulachen, als sie Katrins fassungsloses Gesicht sah. Onkel Rolfi meisterte die Situation souverän. »Jetzt haben wir also eine Nichte. Das ist schon ein Ding, wir hatten ja keine Ahnung, dass er Vater war. Nun überlegen wir schon, ob sich wohl noch mehr Kinder melden … na ja, wir lassen uns mal überraschen. Zwei Briefe kamen übrigens gerade mit der Post zurück: Empfänger unbekannt.« Rolf unterbrach sich, um geräuschvoll in seinen Hemdsärmel zu niesen, dann fuhr er fort: »Im Korridor findest du Bilder von ihm. Das letzte Aquarell hier in der Stube haben wir gestern verkauft. Ich will gleich neue aufhängen und muss mal loslegen. Deine Tante hat auch noch viel zu tun. Es ist ja Samstag, da haben wir Hochbetrieb …«

Katrin verstand den zarten Wink. »Wir gehen dann mal in den Garten.«

Acht kleine, gerahmte Aquarelle schmückten die cremefarbenen Wände des Korridors. Sie hatten etwas Magisches, man konnte gar nicht an ihnen vorbeischauen. Mit wenigen, eigenwilligen Strichen hatte der Künstler die Essenz von Landschaften und Stadtansichten eingefangen.

»Café auf Korfu«, las Katrin laut vor, während sie von einem Bild zum anderen gingen. »Berlin – der Wannsee. Dorf im Wendland. London – irgendwo in Hampstead Heath. Badender Elefant – Bali. Farben Indiens – Goa. Ibiza – Altstadt. Die Alpen bei Sonnenuntergang.«

»Sie haben etwas Besonderes, findest du nicht?«, fragte Alma.

Katrin sagte seufzend: »Ich verstehe nichts von Kunst.«

Das war nicht unbedingt eine Antwort auf die Frage, aber Alma war klug genug, sie einfach mal so stehenzulassen.

Der Garten des Gasthofs bestand aus einem von Blumenbeeten eingerahmten Rasen, an den sich ein Nutzgarten mit Gemüse und Kräutern anschloss. Für die Gäste standen Tische und Stühle und Liegen bereit.

»Es ist wirklich schön hier«, sagte Alma, nachdem sie sich zu Frau Nissen an einen kleinen Tisch gesetzt hatten. »Ich freu mich schon darauf, den Garten nachher näher in Augenschein zu nehmen.«

»Er macht viel Arbeit, aber ich liebe ihn«, gab Frau Nissen zurück. Sie schenkte Kaffee aus einer Warmhaltekanne ein, bot Kekse an, selbst gebackene, die sie ›Tulpenbaum-Kringel‹ getauft hatte. Dann setzte sie ihre Brille auf und wandte Katrin ihre volle Aufmerksamkeit zu. »Ich sag jetzt einfach ›du‹, weil es mir komisch vorkäme, Pauls Tochter zu siezen. Du hast ihn nie kennengelernt, sagst du. Erzähl doch mal, was du weißt.«

»Ist das alles?«, fragte Frau Nissen erstaunt, nachdem Katrin ihre mageren Informationen geteilt hatte. Katrin nickte.

»Du möchtest also herausfinden, ob er wusste, dass deine Mutter mit dir schwanger war, bevor er sich – wie immer und überall – aus dem Staub gemacht hat.«

»Unter anderem«, sagte Katrin. »Ich möchte alles über ihn erfahren. Alles, was irgendwie wichtig für mich sein könnte.«

»Ach herrje«, kam es von ihrer Tante. »Wir tappen doch selbst im Dunklen. Jahrzehntelang gab es keinen Kontakt, bis auf eine gelegentliche Postkarte. Dann tauchte er hier auf, weil er auf einmal Heimweh hatte, war aber innerlich schon wieder auf dem Sprung, nach Korfu, weil er eben immer auf dem Sprung war irgendwohin, sein ganzes Leben lang. Er hat nie etwas über deine Mutter oder andere Frauen erzählt, es war nie die Rede von Kindern. Wir haben keine Briefe oder Tagebücher oder Fotos in seinem Zimmer gefunden, nur ein Adressbuch mit Anschriften und Telefonnummern aus aller Welt, viele davon durchgestrichen. Er sprach auch nie über Persönliches. Wenn er in Redelaune war, dann erzählte er über Orte, Landschaften, Reisen, Musik, Kunst und vage von Leuten, die er irgendwo kennenlernte, bei ihnen wohnte oder mit ihnen unterwegs war. Ellen – das ist meine beste Freundin, sie hat einen Kunsthandwerksladen, das *Kunststückchen*, hier am Platz und hilft manchmal im Gasthof aus – verliebte sich auf den ersten Blick in ihn. Na, kein Wunder, Paul brachte so ein Flair in unser Dorf. Weitgereist, Künstler und so weiter, und dann war er ja immer schon ein Casanova. Die Mädchen schmachteten ihn an, seit er fünfzehn, sechzehn war. Ich weiß nicht, woran es lag, er sah ganz gut aus, aber er war nicht das, was man zu meiner Zeit einen ›Beau‹ nannte.«

»Hast du Fotos?«, fragte Katrin.

»Ein paar von früher, als wir Kinder waren. Und eins von letztem Weihnachten, wo wir alle drauf sind: Rolfi, ich, unser Sohn, die Schwiegertochter und der Enkel. Ellen hat uns geknipst. Ich zeige sie dir später. Vielleicht möchtest du ja sein Grab besuchen? Der Friedhof liegt hinter der Kirche, wenn ihr die Hauptstraße bis zum Ende durchgeht, könnt ihr sie nicht verfehlen.«

»Ja. Danke«, sagte Katrin. »Das Adressbuch – habt Ihr es aufbewahrt?«

Brigitte Nissen war aufgestanden. »Nein. Wir haben alle seine Sachen entsorgt, bis auf die Aquarelle, die er hier gemalt hat, und seine Gitarre, die wollte unser Enkel gerne behalten. Und jetzt muss ich leider los, die Arbeit ruft. Abendessen gibt es ab achtzehn Uhr. Unser Sohn ist übrigens der Küchenchef. Die Schwiegertochter kümmert sich um den Service. Ihr werdet beide noch kennenlernen.«

Der Garten wirkte auf einmal leer ohne Brigitte Nissen. Definitiv eine Frau mit Präsenz, fand Alma, die aufmerksam zugehört hatte.

»Du bist überhaupt nicht zu Wort gekommen«, sagte Katrin. »Sorry.«

»Es geht doch auch gar nicht um mich. Und ich finde alles total spannend.«

»Ja. Das ist es wohl. Auch wenn ich befürchte, dass der Mann ein Rätsel bleiben wird. Sein ganzes Leben war ein Rätsel, auch für seine Familie, so kommt es mir vor.«

Das Dorfzentrum döste in der Nachmittagssonne, als Alma und Katrin sich auf den Weg machten. Vor dem *Kunststückchen* war eine Frau mit raspelkurz geschnittenen weißen Haaren gerade dabei, einen Ständer mit Grußkarten ins Geschäft zu räumen.

»Hallo«, sagte Alma. »Dürfen wir uns noch ein bisschen im Laden umschauen, bevor Sie schließen?«

»Sie dürfen auch etwas kaufen«, sagte die Frau augenzwinkernd. Alma schätzte sie auf Mitte sechzig. Das war also Ellen, die sich auf den ersten Blick in Katrins Vater verliebt hatte. Alma hatte schwarze Kleidung und ein vom Kummer gezeichnetes Gesicht erwartet, aber Ellen trug Rot und Gelb und Grün; klare Farben wie aus einem Wasserfarbkasten, und sie wirkte nicht wie jemand, der in tiefer Trauer gefangen war.

Das Lädchen war bis in den letzten Winkel mit Kunsthandwerk gefüllt, ein Schild verriet, dass es sich um Arbeiten von Künstlern aus der Region handelte. Es gab Filzpüppchen und Hüte, handbemalte Keramikfliesen, handgewebte Plaids und Tücher, geklöppelte Deckchen und Spitzenborten, Gold- und Silberschmuck, kleine Holzschnitzereien und Glaskunst und Töpferwaren. Während Alma entzückt herumstöberte, wandte sich Katrin der Ladenbesitzerin zu: »Entschuldigung, wenn ich mit der Tür ins Haus falle … Frau Nissen, also meine Tante, also die Schwester meines Vaters Paul, erzählte mir, dass Sie und er befreundet waren …«

Die Frau starrte sie verständnislos an. »Tochter? Tante? Ich komme gerade nicht mit.«

Was man ihr wahrlich nicht verdenken konnte, dachte Alma, während Katrin sich vorstellte und erklärte, worum es ging.

»Ich wäre wirklich sehr dankbar, wenn Sie mir etwas über meinen Vater erzählen könnten, Frau …? Leider weiß ich nur Ihren Vornamen«, schloss Katrin.

»Dann bleiben Sie dabei. Ich bin Ellen. Und Sie werden ihm immer ähnlicher, je länger ich Sie ansehe.«

Zu dritt schlenderten sie die Hauptstraße entlang, Richtung Kirche. Ellen schob ihr Fahrrad. Sie wohne in einem kleinen Bauernhaus am Dorfrand, hatte sie erzählt, bis zum Friedhof werde sie Alma und Katrin begleiten und sich dann auf den Heimweg machen. »Ich war seit der Beerdigung nicht mehr an seinem Grab und will da auch nicht hin. Für mich bleibt er lebendig. Ich rede mit ihm, so wie ich mit meinen Katzen rede. Manchmal rieche ich ihn. Oder sehe ihn, aus dem Augenwinkel. Und ich träume oft von ihm.«

Katrin nickte. »Das ging mir nach dem Tod meiner Mutter anfangs auch so. Aber ich bin immer gern zum Friedhof gegangen, ich hatte das Gefühl, ihr dort besonders nah sein zu können.«

»In meinen Tagträumen lebten Paul und ich glücklich und zufrieden in meinem Häuschen bis ans Ende unserer Tage«, sagte Ellen versonnen. »So wie Philemon und Baucis in der griechischen Mythologie.«

Alma spitzte die Ohren. So einen Traum hatte sie auch geträumt, seit sie erwachsen war. Ihre Gedanken wanderten zu ihrer Vision von Max, den gemeinsamen Kindern, dem kleinen, von wildem Wein überwucherten Haus. Irgendwann wären Sohn und Tochter erwachsen gewesen, ihre eigenen Wege gegangen, und Max und sie wären zurückgeblieben in ihrem Nest. Ein altes Paar, immer noch innig miteinander verbunden. Stilles Glück. Alma spürte es in diesem Augenblick so intensiv, dass ihr beinahe die Tränen gekommen wären.

»Aber die Realität sah anders aus«, fuhr Ellen nüchtern fort. »Wirklich nahe waren wir uns nie. Paul wollte im Sommer nach Korfu, allein, und ich wusste, das würde das Ende für uns sein. Ich habe es ihm nicht mal übelgenommen. Es ist seltsam, aber alle tanzten nach seiner Pfeife, er wickelte jeden mit seinem Charme um den kleinen Finger. Sogar Brigitte und Rolf, sie ließen ihn monatelang umsonst im Gasthof wohnen. Er malte beinahe wie im Fieber, jeden Tag, es war unglaublich, wie viele Bilder aus ihm herausflossen. Alles in allem machte er jederzeit genau das, was er wollte, und ich richtete mich ganz nach ihm, küsste beinahe die Erde unter seinen Füßen.«

Auch das kam Alma bekannt vor: Sie hatte vollstes Verständnis für Max' Australien-Pläne gehabt. Und genau wie Katrins Vater hatte Max unter dem Strich stets genau das gemacht, was er wollte; und seine Interessen mit viel Charme durchgesetzt. An diesem Frühlingsnachmittag in einem verschlafenen Dorf im Wendland fragte sich Alma zum ersten Mal, wie viel echte Nähe und Austausch es damals wirklich in ihrer Beziehung gegeben hatte. Aus ihrer heutigen Sicht, dreißig Jahre älter, schien es ihr plötzlich, als seien Max und sie hauptsächlich damit beschäftigt gewesen, an ihren individuellen Wünschen und Träumen für die Zukunft zu basteln: Ihm war es letztlich um Freiheit und Abenteuer gegangen; ihr um das perfekte Familienglück mit ihm in Berlin. Sie hatten zwar vor den Traualtar treten wollen, aber bei Licht betrachtet, hatte ein echtes Zusammengehörigkeitsgefühl, so wie es für Bernhard und seine Bettina und Regine und Wolfgang selbstverständlich gewesen war, wohl gefehlt. An Gespräche, die in die Tiefe gingen, in denen Raum war, sich gegenseitig die intimsten Gefühle und Gedanken anzuvertrauen, konnte Alma sich nicht erinnern. Von einem gemeinsamen Lebensziel ganz zu schweigen.

»Ich hab mich oft gefragt, warum ich mir ausgerechnet Paul ausgesucht habe, eigentlich war mir auf Anhieb klar, dass er nicht mein Philemon sein würde, mit dem ich zusammen alt werden würde. Trotzdem war ich vernarrt in ihn, gleich beim Kennenlernen war ich hin und weg. Männer wie er, die in der Welt herumgekommen sind, interessante, charmante, wachsen hier im Dorf nicht auf den Bäumen. Ich wusste, Paul war meine letzte Chance, noch einmal die Liebe zu genießen. Und wenn ich ehrlich bin, macht es im Grunde keinen Unterschied für mich, ob er tot oder lebendig ist.«

Alma und Katrin starrten Ellen entsetzt an.

»Ich weiß, das klingt furchtbar. Aber wenn er einmal im Flugzeug gesessen hätte, wäre er nie mehr zurückgekommen, das hat er selbst gesagt. Es wäre also ebenfalls ein Abschied für immer gewesen, und ich hätte die Erinnerung an ihn genauso wachgehalten wie jetzt. Verstehen Sie, was ich meine?«

»Ich glaube schon«, sagte Katrin. Alma schwieg. Wieder fiel ihr der Abend ein, als sie sich von den letzten Erinnerungsstücken getrennt hatte, die sie noch mit Max verbanden. Es hatte sie besondere Überwindung gekostet, Emmis Ring auf der Parkbank zurückzulassen. Das war das Schwerste gewesen, und gleichzeitig der Anfang des dringend notwendigen Vergessens, so sah sie es jedenfalls mittlerweile. Ellen hingegen wollte nicht vergessen. Sie würde, da war sich Alma ziemlich sicher, mit dem Schatten von Paul Jottwig und ihren Katzen in ihrem Häuschen alt werden. Ellen tat ihr leid, sie war eine vitale Frau, ihr war ein Mann aus Fleisch und Blut zu wünschen. Aber dann dachte sie: Vielleicht ist sie mit dem Schatten und ihren Erinnerungen glücklicher, als sie es mit einem Mann in ihrem Alter aus der Gegend hier je sein könnte. Ich für mein Teil bin dankbar, dass ich nach vorne schaue und mir das Leben eine neue Chance schenkt.

Inzwischen war die kleine Backsteinkirche in Sicht gekommen, hinter der sich der Friedhof erstreckte. Ellen erzählte weiter, von einem Mann, der sich geweigert hatte, eine persönliche Geschichte, einen festen Wohnsitz oder Besitz zu haben. »Anfangs wollte ich alles über seine Vergangenheit wissen. Wie das so ist, wenn man frisch verliebt ist. Er sagte bloß: Die Vergangenheit gibt es nicht mehr. Ich lebe jetzt, dieser Augenblick ist das Einzige, was zählt. Natürlich hat es andere Frauen gegeben, aber sie sind unwichtig.«

Dieser Augenblick ist das Einzige, was zählt … die Worte brachten etwas in Alma zum Klingen. Darin lag Wahrheit, und doch war das Leben mehr als eine Summe von Augenblicken, die spurlos vergingen, auch für Paul. Schließlich hatte es zehn Frauen gegeben, denen er einen letzten Gruß hatte zukommen lassen. Wie ein kleines Stück von ihm, das bleiben sollte, dachte Alma. Warum auch immer. Der Mann war und blieb nebulös und voller Widersprüche, auch Ellen hatte keine neuen Informationen beigesteuert, mit denen man das Puzzle dieses Lebens zu einem sinnvollen Ganzen hätte zusammenfügen können.

Vor dem Friedhofstor verabschiedete sich Ellen und stieg auf ihr Fahrrad. Alma und Katrin schauten Paul Jottwigs letzter Liebe nach, bis sie um die Ecke verschwunden war, dann tauchten sie ein in das schattige Grün des Friedhofs.

Rolf Nissen hatte ihnen einen Zettel mitgegeben, auf den er den Weg zum Familiengrab der Jottwigs skizziert hatte. Paul war bei seinen Eltern bestattet worden, dort sei man sich weitaus näher als zu Lebzeiten, hatte Rolf die Lage kommentiert. Paul sei ein rotes Tuch für Vater und Mutter gewesen, er war und blieb für sie der verlorene Sohn, der sie im Stich gelassen hatte.

Insgeheim hatte Alma erwartet, auf dem Grabstein unter Pauls Namen die gleiche Inschrift wie bei Frau Ritter zu lesen: *Auch morgen werden Rosen blühen.* Aber auf dem grauen Marmor waren nur sein Name sowie Geburts- und Sterbedatum eingraviert. Sie standen eine ganze Weile stumm da, dann seufzte Katrin plötzlich tief auf und sagte: »Lass uns gehen.«

»Wohin?«

»Ach, egal. Irgendwohin.«

Sie schlenderten durchs Dorf. Definitiv sagten sich hier Fuchs und Hase gute Nacht, dachte Alma, und doch herrschte so etwas wie Betriebsamkeit an diesem Samstagnachmittag. Leute mähten den Rasen, wuschen ihre Autos, werkelten im Garten, putzten Fenster, saßen bei Kaffee und Kuchen auf der Terrasse. Aus einigen Gärten duftete es nach gegrilltem Fleisch. Als Alma stehenblieb, um eine Katze zu streicheln, die zutraulich auf sie zugelaufen kam, sagte Katrin plötzlich: »Gestern fand dieses Kaffeehausgespräch über den Tod im *Café Radieschen* statt, aber ich habe überhaupt nicht mehr dran gedacht, und jetzt hab ich es verpasst. Mist.«

»Wir könnten nächsten Monat zusammen hingehen.« Alma war in die Hocke gegangen und kraulte die schnurrende Katze, die den Kopf an ihren Knien rieb.

»Ich dachte, das ist nicht so dein Thema?«

Alma hatte sich wieder aufgerichtet. Die Katze strich noch einmal um ihre Beine, dann huschte sie davon. »Das war einmal. Irgendwie schmeckt gerade alles nach Abschied. Dabei wünsche ich mir so sehr einen Neubeginn. Blühende Rosen …«

»Mit Max?«

»Vielleicht. Ich hätte es nie für möglich gehalten, dass wir uns noch mal begegnen, geschweige denn, dass da noch mal etwas zwischen uns sein könnte … Aber da ist tatsächlich etwas zwischen uns, eine gemeinsame Geschichte, schöne Erinnerungen, wir lachen zusammen, reden, es ist alles so ungezwungen … Und dann denke ich: Es *muss* doch alles einen besonderen Sinn haben. Was ich gesehen und gespürt habe während der Nahtoderfahrung, diese unbeschreibliche Seligkeit, für die Worte nicht ausreichen, sie spiegeln nur einen Bruchteil dessen wider, was ich erlebt habe. Und es *muss* doch auch etwas zu bedeuten haben, dass mir mein Leben neu geschenkt wurde. Dann der Abschied von Bernhard, weil sich plötzlich alles vollkommen falsch anfühlte … Und genau in diesen Abschied hinein taucht plötzlich Max wieder in meinem Leben auf, und wir werden uns treffen …«

Katrin zuckte die Schultern. »Ich weiß es nicht. Vielleicht hat nichts auf diesem Planeten einen besonderen Sinn, und wir beide sollten uns einfach darauf verlassen, dass, egal was heute ist und gestern war, morgen Rosen blühen werden.«

Sie gingen weiter. Alma musste Katrins Worte erst einmal sacken lassen, ehe sie antworten konnte. »Wie meinst du das genau?«

»Na ja, es scheint, dass die Dinge nur den Sinn haben, den wir ihnen verleihen. Und der ist abhängig davon, was wir wahrnehmen und hineininterpretieren. Zum Beispiel, welche Rolle Max gerade in deinem Leben spielt. Oder: Ob meine Mutter ihre Schwangerschaft vor Paul verschwiegen hat, oder ob er Bescheid wusste, es ihm aber egal war – die Wahrheit werde ich nie erfahren, das ist mir heute klar geworden. Ich muss also entscheiden, ob ich gut oder schlecht von ihr denken will. Ich habe immer eine Wahl: Ob ich liebe oder urteile. Ob ich in Wut und Enttäuschung hängenbleibe, oder ob ich mich damit versöhne, dass alles war, wie es nun mal war, und beide ihr Leben gelebt haben, so gut oder schlecht sie eben konnten. Nur wenn ich mit der Vergangenheit meinen Frieden mache, habe ich die Möglichkeit, mich auf mich selbst zu konzentrieren und mein Leben in die Hand zu nehmen. Schließlich ist das die einzige Baustelle, auf die ich Einfluss habe.«

»Hm«, machte Alma. »Und das bringst du fertig?«

Ein Grinsen huschte über Katrins Gesicht. »Schauen wir mal. Die Erkenntnis ist ja noch sehr frisch. Im Moment sieht es ganz gut aus.«

An der Rezeption händigte Brigitte Nissen ihnen die Zimmerschlüssel aus und schlug ein abgegriffenes Fotoalbum auf. Das erste Bild zeigte die Familie, die sich vor einem Weihnachtsbaum versammelt hatte. Während sie auf ihren Sohn, die Schwiegertochter und den Enkel deutete, hatten Alma und Katrin nur Augen für den hochgewachsenen, hageren alten Mann, der zwischen Brigitte und Rolf stand. Zwischen den eher kräftigen, bodenständig wirkenden Nissens sah er fehl am Platze aus mit seinem grauen Pferdeschwanz und der bestickten Weste, die er über einem weißen Hemd mit Stehkragen trug.

»Ich finde nicht, dass ihr euch *so* ähnlich seht«, sagte Alma wenig später. Sie hockten in Katrins Zimmer auf dem Bett und hatten gerade das Album durchgeblättert. Es gab nur wenige Fotos von Katrins Vater. Paul war als Kind rundlich und pausbäckig gewesen; als Jugendlicher war er in die Höhe geschossen, und sein Gesicht wirkte verträumt. »Nicht ganz von dieser Welt«, war Alma dazu eingefallen, »ganz anders als du. Du stehst mit beiden Beinen im Leben.«

»Ich erkenne mich schon in ihm«, gab Katrin zurück. »Zumindest äußerlich. Und was meine Standfestigkeit angeht – die hatte Mutters Tod massiv erschüttert. Es gibt Ereignisse, die verlangen dir alles ab. Sie zerreißen dich und setzen dich neu zusammen.«

»Ich verstehe genau, was du meinst«, sagte Alma. »Wir haben ja beide mit dem Tod getanzt. Du, als du deine Mutter verloren hast. Ich, als mein Herz stehenblieb und wieder anfing zu schlagen.«

Katrin nickte. »Ja. So kann man es sehen.«

»Wie ist das für dich – hier zu sein, deine Verwandten kennenzulernen, etwas über deinen Vater zu erfahren?«

»Irgendwie unwirklich, und gleichzeitig hat es etwas Tröstliches«, sagte Katrin, nachdem sie eine Weile nachgedacht hatte. »Ich fühle mich nicht mehr so allein, auch wenn ich die Leute vielleicht nie wiedersehe. Vielleicht ist doch etwas dran an dem Spruch, dass Blut dicker ist als Wasser.«

Später, beim ausgezeichneten Abendessen in der Gaststube, lernten sie den Rest der Familie kennen und schauten sich zusammen mit Rolfi die Aquarelle an, die er am Nachmittag aufgehängt hatte. »Das sind die letzten«, sagte er. »Und die im Korridor natürlich. Such dir eins aus, Katrin, und nimm es mit nach Hause. Du bist seine Tochter, es ist nur gerecht, wenn du ein Andenken hast.«

»Wirklich?«, sagte Katrin ungläubig.

»Ja. Natürlich. Lass dir Zeit, schau dir alle noch mal in Ruhe an.«

Katrin schüttelte den Kopf. »Nicht nötig. Ich nehme dies hier.«

Rosengarten – irgendwo, so hatte der Künstler das Bild getauft. Es zeigte einen schmiedeeisernen Rosenbogen, überwuchert mit üppigen rosa Kletterrosen, davor eine weiße Bank.

»*Auch morgen werden Rosen blühen.* So hätte ich es genannt, wenn ich es gemalt hätte«, sagte Katrin.

»Hätte wohl auch gepasst«, erwiderte Rolfi lakonisch.

Um elf lag Alma im Bett. Obwohl sie müde war, konnte sie nicht einschlafen, zu viele Gedanken gingen ihr im Kopf herum. Mit einem Ruck setzte sie sich auf, knipste das Licht an und schrieb eine SMS an Regine: *Hey du – bist du wach und hast Lust, zu telefonieren?*

Keine drei Minuten später klingelte Almas Handy.

»Was für eine Geschichte«, sagte Regine nachdenklich, nachdem Alma ihr von den Ereignissen des Tages berichtet hatte. »Jetzt hat Katrin also eine funkelnagelneue Familie. Ich bin richtig gerührt. Es ist gut, dass ihr hingefahren seid.«

»Mir geht etwas nach, was sie heute gesagt hat …«

»Und das wäre?«

»Ich bekomme es nicht mehr wörtlich zusammen. Es lief darauf hinaus, dass nichts im Leben von sich aus eine Bedeutung hat, sondern sie erst durch uns bekommt. Wir sehen alles durch unsere persönliche Brille und interpretieren es, weil wir ihm unbedingt einen Sinn geben wollen. Das heißt, dass ich selbst dafür verantwortlich bin, wie ich etwas beurteile. Ich kann mit der Vergangenheit hadern oder sie akzeptieren, weil die Dinge nun mal waren, wie sie waren, und mich zu dem Menschen gemacht hat, der ich heute bin. So ungefähr.«

»Wenn das so einfach wäre, wie es sich anhört, hätten wir wohl alle weniger Probleme …« Regine holte tief Luft und fügte hinzu: »Apropos Probleme – es gibt Neuigkeiten von Angie Döberitz.«

»Wie kommst du jetzt ausgerechnet darauf?«, fragte Alma verblüfft.

»Weil mir auch etwas nachgeht, und wie. Wolfgang hat vorhin erzählt, dass sie und Bernhard sich privat treffen. Auf beiden Seiten seien tiefe Gefühle im Spiel.«

Die Sätze bohrten sich wie Nadeln in Almas Bewusstsein. *Bernhard und Angie. Angie und Bernhard. Tiefe Gefühle.*

»Alma? Bist du noch dran?«

»Ja. Ja, ich bin noch dran. Und es tut … weh, das zu hören. Obwohl es nicht weh tun sollte. Es ist ja nicht so, dass ich ihm ein neues Glück nicht gönnen würde.«

»Kein Mann wird mit Angie glücklich. Das ist mein

persönliches Vorurteil, auf dem ich bestehe«, sagte Regine. »Und ist es nicht merkwürdig, dass sie ausgerechnet mit einem Kollegen darüber gesprochen hat, ich an ihrer Stelle hätte den Mund gehalten. Wolfgang meinte, es sei ihr so herausgerutscht, sie sei eben verliebt, da trüge man sein Herz schon mal auf der Zunge, und natürlich könne sie sich auf seine Diskretion verlassen. Na ja, ich sehe das wahrscheinlich zu eng. Es ist eh nur eine Frage der Zeit, bis die anderen, allen voran Nolli, merken, was läuft. Eine Liebesbeziehung lässt sich unter Kollegen nicht lange geheimhalten.«

Frisch verliebt. Sie sind frisch verliebt … Die Nadeln bohrten sich tiefer, es würde Mühe kosten, sie eine nach der anderen wieder vorsichtig herauszuziehen. »Ich wünsche Bernhard wirklich das Allerbeste …«

Regine seufzte. »Ich auch. Das ist es ja, was mich so beschäftigt, ich habe mir eben etwas ganz anderes gewünscht, aber darüber muss nun wirklich nicht mehr gesprochen werden. In jedem Fall war es mir wichtig, dass du Bescheid weißt. Damit es nicht irgendwann eine Überraschung gibt, wenn ihr euch zufällig über den Weg lauft. Auch Berlin kann ein Dorf sein, und so weit wohnt ihr nicht auseinander.«

»Ich … weiß. Danke.«

»Ach, Schätzchen. Ich hab ja immer geahnt, dass Angie ein Auge auf Bernhard geworfen hat. Aber ich hätte mich so gerne geirrt.«

»Für mich spielt es keine Rolle, in wen er sich nun verliebt hat«, sagte Alma müde. »Er hat sich nach einem Neuanfang gesehnt, und nun ist es so weit. Ich hoffe, sie ist die Richtige für ihn.«

Nachdem sie aufgelegt hatten, öffnete Alma das Fenster und atmete tief die kühle Nachtluft ein. Es roch anders als in der Stadt – würziger, erdiger, feuchter. Und es war still, der Garten des *Landgasthofs zum Tulpenbaum* schien tief und fest zu schlafen. Ich habe damit gerechnet, sagte sie sich. Es war klar, dass er sich bald verlieben würde. Aber dass es *so* schnell gehen würde, schmerzte, auch wenn ihr Verstand ihr sagte, dass sie nicht das geringste Recht hatte, sich in Selbstmitleid zu suhlen, weil Bernhard sie mit Lichtgeschwindigkeit aus seinem Kopf und seinem Herzen verscheucht hatte.

Am späten Sonntagnachmittag waren sie wieder zu Hause. Katrin hatte im Zug mit Peter telefoniert und sich mit ihm in ihrem italienischen Lieblingsrestaurant verabredet. Nach dem Telefonat hatte sie wütend geschnaubt: »Das hat ihm jetzt nicht gepasst. Viel zu spontan. Eigentlich wollte er heute Abend bügeln … bügeln! Das war ihm wichtiger als das, was ich zu erzählen habe, dabei weiß er verdammt gut, worum es geht. Du hast es ja mitbekommen – ich musste geradezu *betteln* und ihn mit der Aussicht auf seine Lieblingspizza locken, die er seit sieben Jahren jedes Mal dort bestellt: Pizza Tonno, mit extra viel Zwiebeln. Grrrr. Vielleicht kippe ich sie ihm heute Abend über den Kopf. Mir ist gerade danach.«

»Kann ich verstehen«, hatte Alma geantwortet und bei sich gedacht, dass Peter, Fixpunkt in Katrins Leben hin oder her, sie einfach nicht verdient hatte.

Alma verbrachte den Abend mit Pandora vor dem Fernseher. Die Katze war schwer beleidigt gewesen, wie immer, wenn Alma sie übers Wochenende allein gelassen hatte, was selten genug vorkam. Es spielte keine Rolle, dass sie wohlversorgt war mit allem, was sie brauchte. Sie tat so, als sei sie nicht da, als Alma ihren Namen rief, wohingegen sie normalerweise schon in der Diele wartete, wenn die Wohnungstür aufgeschlossen wurde. Alma fand sie schließlich unter dem Bett. »Hallo, meine Süße. Ich bin wieder da. Und es gibt Thunfisch im eigenen Saft für dich.«

Pandora blieb unbeeindruckt und starrte ihre Herrin vorwurfsvoll an. »Okay. Ich bitte dich in aller Form um Verzeihung. Es tut mir leid, dass du dich einsam gefühlt hast«, sagte Alma.

Es dauerte eine gute Stunde, bis Pandora geruhte, die Entschuldigung anzunehmen und ihren Thunfisch zu verzehren.

Die Woche begann mit Regen, und Almas Stimmung ähnelte dem grau verhangenen Himmel. Sie versuchte, sich damit aufzuheitern, dass sie sich am Wochenende ja mit Max treffen würde und malte sich das Wiedersehen immer wieder in den leuchtendsten Farben aus: Gleich, wenn Max und sie sich zum ersten Mal in die Augen schauten, würden sie sich in die Arme fallen, und alles, alles wäre gut, für immer, so als hätte eine gute Fee ihren Zauberstab geschwungen und dreißig Jahre einfach weggezaubert. Sie stellte sich vor, wie sie Potsdam unsicher machten, miteinander lachten; und redeten, redeten, redeten; offen, voller Vertrauen, während die Liebe von damals sich neu entfaltete und aufblühte wie eine Rose in der Sonne. Aber wenn der Film vor ihrem inneren Auge abrollte, waren ihre Gefühle kaum beteiligt, es war, als schaute sie zwei wildfremden Menschen zu. Kein Herzklopfen, keine Aufregung, keine prickelnde Vorfreude. Es ist alles noch so weit weg, sagte sie sich. Wenn er vor dir steht, wird alles ganz anders sein. Aber kaum hatte sie sich ein bisschen aufgemuntert, glitten ihre Gedanken wieder zu Angie und Bernhard, obwohl sie gar nicht wollte, und Traurigkeit hüllte sie ein wie eine dunkle Wolke.

Es war wie mit den rosa Elefanten, an die man auf gar keinen Fall denken sollte – natürlich dachte man doch daran, es ließ sich einfach nicht vermeiden. Ab nächster Woche ist Schluss mit der Trübsal, sagte sich Alma energisch. Dann fange ich wieder an zu arbeiten, ich kann es kaum erwarten. Regine hätte es gerne gesehen, wenn sie ihrem Körper noch mehr Zeit zur Erholung gegeben hätte, aber Regine steckte nicht in der Haut von Alma Schneyder, die ganz dringend genau die Ablenkung brauchte, die ihr die Arbeit bot. Denn was auch immer sie unternahm in diesen Tagen, und es war eine Menge, es war einfach nicht genug, um die Bilder eines vor Glück strahlenden Mannes mit lobelienblauen Augen und einer attraktiven Frau, die Herzogin Kate ein wenig ähnlich sah, aus dem Kopf zu bekommen.

»Ich kann gut verstehen, dass es weh tut und dich immer noch beschäftigt«, sagte Katrin. Nach einem verregneten Tag war am frühen Abend die Sonne herausgekommen, und sie tranken auf der Bank im Gärtchen einen Tee zusammen. »Das ginge mir sicher auch so. Ich würde denken: Wenn sich alles so entwickelt hätte, wie ich es anfangs im Gefühl hatte, dann wäre ICH mit ihm glücklich, und nicht die Kollegin.«

Alma sagte heftig: »Hätte. Wenn. Wäre. Die Geschichte meines Lebens. Ich hab die Nase voll davon! Ich will mich nicht mehr im Kreis drehen! Es bringt überhaupt nichts, es macht mich nur unglücklich, wenn ich darüber nachdenke, was ich möglicherweise wieder falsch gemacht habe. Ich kann den Abschied nicht rückgängig machen, ich will es auch nicht, ich will daran glauben, dass alles Sinn macht, genau so, wie es ist.«

»Alles ist nicht nur so, wie es ist, die Dinge sind ja auch ständig in Bewegung«, bemerkte Katrin. »Das ist ja das Verrückte. Du weißt einfach nie, was kommt.«

Eigentlich müsste ich jetzt halb wahnsinnig vor Aufregung sein, dachte Alma, als sie zwei Tage später in der S-Bahn Richtung Potsdam saß. Aber sie war die Ruhe selbst, und das, obwohl die Vorbereitungen für das Treffen in den letzten Tagen viel Raum eingenommen hatten. Alma war beim Friseur und bei der Kosmetikerin gewesen und hatte sich ein komplett neues Outfit, inklusive Schuhen und Tasche, zugelegt. Katrin war begeistert gewesen, als Alma bei ihr klingelte, bevor sie sich auf den Weg zur S-Bahn-Station gemacht hatte. »Oh! Schick siehst du aus! Und ich liebe diesen Anhänger!«

»Das ist meine Glückskatzenkette«, erklärte Alma.

Katrin hatte gelacht. »Ein Talisman. Dann kann ja absolut nichts schiefgehen.«

8

Vom Hauptbahnhof aus fuhr Alma mit der Straßenbahn ins Potsdamer Zentrum. Mittlerweile war sie nicht mehr ganz so ruhig. Ihr war ein wenig flau im Magen, und sie ertappte sich dabei, dass sie nervös die feuchten Handflächen an der neuen Hose rieb. Sie bemühte sich, tief ein- und auszuatmen, um sich zu beruhigen, und das klappte auch ganz gut, jedenfalls so lange, bis das Hotel in Sicht kam, in dem Max abgestiegen war. Es lag im Zentrum der Altstadt, nur wenige Gehminuten vom Park Sanssouci entfernt. Zur Straßenseite hin gab es einen großen Gastronomie-Bereich mit Tischen und Stühlen, die unter roten Sonnenschirmen aufgestellt waren. Wie alle Cafés und Lokale, in denen man auch draußen sitzen konnte, war er gut besucht. Potsdam war nicht nur ein Touristenmagnet, sondern auch gerade am Wochenende eine beliebte Stadt zum Einkaufen für Leute aus dem Brandenburger Umland.

Kurz bevor sie losgefahren war, hatte sie noch einmal mit Max telefoniert. »Ich sitze draußen, an einem kleinen Tisch direkt am Eingang.«

»Werde ich dich erkennen?«

Max lachte. »Bestimmt. Ich habe mich in den letzten

dreißig Jahren kaum verändert. Zur Sicherheit: Ich trage ein rotes Hemd.«

Vielleicht hätten wir doch Fotos tauschen sollen, dachte Alma jetzt, während sie ein wenig kurzsichtig Ausschau nach dem besagten Tisch und der Farbe Rot hielt. Plötzlich sprang jemand auf und begann zu winken, ein schlanker, mittelgroßer Mann mit Sonnenbrille in einem bordeauxfarbenen Hemd und hellgrauen Chinos.

Mit ein paar Schritten war er bei ihr und lachte sie an. »Du bist Alma. Stimmt's? Ich hab dich gleich erkannt. Du kneifst immer noch die Augen zusammen und streckst den Kopf vor, wenn du etwas suchst.« Während Alma Max begrüßte, verlegen lächelnd, und keineswegs mit einer Umarmung, sondern mit einem Händedruck, registrierte ein Teil von ihr nüchtern: Nicht ein einziges graues Haar hat er, das kann nicht sein, der dunkelbraune Schopf ist nicht seine Naturfarbe. Und er hat sich sehr wohl verändert, das sehe ich auf Anhieb, trotz Sonnenbrille. Dann hatte er sie in seine Arme gezogen, drückte sie an sich und küsste sie herzhaft auf beide Wangen.

»Ach komm, nicht so förmlich. Schön, dass du da bist. Wollen wir erst einen Kaffee hier trinken, zum Beschnuppern, und dann einen kleinen Sightseeing-Bummel starten?«

»Gern«, sagte Alma und dachte, wie benebelt: Ich bin im falschen Film. WER, zum Teufel, ist dieser Mann? Er sieht aus, als müsste ich ihn aus einer TV-Serie kennen, vielleicht *Traumschiff* oder *Emergency Room*, eher Typ Sascha Hehn in mittleren Jahren als der junge Alain Delon.

Als sie am Tisch saßen, nahm Max die Sonnenbrille ab. »Damit wir uns richtig anschauen können. Nachher setze ich sie aber wieder auf, ich habe empfindliche Augen.«

Bei der mit einem strahlenden Lächeln herbeieilenden Kellnerin bestellte er einen Espresso für sich und für Alma Mineralwasser.

»Na?«, sagte er dann. »Ich bin doch immer noch der alte Max, oder?« Das klang sehr selbstbewusst, und die Geste, mit der er sich durchs Haar strich, passte dazu.

Alma überlegte einen Moment. Was er hören wollte, war klar. Aber warum sollte sie lügen, nur um ihm einen Gefallen zu tun?

»Nein. Sorry. Niemand sieht mit achtundfünfzig aus wie mit achtundzwanzig, egal wie gut er sich gehalten hat. Wenn wir uns zufällig über den Weg gelaufen wären, hätte ich dich nicht erkannt.«

»Okay«, sagte er mit einem charmanten Lächeln. »Eine gewisse … Reife und Lebenserfahrung, die sich im Außen spiegeln, lassen sich wohl nicht verleugnen, auch bei dir nicht. Die ›Señora‹ steht dir übrigens gut, Alma. Auch wenn ich ein bisschen sentimental werde, wenn ich an die ›Señorita‹ denke. Du hattest so einen unschuldigen Blick.«

»Ich war ja auch sehr jung und naiv damals«, sagte Alma nur.

Die Kellnerin brachte die Getränke. »Ich möchte gleich zahlen«, sagte Max und kramte Kleingeld aus der Hosentasche. Er hat sich wirklich gut gehalten, glatte Stirn, nur ein paar Fältchen um den Mund und um die Augen. Nur am Hals sieht die Haut viel älter aus, dachte Alma. Sie musste ihn wohl sehr eindringlich angeschaut haben, denn er fing ihren Blick auf und schmunzelte. »Du fragst dich gerade, ob ich der Natur ein bisschen nachgeholfen habe, stimmt's? Na klar, warum soll das den Damen vorbehalten sein. Ich bin absolut fit, lasse mich regelmäßig medizinisch durchchecken und von einem Heilpraktiker mit allen wichtigen Vitaminen und Mineralstoffen versorgen.«

Wenig später spazierten sie durch das Holländische Viertel, das Max sich zuerst anschauen wollte. »Bei den einhundertzweiunddreißig roten Hollandhäusern, die ab siebzehnhundertzweiunddreißig in Potsdam im Auftrag des preußischen Soldatenkönigs in vier Karrees errichtet wurden, handelt es sich um das größte holländische Bauensemble außerhalb der Niederlande«, fasste er nach einem Blick in seinen kleinen Reiseführer zusammen. »Heute besticht es durch seine besondere Atmosphäre mit den zahlreichen Cafés, Kneipen, Kunstgewerbe und Antiquitätenläden.«

Alles könnte so schön sein, dachte Alma. Sie war in einer interessanten Stadt mit einem Mann unterwegs, um den sie, wenn sie die Blicke richtig interpretierte, eine Menge Frauen beneideten. Max war bester Laune, bewunderte alles, zeigte sich fröhlich und charmant und stöberte begeistert in den kleinen Geschäften nach einem Geburtstagsgeschenk für seine Tochter. Alma hätte sich so gerne mitreißen lassen und diesen Nachmittag in vollen Zügen genossen, aber es funktionierte nicht, und es lag eindeutig an ihr, weil sie ständig versuchte, Max, so wie sie ihn gerade erlebte, in Einklang zu bringen mit ihren Erinnerungen an ihre Beziehung vor dreißig Jahren und den Mann und Vater ihrer Kinder, mit dem sie so glücklich gewesen war, als ihr Herz stillgestanden hatte. Es wollte ihr einfach nicht gelingen, stellte sie mit einer Mischung aus Frustration und Traurigkeit fest, und es dauerte eine ganze Weile, bis ihr klarwurde, warum. Sie waren mittlerweile auf dem Weg zum Park Sanssouci, und Max erzählte gerade schwungvoll vom letzten Wanderurlaub in den Dolomiten (ohne seine Frau), als sie an einem Eissalon vorbeikamen. Max unterbrach sich mitten im Satz, verkündete, dass er jetzt unbedingt ein Eis brauche, erkundigte sich nach Almas Wünschen und verschwand, die Schlange an der Straßenausgabe ignorierend, im Salon, um kurz darauf triumphierend mit zwei Eiswaffeln wieder aufzutauchen.

»Wie hast du das gemacht?«, fragte Alma verblüfft.

»Och«, grinste er bescheiden. »Ich hab meinen Charme spielen lassen.«

Alma nahm die Waffel, und ihre Hände berührten sich, es war wie ein kleiner elektrischer Schlag. Und auf einmal wusste sie, dass es nichts gab, das in Einklang gebracht werden konnte. Der einzige Max, der real existierte, war der Mann, der jetzt vor ihr stand. Sie war nicht mal sicher, ob sie diesen Max durch und durch sympathisch fand; von alter Liebe, die wieder aufflammte, ganz zu schweigen. Aber er hatte so etwas Draufgängerisch-Unbekümmertes, ein wenig Schlitzohriges, das sie amüsierte und neugierig machte, und ja, es gab eine sexuelle Anziehung, sie konnte es nicht leugnen: Ihr Körper reagierte auf seinen. Plötzlich änderte sich Almas Stimmung, sie konnte sich entspannen und genießen, was sich ihr im Jetzt bot: Ein köstliches Zitroneneis, Wind in ihren Haaren, Sonne im Gesicht, unterhaltsame Gesellschaft, der Zauber von Park Sanssouci und dem prachtvollen Rokokoschlösschen auf den frühlingsgrünen Weinbergterrassen.

»Auf eine geführte Besichtigung hab ich eigentlich keine Lust. Aber wenn du gerne möchtest – ich will kein Spielverderber sein«, sagte Max, nachdem sie die einhundertzweiunddreißig Stufen zur Sommerresidenz Friedrichs des Großen hinaufgestiegen waren.

Alma erklärte, dass sie im letzten Jahr mit Freunden eine Führung mitgemacht hatte, sie würde lieber weiter draußen in der Gartenanlage herumwandern. Als sie den Östlichen Gitterpavillon mit seinen prachtvollen Goldornamenten und der Bronzestatue des »Betenden Knaben« bewunderten, sagte Max plötzlich: »Weißt du noch, als wir uns zum ersten Mal geküsst haben, in diesem U-Bahnhof? Ich hab den Namen vergessen, aber über uns gab es eine Gitterkonstruktion … natürlich nicht vergleichbar mit diesem Prunkstück vom Alten Fritz.«

»Ich kann mich gar nicht an unseren ersten Kuss erinnern«, sagte Alma.

»Na, so was. Sonst sind es doch die Männer, denen vorgeworfen wird, dass sie wichtige Ereignisse und Daten vergessen«, gab Max spitzbübisch zurück, fasste ihre Hände und zog sie an sich. Alma sah ihr Spiegelbild in seiner dunklen Sonnenbrille, als sein Gesicht sich ihrem näherte, bis es nur noch wenige Zentimeter entfernt war.

»Ich erinnere mich *auch*, dass du verdammt gut küssen konntest …« Und schon spürte sie seine Lippen auf ihren, erst als eine Berührung, die als freundschaftliches Küsschen durchgehen konnte, dann, als sie stillhielt und die Lippen öffnete, weil es sich in diesem Moment so gut anfühlte, von ihm geküsst zu werden, wurde sein Mund fordernder. Es ist nicht zu fassen, dachte Alma träumerisch. Max und ich küssen uns. Nach dreißig Jahren … Wahnsinn. Mein Herz ist nicht dabei, kein bisschen, aber da breitet sich unvermutet etwas aus in meinem Körper, das ich schon lange nicht mehr gespürt habe: Hitze. Lust. Begehren.

»Puh. Alma«, sagte Max atemlos, als sie sich voneinander gelöst hatten. »*So* war das nicht geplant. Ich war einfach … neugierig.«

Alma fing an zu lachen. »Ich auch. Und es hat Spaß gemacht.«

Sie gingen weiter. Max legte wie selbstverständlich seinen Arm um Almas Taille. Sie erinnerte sich, dass sie früher so gegangen waren – Hüfte an Hüfte, sinnlich wie ein Tanz.

»Was denkst du gerade?«, wollte er wissen.

»Es ist ein bisschen kompliziert …«

»Macht nichts. Ich bin … offen für alles. Aber vorher brauche ich unbedingt noch einen Kuss.«

»Lieber nicht. Deine Küsse lenken mich zu sehr ab.«

Er grinste. »Ich weiß. Und es geht mir genauso mit dir.«

Und ich weiß, wo das enden wird, dachte Alma. Und ich staune über mich selbst. So was ist überhaupt nicht meine Art, ganz und gar nicht, aber oh, es fühlt sich so verdammt gut an. Mein ganzer Körper kribbelt, als wäre er soeben aus dem Tiefschlaf erwacht.

»Also, mir ging durch den Kopf, dass ich nach unserer Trennung eine Zeitlang davon überzeugt war, dass ich nie mehr Glück in der Liebe haben würde. Jedenfalls kein beständiges.«

Max schob seine Sonnenbrille nach oben und schaute Alma verdutzt an. »Ach ja? Wie gut, dass sich herausgestellt hat, dass das kompletter Unsinn war. Hast du nicht gesagt, du bist seit vielen Jahren sehr glücklich mit deiner lockeren Beziehung bist?«

Ups. Die lockere Beziehung. Aus dieser Nummer kam sie jetzt nicht mehr raus, aber das machte nichts, sie war nicht verpflichtet, Max die Wahrheit zu sagen, und es tat auch nichts zur Sache, dass die Zeit, von der sie sprach, nicht Jahrzehnte, sondern erst wenige Tage zurücklag.

»Richtig. Wir sind happy«, schwindelte Alma. »Und du hast natürlich recht, aber manchmal … zieht man einfach merkwürdige Schlüsse aus Entscheidungen, die man irgendwann einmal getroffen hat. So, wie es war, war es schon richtig, wir beide wären nicht glücklich miteinander geworden, wenn wir geheiratet hätten. Zumindest bilde ich mir das ein, nachdem wir uns nun wiedergesehen haben. Es ist – einfach ein Gefühl.«

Max winkte ab. »Ach, hör mir auf mit glücklich. Es gibt ein Buch mit dem schönen Titel: *Liebe dich selbst, und es ist egal, wen du heiratest.* Da ist was dran, wenn man die Sache pragmatisch betrachtet. Die Institution ›Ehe‹ ist dafür da, um einen sicheren Rahmen für Nachwuchs und eine geregelte Häuslichkeit zu liefern. Man muss das realistisch sehen, wenn man nun einmal ›ja‹ vor dem Traualtar gesagt hat, und es sich ansonsten möglichst gut gehen lassen.«

»Manche Ehen sind aber wirklich sehr glücklich. Auch nach vielen Jahren noch. Das war immer mein Ideal.«

»Alma, die Romantikerin«, sagte er neckend und zog sie in seine Arme. »Was du brauchst, ist ein Kuss. Und noch einer. Und noch etwas anderes. Etwas, das uns beiden immer viel Spaß gemacht hat. Davon bin ich felsenfest überzeugt.«

»Gut möglich«, murmelte Alma, schlang die Arme um seinen Nacken und schmiegte sich an ihn. Ihr Körper wusste, was er wollte, und er traf, zu ihrem eigenen Erstaunen, auf keinerlei gedanklichen Widerstand, Hemmungen, Schuldgefühle oder Erwartungen an die Zukunft. Es war, als hätte sie einen Teil von sich, der nicht mehr zu ihr passte, in Berlin zurückgelassen.

»Lass uns zurück ins Hotel gehen«, flüsterte Max ihr nach einem langen Kuss ins Ohr. »Sonst verhaften sie uns hier noch wegen unsittlichen Verhaltens in der Öffentlichkeit.«

Alma kicherte. Sie konnte sich nicht erinnern, wann sie sich je so gefühlt hatte wie jetzt. Jung, kribbelig, erregt, übermütig, alles zusammen und noch viel mehr; das Zusammensein mit Max, die Küsse und Berührungen wirkten wie eine Droge.

Im Lift, der sie zu Max' Zimmer brachte, sah sich Alma im Spiegel. Ihre Haare waren zerzaust, die Augen glänzten fiebrig, ihre Wangen waren gerötet. Max war ihrem Blick gefolgt. »Du siehst … wild aus«, sagte er und küsste ihren Nacken. »Und heiß.« Er umfasste ihr Ohrläppchen mit seinen Lippen, und Alma fing an zu zittern.

Es war ein Rausch, der nichts mit der Vergangenheit zu tun hatte. Auf dem französischen Bett kamen zwei Körper zusammen, die sich nicht an alte Liebesspiele erinnerten. So kam es Alma jedenfalls vor. Sie entdeckte jeden Zentimeter eines Fremden, dessen Haut und Geruch genauso Neuland waren wie seine Berührungen. Er war erfahren und raffiniert, dieser Fremde, spürte genau, was sie wollte und brauchte, und sie ließ sich einfach gehen, in die Führung ihres Körpers hinein.

Anschließend, als sie erschöpft und verschwitzt nebeneinanderlagen, sagte Max: »Wow.«

»Ja. Wow«, echote Alma und fing an zu lachen.

»Warum lachst du?«, wollte er wissen.

»Weil ich mir mal Sorgen gemacht habe, ob man Sex verlernen kann, wenn man lange keinen hat.«

»Wie gut für uns, dass das nicht passiert ist«, meinte Max trocken. »Übst du denn nicht regelmäßig mit deiner lockeren Beziehung und außerhalb?«

»Peter und ich kuscheln viel«, improvisierte Alma lässig, denn sie hatte noch im Ohr, was Katrin ihr erzählt hatte. »Das ist auch ganz schön.«

Jetzt war es Max, der schallend lachte. »Weißt du, wenn die Chemie im Bett stimmt, dann stimmt sie. So wie bei uns. Und dann gibt's Leute, die haben keine Libido. Die kuscheln dann, oder sie pflegen jahrzehntelang ihre Wechseljahrsbeschwerden.«

»Was du alles weißt«, sagte Alma spöttisch. »Und jetzt mal ehrlich: Ich bin doch nicht die Erste, die mit dir im Bett gelandet ist, seit du verheiratet bist.«

»Mhm«, murmelte er und fing an, zärtlich ihre Brust zu streicheln. »Dinge … ergeben sich. Ich bin ein kontaktfreudiger Mensch. Frauen mögen mich. Du ja auch.«

»Ich weiß nicht, ob ich dich wirklich mag«, sagte Alma mit einem genüsslichen Seufzer. »Ich glaube, ich bin einfach nur scharf auf dich.«

»Umso besser«, sagte er und biss sie sanft in den Nacken. »Ich staune. So was hättest du früher nie über die Lippen gebracht. Und es macht mich total an, dass du keine Hemmungen hast und dir nimmst, was du brauchst. Es gibt nichts Erotischeres als eine Frau, die sich fallenlassen kann.«

Alma lächelte in sich hinein und genoss in vollen Zügen, wie sie sich fühlte: erotisch aufgeladen, durch und durch lebendig. Wie neu geboren … was in gewissem Sinn ja stimmte. Und vielleicht lag ja genau darin der tiefere Sinn in allem – ihrer Vision, der Tatsache, dass ihr ein neues Leben geschenkt worden war, in dem eine Beziehung mit Bernhard nicht mehr möglich schien, der Begegnung mit Max: Dass etwas in ihr darauf gewartet hatte, neu geboren zu werden. Zum ersten Mal hatte sie sich mit allen Sinnen hineinfallen lassen in ein Abenteuer, und dieses Abenteuer schien erst der Anfang eines neuen Weges zu sein, so kam es ihr jedenfalls gerade vor.

Später aßen sie in einem italienischen Restaurant zu Abend. Alma glaubte, noch nie etwas so Köstliches zu sich genommen zu haben wie die gebratenen Artischockenherzen, gefolgt von Ravioli mit Steinpilzen, begleitet von viel Mineralwasser und einem frischen Weißwein aus Südtirol.

»Eine Frau, die ihr Essen genießt, ist sexy«, kommentierte Max augenzwinkernd. Er selbst hielt sich an Salat und ein Steak, medium rare.

»Ach ja?« Alma tupfte sich die Sahnesoße von den Lippen und trank einen großen Schluck Wasser. »Wieso?«

»Weil ich als Mann daraus schließe, dass sie auch beim Sex Spaß hat. Dass ich damit richtigliege bei dir, haben wir ja gesehen.« Max sah so zufrieden aus, dass Alma lachen musste.

»Und was ist mit den Männern?«

»Männer brauchen viel mageres Fleisch und Fisch. Das bringt Lust und Ausdauer.«

Alma stibitzte eine Tomate von seinem Salatteller. »Und wozu ist das Grünzeug gut?«

Max überlegte einen Moment. »Steigert die Potenz. Man muss nur daran glauben.«

»Darauf muss ich unbedingt mit dir anstoßen«, sagte Alma übermütig.

»Skål! Auf ein zauberhaftes Wiedersehen mit einer zauberhaften Señora. Ich wünsche mir, dass wir uns öfter treffen. Es uns gut gehen lassen, ganz entspannt.«

Der Wein perlte auf Almas Zunge. »Kleine Fluchten?«

Er zuckte die Schultern. »Wenn du es so nennen möchtest. Meine Frau weiß von nichts, und das soll auch so bleiben. Ich will sie ja nicht verletzen.«

»Sie hat wirklich nie etwas gemerkt?«

»Nein. Ich achte sehr auf Diskretion. Und ich gehe auch weitaus seltener fremd, als du vielleicht denkst, ich hab auch noch was anderes zu tun, als Frauen aufzureißen. Es muss passen und sich ergeben.«

»Meinst du nicht, dass deine Frau vielleicht mehr ahnt, als du denkst? Ich glaube, ich würde spüren, wenn mein Mann nicht treu wäre.«

»Ach, Alma. Die Hauptsache ist doch, ich liefere keine Beweise, die sie nicht ignorieren könnte, und habe meinen Frieden.«

»Und dein Vergnügen.«

»Genau. Und wer weiß, vielleicht gibt es eines Tages doch noch eine große Flucht, falls ich je der Frau begegnen sollte, bei der ich denke: Jetzt oder nie. Noch mal verlieben, eine Familie gründen, erleben, wie Kinder groß werden … das hat schon was. Ein paar Männer im Bekannten- und Kollegenkreis haben das gemacht, völlig überraschend, und fühlen sich wie neu geboren. Ganz von vorne anfangen … Sehnen wir uns nicht alle danach?«

»Und haben wir nicht alle genau davor Angst? Weil das Vertraute nun mal vertraut ist, und weil man nicht wissen kann, was das Neue wirklich bringt? Eine neue Liebe macht auch sehr verletzlich. Gerade, wenn man keine zwanzig mehr ist.«

Unvermittelt beugte sich Max vor und strich sanft über Almas Wange. »Ich verrate dir jetzt was. Weil du meine alte Liebe bist. Du hast mir wirklich viel bedeutet, das hab ich dir ja schon am Telefon gesagt, die erste Zeit ohne dich war furchtbar. Aber das Leben ist weitergegangen. Es hat sich herausgestellt, dass mein Herz nicht gebrochen war – nicht mal angeknackst. Ich habe gelernt, dass es unkaputtbar ist, weil die ›große Liebe‹ für mich nicht mehr ist als ein Wort. Das hat mir die Erfahrung gezeigt. Viele Leute glauben an die sogenannte Himmelsmacht, sehnen sich danach, leben sie vielleicht sogar und leiden vor sich hin, wenn etwas schiefgeht. Ich nicht. Ich habe einfach keine Antenne für so was. Und es scheint so, als ob du ähnlich gestrickt bist.«

Alma schaute ihn aus großen Augen an. »Wie meinst du das?«

»Na ja, was du mir so erzählt hast, klingt nicht nach den ganz großen Gefühlen. Ich kann mich natürlich irren. Wenn du jetzt zurückblickst – würdest du sagen, dass du je einen Mann aus ganzem Herzen geliebt hast? Mit all seinen Schwächen und Macken, Verletzungen, Fehlern und schlechten Angewohnheiten? So, als ob sein Name und kein anderer in deiner Seele eingraviert sei? So, als sei ein Leben ohne ihn zwar möglich, aber vollkommen sinnlos?«

Er hatte, untypisch für ihn, mit großer Intensität und Ernst gesprochen, was Alma irritierte, zumal ihr die Antwort schon auf der Zunge lag: Ja. Natürlich.

Dich zum Beispiel. Aber etwas ließ sie innehalten und sich fragen: Wirklich? Aus ganzem Herzen? Was heißt das überhaupt? Ist es das Gleiche wie: Mit Haut und Haaren? Wäre die Tatsache, dass ich mit nach Australien gegangen wäre, ein Beweis dafür gewesen? Nein, das ist Unsinn. Liebe bedeutet sicher nicht, sich zu verbiegen oder aufzuopfern.

»Alma? Du sagst ja gar nichts.«

»Ich habe nachgedacht. Damals, als wir zusammen waren, war ich davon überzeugt, dich zu lieben, vorbehaltlos, aus ganzem Herzen. Zumindest habe ich es so in Erinnerung. Und es hat andere Männer gegeben, die ich geliebt habe, auch wenn niemand für immer und ewig dabei war. Das Merkwürdige ist, wenn ich jetzt so zurückdenke, weiß ich nicht mehr, ob das wirklich Liebe war. Vielleicht ändert sich ja das, was man für Liebe hält, mit dem Älterwerden?«

»Das macht durchaus Sinn. Ich hatte definitiv andere Vorstellungen, als ich in den Zwanzigern war. Das bestärkt mich in meiner Überzeugung, dass Liebe ein Konzept ist, das jeder anders interpretiert.«

»Vielleicht ist es eher so, dass man Liebe nur *spüren* kann, und zwar im Jetzt. Ich meine, wenn sie da ist, ist sie da, sie fließt dann einfach zwischen zwei Menschen. Es ist doch ziemlich gaga, zu versuchen, ein Gefühl, das man in der Vergangenheit hatte, zu analysieren, um ihm dann ein Etikett zu verpassen, nach dem Motto: Ja, es war Herzensliebe. Oder: Eher doch nicht. Mehr hormongesteuert, oder freundschaftlich oder was weiß ich.«

Max grinste frech. »Und? Fließt Liebe zwischen dir und deinem lockeren Typ?«

»Er ist ein … Fixpunkt in meinem Leben«, gab Alma zurück und bedankte sich im Stillen bei Katrin für die munter vor sich hin sprudelnde Quelle der Inspiration. Im Prinzip hätte sie ja zugeben können, dass die lockere Beziehung gar nicht existierte; Max, der es mit der

Wahrheit (zumindest seiner Frau gegenüber) nicht so genau nahm, hätte es ihr vermutlich nicht mal übelgenommen, sondern sich amüsiert. Aber genau das war der Punkt: Sie wollte nicht belächelt werden. Die ausgedachte Geschichte kam ihr wie ein Schutzschild vor, der ihre Verletzlichkeit behütete.

Max' Grinsen vertiefte sich. »Ulla ist auch ein Fixpunkt in meinem Leben. Mit dieser Art von Liebe kann ich etwas anfangen. Und natürlich liebe ich meine Kinder, meine Eltern, mein Haus, meinen Garten. Und – ich gebe es zu – mein Auto.«

»Was würdest du definitiv anders machen, wenn du wieder zwanzig wärst und dein Leben läge noch vor dir?«

»Mit dem Wissen, das ich heute habe, und aus meiner momentanen Stimmung heraus: einiges. Ich würde nicht heiraten; Fixpunkt, Haus und Kinder hin oder her. Ich würde eine andere Ausbildung machen – alles, was mit Computern zu tun hat, finde ich total spannend. Und ich wäre nach Hamburg gegangen, nicht nach Berlin, Hamburg ist einfach die schönere Stadt. Damit hätte mein Leben schon mal eine ganz andere Kontur, die natürlich auch den Feinschliff beeinflusst. Ich würde andere Erfahrungen machen, andere Entscheidungen treffen, andere Menschen kennenlernen und mich so richtig ausleben können.«

»Ach ja – das Wissen, das man heute hat«, sagte Alma lächelnd. »Mir fällt gerade auf, dass ich in deinem Entwurf überhaupt nicht vorkomme.«

»Wir hätten uns ja auch gar nicht kennengelernt. Zumindest aller Wahrscheinlichkeit nach nicht.«

»Stimmt. Ich frage mich gerade, wie wir heute wären, wenn wir damals geheiratet hätten. Ob wir andere Menschen wären? Weil wir in den dreißig Jahren, die wir als Ehepaar miteinander verbracht hätten, andere Seiten unseres Charakters entwickelt hätten? Wenn ich Mutter geworden wäre, hätte mich das sicher auf besondere Weise geprägt. Und ich denke schon, dass es einen riesengroßen Unterschied macht, wen man heiratet, auch wenn irgend so ein Schreiberling meint, es sei egal, Hauptsache, man liebt sich selbst.«

»Wir werden es nicht herausfinden können«, antwortete Max leichthin. »Jetzt mal was anderes: Bleibst du über Nacht bei mir? Ich würde mich sehr freuen.«

Alma zögerte einen Moment. Der Gedanke, mit Max einzuschlafen und aufzuwachen, gemütlich zu frühstücken, vielleicht noch etwas zu unternehmen, bevor er sich wieder in sein Auto setzte und nach Hause fuhr, war verlockend. Aber etwas in ihr sagte: Lass es langsam angehen. Nicht so viel Abenteuer auf einmal, du bist das nicht gewohnt. Für heute ist es genug.

»Ich fahre lieber nach Hause.«

»Kann ich verstehen. Im eigenen Bett schläft es sich immer noch am besten, und du hast ja nicht mal eine Zahnbürste dabei. Oder etwa doch?«

Alma schüttelte den Kopf.

»Beim nächsten Mal machen wir ein richtiges Wochenende draus. Mit Doppelzimmer und allem Drum und Dran. Irgendwo, wo es schön ist. Ja?«

»Das hört sich gut an«, sagte Alma mit einem Lächeln.

Max brachte sie zur Tram-Haltestelle. Alma war auf einmal sehr müde und sehnte sich nach Pandora und ihrem Bett.

Auch Max gähnte. »Gleich noch eine schöne, heiße Dusche, dann ab in die Federn. Ich hätte mich gefreut, morgen noch was mit dir zu unternehmen, aber ich fahre gleich nach dem Frühstück los, zu meinen Eltern. Sie freuen sich sehr auf mich, wir sehen uns ja nicht so oft, wie sie es gern hätten.«

Die Bahn ratterte heran. Max zog Alma in seine Arme und küsste sie rasch auf den Mund. »Ich hasse Abschiede. Tschüss, du. Bis bald. Wir telefonieren.«

»Ja …«

Er war schon unterwegs, ehe die Tram zum Halten gekommen war.

9

Kurz vor eins saß Alma mit einem Becher Kräutertee in ihrer Küche. Pandora hockte auf dem Stuhl neben ihr und betrachtete sie aufmerksam aus ihren runden, grünen Augen. Ob ihr wohl auffällt, dass sich etwas bei mir verändert hat, fragte sich Alma amüsiert. Bestimmt rieche ich anders, nach einem Hauch von Max. Sie hatte ihm gerade eine SMS geschickt, dass sie gut zu Hause angekommen sei. Er hatte nicht geantwortet, vielleicht lag er schon selig schlummernd in seinem Hotelbett.

Wenig später hatte sich auch Alma unter ihre Decke gekuschelt. Pandora lag heute nicht auf ihrem Stammplatz neben dem Kopfkissen, sondern am Fußende. Ob Max Katzen mochte? Sie konnte sich nicht erinnern. Theoretisch sprach nichts dagegen, dass er sie in ihrer Wohnung besuchte, man musste sich ja nicht immer in einem Hotel treffen … einfach mal schauen, sagte sie sich schläfrig. Ihr letzter Gedanke, bevor sie ins Reich der Träume glitt, war: Was für ein Tag. Ich erkenne mich selbst nicht wieder.

»Du hattest Sex mit ihm?« Regine starrte die Freundin fassungslos an. »Spontan? Du?«

Es war Sonntagnachmittag, die Sonne schien, und Alma und Regine saßen auf der Hollywoodschaukel im Garten.

»Ja, und jetzt?«, fuhr Regine fort, als Alma, mit einem leisen Lächeln um die Lippen, keine Antwort gab.

Alma zuckte die Achseln. »Vielleicht wird etwas draus, vielleicht nicht. Ich lasse es auf mich zukommen.«

»Moment. Hab ich das richtig verstanden? Was soll das heißen? Dass ihr euch ab und zu irgendwo trefft und vögelt, oder was?«

»Ich würde es nicht so drastisch ausdrücken, aber ja, darauf würde es wohl hinauslaufen.«

Alma hatte immer noch dieses Lächeln auf den Lippen, das Regine an eine zufriedene Katze erinnerte.

»Dir ist schon klar, dass der Mann verheiratet ist und es auch bleiben wird?«

»Natürlich.«

»Im Prinzip sollte ich mich freuen, dass du ... so locker drauf bist. Dir endlich mal keinen Kopf machst. Genießt, was es zu genießen gibt. Aber, äh, es will mir nicht gelingen.«

Alma nickte gelassen.

»Es ist ... so ungewohnt. Du, ausgerechnet du, als Geliebte eines verheirateten Mannes. Ich muss zugeben, dass ich ein Problem damit habe, und zwar ein großes. Bestimmt auch, weil ich selbst verheiratet bin.«

»Das kann ich nachvollziehen«, sagte Alma nur. »Hätte ich wohl auch an deiner Stelle.«

»Du bist mir irgendwie unheimlich, seit du tot warst«, platzte Regine heraus. »Heute so, morgen so, dann wieder völlig anders. Ich komme gar nicht mehr mit, und ich mache mir Sorgen um dich.«

»Das ist lieb … aber nicht nötig, ich weiß genau, worauf ich mich einlasse. Ich hab das Gefühl, ich bin gerade dabei, mich ganz neu zu entdecken. Um gebundene Männer hab ich grundsätzlich einen Bogen gemacht, immer war ich auf der Suche nach der großen Liebe, nach Treue und Beständigkeit. Ob du's glaubst oder nicht – es hat etwas ungeheuer Befreiendes, einfach locker drafloszugenießen und nicht an die Zukunft zu denken.

Es lag Regine auf der Zunge, zu sagen: Pass auf dich auf. Verschenk bloß nicht dein Herz an diesen Hallodri. Ich habe Angst, dass du verletzt wirst. Du bist doch gar nicht der Typ für so eine Affäre ohne Gefühle, du brauchst etwas ganz anderes. Verlässliche Liebe, Geborgenheit. Aber wusste sie wirklich noch darüber Bescheid, was Alma brauchte? Vielleicht war die Frau, die neben ihr saß, neuerdings ein ganz anderer Mensch? Vielleicht tat ihr das alles wirklich gut und machte sie glücklich. Aber sosehr Regine sich auch bemühte, es wollte ihr einfach nicht in den Kopf, dass die Wünsche, Träume, Sehnsüchte der Freundin oder ihr Wertesystem sich derart radikal gewandelt haben sollten.

Möglicherweise steckte etwas ganz anderes dahinter.

»Alma?«

»Mhm?«

»Ist es wegen Bernhard?«

»Bernhard?« Alma schaute sie so verständnislos an, als hörte sie diesen Namen zum ersten Mal.

»Ja, Bernhard«, fuhr Regine fort, die mit einem Mal das Gefühl hatte, auf der richtigen Fährte zu sein. »Ist die Sache mit Max so eine Art ... na, sagen wir, Trostpflaster, weil Bernhard mit Angie zusammen ist?«

»Du kommst vielleicht auf seltsame Ideen ...«

»Du brauchst mich gar nicht so anzugucken. So was kommt sehr häufig vor. Bei Männern und bei Frauen. Es tut einfach gut, von jemandem begehrt zu werden. Es stärkt das Selbstbewusstsein.«

»Stimmt«, sagte Alma. »Aber vor allen Dingen hat es Spaß gemacht. Wir haben uns immer schon gut im Bett verstanden.«

»Und wie passt ›es‹ mit deiner Nahtoderfahrung zusammen? Die große Liebe ist Max ja nun doch nicht, spätere Heirat ist ausgeschlossen. Oder machst du dir heimlich doch Hoffnungen, dass er erkennt, dass ihr, wenn auch ziemlich spät im Leben, füreinander bestimmt seid und sich scheiden lässt?«

»Um Gottes willen, nein!«, rief Alma ehrlich entsetzt aus. »Es würde niemals gutgehen mit uns. Ich hab auch keine großen Gefühle für ihn, nicht mal kleine. Und ich habe es aufgegeben, zu versuchen, irgendeinen Sinn in meine Vision zu bringen. Sie war, wie sie war.«

»Hast du Max eigentlich von deinem Herzstillstand erzählt?«

»Nein. Es schien mir nicht … wichtig. Oder richtig. Was auch immer.«

Regine legte einen Arm um die Schulter der Freundin. »Weißt du, was für mich das einzig Wichtige ist?«

Alma schüttelte den Kopf.

»Dass du überlebt hast.«

»Das ist auch das Einzige, was wirklich zählt. Vielleicht lande ich mal in einem Paralleluniversum, wenn meine Zeit gekommen ist. Wenn mein Herz endgültig aufgehört hat, zu schlagen. Vielleicht war die Vision so was wie ein Vorgeschmack auf das, was nach dem Tod kommt. Aber es beschäftigt mich nicht mehr. Ich kann es einfach so stehenlassen.«

»Bist du noch traurig wegen Bernhard?«, fragte Regine unvermittelt.

Alma dachte einen Moment nach. »Irgendwie schon. Aber es ist okay, wirklich.«

»Das nehme ich dir nicht so ganz ab«, sagte Regine, die den Schatten bemerkt hatte, der über Almas Gesicht gehuscht war.

»Und warum nicht? Weil du gerne hören würdest, dass ich in Bezug auf Bernhard einen Fehler gemacht habe und untröstlich bin?«

»Das ist doch völliger Quatsch!«, fuhr Regine auf. »Ich glaube nur, dass du dir selbst gegenüber nicht ganz ehrlich bist. Und ich kann mir einfach nicht vorstellen, dass dich die Sache mit Max glücklich machen wird.«

»Das weiß ich doch auch nicht. Aber im Gegensatz zu früher mache ich mich deswegen nicht verrückt, sondern lasse die Dinge auf mich zukommen. Warum machst du eigentlich so einen Aufstand?«

Regine atmete ein paar Mal tief ein und aus, bevor sie antwortete: »Ja, warum eigentlich … na, was meinst du wohl?«

Alma legte eine Hand auf die Schulter der Freundin. »Weil du es gut meinst. Danke dafür.«

Regine seufzte. Alma mochte neue Wege gehen, aber wenn sie sich etwas in den Kopf gesetzt hatte, war sie noch genauso stur wie früher,.

»Bitte. Gern geschehen. Jederzeit wieder. Glaub nur nicht, dass ich von nun an vornehm schweigen werde, wenn mir irgendetwas nicht gefällt. Dazu bist du mir viel zu wichtig.«

Anstatt zu antworten, beugte sich Alma zu ihr hinüber und drückte ihr einen Kuss auf die Wange.

Als Alma mit Wotan um die Ecke bog, fädelte sich gerade ein Kleintransporter, der vor dem Haus geparkt hatte, in den Verkehr ein. Auf dem Bürgersteig stand Katrin und winkte ihm nach.

»Wer war das?«, wollte Alma wissen, nachdem sie die Freundin begrüßt hatte.

»Zwei sehr nette Herren, die Mutters Couch und die Schrankwand abgeholt haben. Die Wohnung ist jetzt leer. Also, natürlich nicht ganz, ich hab ja auch ein Zimmer. Und die Küche ist geblieben, und im Bad hat sich auch nichts verändert. Noch nicht.« Unvermittelt kämpfte Katrin mit den Tränen. »Ein ganzes Leben ist weg. Einfach futsch. Ich war so beschäftigt. Kollegen haben mir mit ihrem Auto geholfen, alles Mögliche im Wertstoffhof zu entsorgen. Ich habe das Sozialkaufhaus beglückt, dies und jenes bei Ebay verkauft. Ich bin erleichtert, dass ich endlich durchgezogen habe, was ich schon lange vorhatte. Und gleichzeitig bin ich furchtbar traurig.« Sie wischte sich mit dem Ärmel über die Augen. »Es ist alles so leer, verstehst du?«

»Natürlich versteh ich das«, sagte Alma und nahm die Freundin fest in die Arme.

»Kommst du auf einen Sprung mit rein? Ich brauche ein bisschen Gesellschaft«, sagte Katrin.

»Klar. Ich bringe nur schnell Wotan in den Schuppen.«

Die Räume wirkten plötzlich riesig ohne die wuchtigen Möbel. Alma war beeindruckt – einmal in Schwung, hatte Katrin konsequent durchgezogen, was sie sich vorgenommen hatte, und es schien ihr gutzutun. Sie wirkte viel dynamischer, nicht mehr so niedergedrückt von ihrer Trauer. Auch Katrin hatte einen neuen Weg eingeschlagen, und Alma war gespannt, wohin er die Freundin führen würde.

»Denk dir den Teppichboden und die Tapeten auch noch weg«, sagte Katrin. »Ich will strahlend weiße Wände. Überall. Und ich lasse den Dielenboden abschleifen und versiegeln.«

»Schön …«

Katrin gab einen Laut von sich, der irgendwo zwischen Lachen und Weinen lag. »Ich möchte es Mutter persönlich erzählen. Fährst du morgen mit mir zum Friedhof? Oder ist dir das zu viel? Es ist ja dein erster Arbeitstag, seit du im Krankenhaus warst.«

»Kein Problem, ich lasse es ja langsam angehen. Ich hab nur zwei Termine.«

»Danke«, sagte Katrin. »Oh … Ich hab noch gar nicht gefragt, wie es in Potsdam war. Tut mir leid. Ich war so mit mir selbst beschäftigt.«

»Das braucht dir nun wirklich nicht leidzutun. Es war … schön mit Max.«

»Oh«, machte Katrin, die in Almas Gesicht las wie in einem Buch. »Es ist also passiert.«

»Und es wird vielleicht wieder passieren, und du hast völlig recht: Man verlernt es tatsächlich nicht. Mehr ist eigentlich nicht dazu zu sagen.«

Katrins Lippen hatten sich wieder zu einem ›Oh‹ geformt, aber kein Laut war zu hören.

»Na ja … außer vielleicht, dass es keinen Neuanfang geben wird. Höchstens eine sehr lockere Affäre.«

Katrin nickte skeptisch.

In diesem Moment meldete Almas Handy mit einem Bing! eine SMS. Sie war von Max.

Hi Alma! Bin auch wieder gut zu Hause gelandet. Es war toll mit dir. Kuss bis zum nächsten Mal von Max. P. S. Schöne Grüße von meinen Eltern.

Nachdem Alma diese Botschaft laut vorgelesen hatte, herrschte einen Moment Stille. Dann prustete Katrin los, und Alma lachte mit. Ihr Gelächter hallte in dem leeren Raum wider, der einmal Frau Ritters Schlafzimmer gewesen war. Sie wussten beide nicht, warum, aber sie lachten, bis ihnen die Tränen kamen, und dann lagen sie sich in den Armen, und irgendwie war alles gut, genau so wie es war.

Almas erster Arbeitstag, seit ihr Herz stillgestanden hatte, begann geruhsam um zehn Uhr mit einer alten Dame, die schon seit Jahren regelmäßig zur Aromamassage kam. Und er endete nach einer Hot-Stone-Behandlung bei einem neuen Klienten, der auf Empfehlung von Nolli den Weg in die Praxis gefunden hatte und gleich für den nächsten Monat einen Termin ausmachte, was Alma sehr freute. Sie hatte die Arbeit genossen, gleichzeitig war sie erstaunt, wie müde sie war, trotz einer gemütlichen Mittagspause mit Regine und einem Sandwich im Park. Es war gut, dass sie nicht gleich voll durchgestartet war und die nächsten Tage ebenfalls gemächlich angehen würde. Regine, die die Termine eingetragen hatte, hatte es genau richtig gemacht.

»Ich bin dann mal weg«, sagte Alma, nachdem sich der neue Kunde verabschiedet hatte. »Danke noch mal, dass du alles so toll organisiert hast.«

»Da nicht für, wie mein Schwiegervater immer sagt. Erhol dich gut. Du siehst ein bisschen platt aus.«

»So fühle ich mich auch«, gab Alma zu.

Aber schon nach den ersten Minuten mit Wotan

fühlte sie sich besser. Der Nachmittag war kühl, und sie hatte Rückenwind und kam daher leicht voran. Sie hatte sich mit Katrin vor dem Eingang zum Friedhof verabredet und entdeckte die Freundin schon von weitem an ihrer froschgrünen Fleece-Jacke.

»Puh. Ganz schön frisch heute«, begrüßte Katrin sie. »Und – wie war dein Tag?«

»Gut. Und ein bisschen anstrengend. Ich bin nichts mehr gewohnt. Und wie war's bei dir?«

»Unspektakulär. Warte mal …«

Katrin war vor dem Glaskasten, in dem Neuigkeiten der Kirchengemeinde ausgehängt wurden, stehengeblieben. Neben der Einladung zu den monatlich stattfindenden Kaffeehausgesprächen über den Tod im *Café Radieschen* hing ein neuer Aushang:

ACHTUNG! DAS BESTE KOMMT ZUM SCHLUSS! LÖFFELLISTEN-TREFFEN IM CAFÉ RADIESCHEN!

Wie Jack Nicholson und Morgan Freeman in dem Film »Das Beste kommt zum Schluss« (Im Original: The Bucket List) wollen wir aufschreiben, was wir unbedingt noch alles tun wollen, bevor wir den Löffel abgeben. Wir, das sind Männer und Frauen, die schon öfter bei den »Kaffeehausgesprächen über den Tod« im Café Radieschen dabei waren. Alle, die ihre Lebenszeit nicht vertrödeln, sondern sich Ziele setzen wollen, bevor es zu spät ist, sind herzlich willkommen!

Wann? Am Sonntag, dem 15. Juni, 15–17 Uhr

Wo? Im Café Radieschen, kleiner Saal. Um Voranmeldung im Café wird gebeten.
(Bitte Papier und Stifte mitbringen.)

»Genieß dein Leben, bevor du den Löffel abgibst«, sagte Katrin leise. »Das hat meine Mutter zu mir gesagt, bevor sie starb. Es waren quasi ihre letzten Worte. Mir läuft es gerade eiskalt den Rücken runter.«

»Wollen wir hingehen?«

Katrin schüttelte den Kopf. »Das Treffen findet erst in zwei Wochen statt. Bis dahin kann es zu spät sein.«

»Wieso?«, fragte Alma erschrocken.

»Wieso nicht? Warum wieder mal warten, aufschieben? Ich hab lange genug gewartet auf Was-weiß-ich und allerhand aufgeschoben. Wir können unsere Löffel-Listen jetzt gleich in Angriff nehmen, ein Notizbuch und was zu schreiben hab ich immer dabei. Aber erst will ich mit Mutter reden.«

»Okay. Ich komme dann später nach zum Grab.«

»Du kannst ruhig jetzt schon mitgehen. Es dauert nicht lange.«

Alma fühlte sich ein bisschen überrumpelt. Eine Liste der letzten Wünsche, was sollte sie da jetzt so spontan draufschreiben? Sie hätte gut und gerne noch die zwei Wochen bis zu dem Treffen warten können. Aber dann musste sie über sich selbst schmunzeln: Damit hätte sie dann ja wieder kostbare Lebenszeit vertrödelt.

Wenig später saß sie auf einer Bank, während Katrin verblühte Blumen auf Frau Ritters Ruheplatz abschnitt und die Pflanzen wässerte. Sie war ganz vertieft und bewegte dabei unablässig die Lippen. Irgendwann schloss Alma die Augen. Der Wind rauschte in den Bäumen, vom Verkehrslärm der Großstadt war nichts zu hören. Die Stille dieses Ortes war perfekt, um sich schon mal Gedanken über die Löffel-Liste zu machen. Was ist mir wirklich wichtig, überlegte Alma. So wichtig, dass ich es unbedingt tun muss, bevor mein Herz endgültig stillsteht? Welche ganz besonderen Träume und Wünsche will ich auf alle Fälle noch verwirklichen? Bilder stiegen auf: Wale beobachten. Mit Delfinen schwimmen. Im nächsten Jahr ihre Eltern in Phuket besuchen. Nach Santiago de Compostela pilgern, so wie Ole Bernauer, ihr Lebensretter. Eine Fahrradtour mit Wotan durch sämtliche Bezirke der Hauptstadt, wie eine Touristin. Eine Nacht durchtanzen, mit Max, so wie früher, anschließend wilder Sex an einem verbotenen Ort …

Eine Hand berührte sachte ihre Schulter. »Ich bin so weit. Wir können loslegen«, sagte Katrin und fing an, in ihrem Rucksack zu kramen.

Alma gähnte und streckte sich.

»Hast du etwa geschlafen?«

»Ich hab vor mich hin geträumt«, sagte Alma und nahm den Kugelschreiber und die Blätter entgegen, die Katrin aus ihrem Notizbuch gerissen hatte.

»Zehn Minuten reichen, oder? In meinem Kopf sprudelt schon alles.« Katrins Feuereifer war nicht zu übersehen. »Wir können später ja immer noch Sachen ergänzen.«

»Ja. Stimmt.«

»Du klingst nicht so wirklich inspiriert.«

»Kommt schon noch«, sagte Alma und fing an zu schreiben. In verschnörkelter Schönschreibschrift, wie vor vielen Jahren in die Poesiealben ihrer Klassenkameradinnen, malte sie: Meine Löffel-Liste. Während Katrin neben ihr drauflosschrieb, betrachtete Alma nachdenklich die drei Worte auf dem leeren Blatt. Sie hätte vieles aufschreiben können, zusätzlich zu den Aktivitäten, die eben an ihrem geistigen Auge vorübergezogen waren. Spontan fiel ihr ein: Tandem-Fallschirmsprung. Einen Schrebergarten pachten. Noch einer Katze aus dem Tierheim ein Zuhause geben, damit Pandora Gesellschaft hatte. Aber ihre Hand, die den Stift hielt, rührte sich nicht. Die Wahrheit war: Nichts von alledem war ihr so wichtig, dass sie es ganz unbedingt noch tun musste, bevor ihr Herz stillstehen würde. Sie war davon überzeugt, dass sie nicht glücklicher und erfüllter dahinscheiden würde, wenn sie mit Delfinen geschwommen war oder sich mit einem Fallschirm aus einem Flugzeug gestürzt hatte. Ein Schrebergarten und eine zweite Katze waren eine feine Sache, aber es war genauso okay, wenn sie sich weiterhin nur mit ihrem Balkon, Regines Garten und ihrer geliebten Pandora vergnügte.

Das Leben ist mehr als eine To-do-Liste, dachte sie. Meine Zufriedenheit hängt nicht davon ab, dass ich auf dem Sterbebett sagen kann: Ich habe mir Ziele gesetzt und Wünsche formuliert und sie diszipliniert abgearbeitet, und deshalb war ich ein besserer Mensch, der seine Existenz effektiv genutzt hat. Nicht so eine Schlafmütze, die ihr Leben im Alltagstrott verdöst; erst aufwacht, als es zu spät ist, um dann in Selbstmitleid zu baden und herumzujammern, was sie alles nicht getan hat, als sie noch die Möglichkeit dazu hatte.

Wobei die »Klassiker«, die Sterbende im Lebensrückblick am meisten bereuten, wenn man populären Thesen Glauben schenken wollte, lauteten: Ich wünschte, ich hätte mein Leben so gelebt, wie ich es wollte. Nicht so viel gearbeitet. Den Mut gehabt, meine Gefühle auszudrücken. Mir selbst die Erlaubnis gegeben, glücklicher zu sein. Alles gut und schön und erstrebenswert, aber Alma war inzwischen davon überzeugt, dass es am Lebensende auf etwas ganz anderes ankam. Nämlich nicht mit seinem Leben, verpassten Chancen und Aktivitäten und sich selbst zu hadern, sondern alles mit den Augen der Liebe zu betrachten und wertzuschätzen, so, wie es gewesen war, mit all seinen Höhen und Tiefen.

Katrin schrieb, dachte nach, schrieb weiter. Einmal schielte sie auf Almas leeres Blatt und schüttelte verständnislos den Kopf.

»Hast du einen Krampf in der Hand, oder was ist los?«, fragte sie.

»Nein«, gab Alma fröhlich zurück. Dann bewegte sich der Stift in ihrer Hand langsam übers Papier. In großen Druckbuchstaben formte sich ein einziges Wort:

LEBEN

»Ist das alles?! Du musst doch irgendwas *tun* wollen. Etwas Ungewöhnliches. Wenigstens bei Vollmond barfuß über eine Wiese rennen. Oder einen Tag lang nur Sachen essen, die du noch nie gegessen hast.«

»Vielleicht hab ich ja mal Lust dazu, während ich dabei bin, zu leben. Dann mache ich das, ganz spontan, und genieße es in vollen Zügen.«

Ein Lächeln breitete sich über Katrins Gesicht. »Ich hatte gerade eine Idee. Darf ich etwas auf deine Liste schreiben?«

»Klar. Ich bin gespannt«, sagte Alma.

Katrin war in Windeseile fertig und las laut vor:

»Ich will spüren, dass ich lebe
jeden Tag, den ich hab
ich will spüren, dass ich lebe
wissen, ich war gut genug.

Das ist aus dem Film ›Wie im Himmel‹, ›Gabriellas Lied‹. Wir haben es Ostern bei unserem Chorkonzert gesungen.«

»Ich weiß. Ich war dabei. Es war … wunderschön. Und diese Zeilen spiegeln genau wider, was ich meine. Einfach drauflosleben und meine Lebendigkeit spüren, mit allen Sinnen; und meinen Frieden machen mit mir selbst und mit dem, was war, oder eben nicht war. Wenn ich sagen kann: Ich weiß, dass ich und mein Leben gut genug waren, dann reicht mir das völlig.«

Katrin fing an zu singen, mit ihrer kräftigen, klaren Sopranstimme. ›Gabriellas Lied‹ schwebte über die Gräber und traf Alma mitten ins Herz. Die Tränen liefen ihr über die Wangen, während sie mit geschlossenen Augen lauschte. Sie hätte ewig so dasitzen können, eingehüllt vom Klang und den Worten, die so viel von dem ausdrückten, was sie fühlte.

Anschließend saßen sie eine Weile still da. Der Wind raschelte in den Bäumen und strich über Almas Gesicht, wie eine sanfte Berührung. Schließlich sagte sie: Danke. Das war … einfach zauberhaft, es hat mich so gerührt … Und du hast so eine schöne Stimme.« Sie zog ein hellblaues Stofftaschentuch hervor und wischte sich die Tränen ab. Es war Bernhards Taschentuch, das neuerdings seinen Platz in ihrer Umhängetasche gefunden hatte, gewaschen und gebügelt. Sie konnte es ihm also jederzeit zurückgeben, falls sie sich zufällig irgendwo über den Weg laufen sollten. Nur nicht gerade jetzt.

Katrin lächelte. »Ich wollte mal Sängerin werden, als ich klein war.«

»Und ich Zoodirektorin. Aber das ist wirklich sehr, sehr lange her«, sagte Alma und verstaute das Taschentuch in ihrer Hosentasche. »Jetzt aber zu dir und deiner Löffel-Liste. Sie sieht ziemlich lang aus.«

»Stimmt. Ich bin nicht wie du. Vielleicht muss man tot gewesen sein, um mit dem Wort ›leben‹ auszukommen. Ich für meinen Teil habe jede Menge vor. Endlich!«

»Ich bin total neugierig. Schieß los.«

»Ich will meine Wohnung schick machen, das weißt du ja. Alles. Auch mein Zimmer und das Bad und die Küche, inklusive neuer Möbel. Wenn die Handwerker loslegen, fahre ich in Urlaub, wohin, weiß ich noch nicht. Ich hab mir vorgenommen, jedes Jahr eine Reise an einen Ort zu machen, den ich noch nicht kenne. Und du hast mich auf den Geschmack gebracht. Bevor ich den Löffel abgebe, will ich definitiv leidenschaftlichen Sex haben, mit einem tollen Liebhaber.«

Katrin warf einen schnellen Blick hinüber zu Alma, die trocken meinte: »Kann ich gut nachvollziehen.«

»Peter fällt da schon mal flach. Und da bin ich schon beim nächsten Punkt: Von mir aus können wir uns weiter treffen, wie gehabt. Aber die nächsten sieben Jahre in *meiner* wunderschönen, sanierten Wohnung. Und nie mehr Pizza Tonno beim Italiener, ich kann den Laden nicht mehr sehen. Wenn ihm das nicht passt – arrivederci.«

So viele Wünsche und Pläne und so viel Begeisterung, das freut mich so für sie, dachte Alma voller Zuneigung, als Katrin mit Feuereifer weiter ihre Liste durchging. Französischkurs, jeden Monat eine Massage (rate mal, bei wem), ihre Autobiografie und regelmäßig Tagebuch schreiben, ein Ehrenamt übernehmen, Zumba-Kurs, in Online-Börsen nach tollen Liebhabern stöbern und sich auch wirklich mit ihnen treffen, sich ein eigens für sie hergestelltes Parfum gönnen, einmal Silvester in New York am Times Square feiern, nackt im

Meer schwimmen, auf einem Elefanten reiten, einen Tauchlehrgang am Roten Meer machen.

»Das war's erst mal«, sagte Katrin »Ich werde ständig an dieser Liste arbeiten und mir nichts versagen, auf das ich Lust habe und mir leisten kann. »Bis auf eins …«

»Was denn?«

»Ich bin mir noch nicht ganz sicher. Deshalb hab ich's noch nicht aufgeschrieben. Aber ich glaube, in diesem Jahr würde ich Weihnachten gerne in Kuhkaff verbringen. Im *Landgasthof zum Tulpenbaum*. Und ich wäre unglaublich froh, wenn du mitkommst.«

»Weihnachten im Kreis der Familie. Ach, das klingt nett. Das hatte ich schon ganz lange nicht mehr. Wie lieb, dass du an mich gedacht hast.«

»Du bist … na ja, schon auch Familie für mich«, sagte Katrin. »Freundinnen sind so was, oder?«

»Absolut. Freundschaften sind Wahlverwandtschaften«, gab Alma zurück und strahlte Katrin an.

»Die Nissens müssen bestimmt arbeiten. Trotzdem lässt mich der Gedanke nicht los, dass es ein besonderes Weihnachtsfest werden könnte. Mit Bluts- und Wahlverwandtschaft, auf dem Land, und hoffentlich ganz viel Schnee.«

Alma lächelte, so eine Idylle war ganz nach ihrem Geschmack. »Sag Bescheid, wenn der Plan auf deiner Liste angekommen ist. Ich komme sehr gerne mit.«

»Brigitte und Rolfi haben mir geschrieben, weißt du«, sagte Katrin ein bisschen verlegen.

»Das ist ja süß!«

»Mhm. Eine Ansichtskarte vom Gasthof. Liebe Grüße, auch an dich. Und sie würden sich freuen, wenn ich wiederkäme. Weihnachten sei es immer besonders gemütlich im Dorf. Na ja, es ist ja noch lange hin bis Dezember.«

10

Zu Hause wärmte sich Alma in der Küche mit einer Suppe und Ingwertee auf. Normalerweise hätte sie auf dem Balkon zu Abend gegessen, aber für heute hatte sie genug frische Luft gehabt. Typisch für Anfang Juni, dachte sie, als sie sich vor dem Schlafengehen eine lange, heiße Dusche gönnte. Die sogenannte Schafskälte brachte kühles, oft regnerisches Wetter. Ob die Schafe auf der Domäne wohl schon geschoren waren und nun frieren mussten? Auf einmal spürte sie heftige Sehnsucht. Wenn die Sonne wieder schien und man im Gras liegen und die Wärme und sommerlichen Düfte genießen konnte, würde sie ihr Paradies für sich zurückerobern, in dem sicheren Gefühl, dass die Erinnerungen an einen verzauberten Nachmittag nicht mehr schmerzen würden.

Am Donnerstag verflüchtigte sich die Schafskälte, so dass Alma beschloss, nach der Arbeit zwei Stunden im Garten zu arbeiten. Anschließend aß sie mit Regine auf der Terrasse zu Abend. Wolfgang war nicht zu Hause, er nutzte das schöne Wetter für einen Abstecher in den Biergarten mit ein paar Kollegen. Alma fragte nicht nach, um welche Kollegen es sich handelte, sie ging davon aus, dass Nolli und Bernhard auf jeden Fall dabei waren, und Bernhards neue Freundin Angie. »Habt ihr schon euer nächstes Treffen ausgemacht, du und Max?«, erkundigte sich Regine.

»Nein. Aber wir haben gestern Abend am Telefon ein Glas Wein zusammen getrunken und stundenlang über alles Mögliche geredet.«

»Hört sich nett an. Ich würde auch gerne mal wieder mit meinem Mann über alles Mögliche reden. Wolfi kommt in letzter Zeit erst spät von der Arbeit, und dann will er nur noch was essen und abschalten, und das kann er am besten vor dem Fernseher. Ist ja okay. Aber wo bleibe ich dabei?« Seufzend imitierte sie Wolfgangs brummigsten Tonfall: »Unternimm halt was, Gini, wenn du dich mit mir langweilst. Wir haben genug Freunde und Bekannte, mit denen du dich unterhalten kannst. In vier Wochen ist das Projekt in trockenen Tüchern, dann bin ich wieder ansprechbar.« Mit ihrer normalen Stimme fuhr sie fort: »Das gefühlt erste Feierabend-Bier nach einer halben Ewigkeit mit den Kollegen dient auch seiner Erholung, wehe, ich verliere auch nur ein Wort darüber. Er geht mir derzeit so auf den Keks, dass ich von einem Liebhaber träume. Einem, der mich auf Händen trägt, ganz Ohr ist, wenn ich etwas auf dem Herzen habe und mit seiner Leidenschaft die Bettlaken in Brand setzt.«

»Puh. Das sind ja völlig andere Töne als neulich. Da fandest du außerehelichen Sex noch sehr verwerflich.«

Regines Mundwinkel zogen sich resigniert nach unten. »Ich träume ja nur. Das ist erlaubt. Es ist ja nicht so, als ob auf einmal lauter potentielle Liebhaber vor meiner Schlafzimmertür Schlange stehen würden. Und das ist auch gut so. Sonst könnte ich womöglich ernsthaft in Versuchung geraten, meine altehrwürdigen Moralvorstellungen über Bord zu werfen. Ich bin so richtig gefrustet. Ein bisschen mehr Zuwendung und Kommunikation ist doch nun wirklich nicht zu viel verlangt. Manchmal komme ich mir vor wie eine olle Strickjacke, die man aus dem Schrank holt, wenn einem danach ist, und ansonsten einfach hängen lässt.«

Das konnte Alma gut nachvollziehen, aber es brachte ja nichts, auch auf Wolfgang zu schimpfen, das würde Regine letzten Endes nur noch mehr runterziehen. »In vier Wochen sieht die Welt schon wieder anders aus«, versuchte sie die Freundin zu trösten. »Es gibt eben immer mal wieder solche Phasen.«

»Ja, ja, ich weiß«, sagte Regine ein bisschen gereizt. »Aber es ändert nichts daran, dass ich mich zunehmend mehr darüber ärgere. Wieso habt ihr euch eigentlich noch nicht wieder verabredet, du und Max? Ich denke, ihr seid so heiß aufeinander?«

»Du wirst es nicht glauben: Auch Max hat gerade Stress im Job. Außerdem kommt seine Frau am Wochenende aus der Kur zurück. Er ist mit anderen Dingen als brennenden Laken beschäftigt.«

»Männer. Einfach nicht multitaskingfähig«, sagte Regine kopfschüttelnd. »Jedenfalls, wenn sie in die Jahre gekommen sind. Und wie sieht es bei dir aus?«

»Alles gut. Ich bin zufrieden.«

»Hmmph«, machte Regine. »Ich bin neidisch. Gib mir doch bitte eine große Portion von deiner Zufriedenheit ab, ja?«

Freitag, sechzehn Uhr. Die erste Arbeitswoche, seit ihr Herz stillgestanden hatte, war vorüber. Die Sonne schien von einem wolkenlos blauen Himmel, die Wetterprognose fürs Wochenende hätte nicht besser sein können. Alma kaufte bei *Özdemir* ein, ließ sich die Häppchen schmecken, die Gül ihr kredenzte, und radelte nach einem netten Plausch gut gelaunt nach Hause, wo Pandora sie freudig begrüßte.

»Makrele für dich, meine Süße«, sagte sie zu der Katze. »Und schönen *Kashkaval*-Käse mit Gurke und Tomaten für mich.« Nachdem sie die Katze gefüttert hatte, machte sie sich ein Fladenbrot-Sandwich zurecht, packte eine Flasche Mineralwasser, den Roman, den sie gerade las, und ihre Picknickdecke ein und fuhr zur Domäne.

Bei dem schönen Wetter hatte sie Hochbetrieb erwartet, aber es waren recht wenige Leute unterwegs. Zum ersten Mal seit Jahren ging Alma nicht zu Fuß, sondern radelte im Schritttempo den Rundweg entlang. Die Kartoffelpflanzen auf dem Acker waren üppig gewachsen; auf den Kornfeldern wiegten sich die noch grünen Ähren der Gerste im Wind. Der Holunder blühte, und bald würden die Lindenblüten ihren süßen Duft verströmen, sehr zur Freude der Bienen. Von Wotans Rücken aus bot sich eine andere Perspektive, nicht nur auf die Flora und Fauna der Domäne: Die Erinnerungen an einen Mann und eine Frau, die Hand in Hand hier spazieren gegangen waren, waren zwar präsent, aber sie stimmten Alma nicht mehr traurig. Der Zauber der Domäne wirkte wieder. Glücklich genoss sie die Spätnachmittagssonne und freute sich an allem, besonders an dem rot leuchtenden Klatschmohn und den Kornblumen am Wegrand, die für sie der Inbegriff von Frühsommer und ländlicher Idylle waren. Bei der Schafweide machte Alma Halt. Die Schafe, eine Rasse mit schwarzem Fell, waren tatsächlich schon geschoren und erinnerten Alma an den Persianermantel, den ihre Mutter früher einmal besessen hatte. Lächelnd fuhr sie weiter, in dem guten Gefühl, dass kein Schaf heute frieren musste.

Auf der Streuobstwiese fand sich mühelos ein ruhiges Plätzchen, an dem sie Wotan parken und ihre Decke ausbreiten konnte. Sie aß ihr Sandwich und las dabei, allerdings konnte die Geschichte sie nicht wirklich fesseln, obwohl Regine das Buch wärmstens empfohlen hatte. Sie legte es beiseite, streckte sich auf ihrer Decke aus und schloss die Augen. Bienen summten, Vögel zwitscherten, aus der Entfernung waren Stimmen zu hören, Kinderlachen, ein Hund bellte. Das Letzte, das Alma wahrnahm, bevor sie einschlief, war eine leichte Brise, die über ihr Gesicht strich.

Als sie aufwachte, wusste sie erst nicht, wo sie war, so tief war sie ins Reich der Träume abgetaucht. Dann drang die vertraute Außenwelt mit ihren Geräuschen in ihr Bewusstsein, und noch etwas anderes: das Gefühl, beobachtet zu werden, und zwar aus nächster Nähe. Das war, gerade in einer Stadt wie Berlin, wo der Glaube an das Gute in der Welt jederzeit an der nächsten Straßenecke erschüttert werden konnte, durchaus ein Grund, in Panik auszubrechen. Aber Almas Herzschlag blieb ruhig, ihr Körper weigerte sich, an diesem besonderen Ort Angst zu haben. Vorsichtig öffnete sie die Augen, blinzelte in die plötzliche Helligkeit hinein und in ein Augenpaar, so blau wie die Lobelien auf ihrem Balkon.

»Du!«

»Ja, ich«, gab Bernhard ruhig zurück. Er lag auf ihrer Decke, so nah, dass sie ihn hätte berühren können.

»Ich träume, oder?«, wollte Alma wissen.

Das jungenhafte Lächeln, an das sie sich so gut erinnerte, huschte über sein Gesicht, und eine warme Hand berührte kurz ihren Arm.

»Okay. Ich bin also wach. Wie … wie kommst du hierher?« Wenn es einen Preis gäbe für die dümmsten Fragen, die je auf der Domäne gestellt worden waren, sie wäre eine Kandidatin für die Goldmedaille, das war Alma klar. Was nichts daran änderte, dass ihr Kopf aktuell einfach nichts Klügeres hergab.

»Mit dem Auto«, gab Bernhard zurück.

Alma setzte sich auf. »Ach so. Leider hab ich ausgerechnet heute dein Taschentuch nicht dabei.«

Auch Bernhard hatte sich in die Vertikale begeben und kreuzte die Beine zum Schneidersitz. »Welches Taschentuch?«, fragte er verblüfft.

»Das hellblaue. Es steckte gewaschen und gebügelt in meiner Handtasche, weil es ja sein kann, dass man sich mal irgendwo zufällig begegnet und ich es dir bei dieser Gelegenheit zurückgeben könnte. Leider hab ich es neulich wieder vollgeheult, und jetzt liegt es im Wäschekorb.«

»*Dieses* Taschentuch meinst du. Ich erinnere mich. Zufällig bin ich übrigens nicht hier. Ich habe gehofft, dich hier zu treffen.«

»Aber du wolltest mich doch nicht mehr sehen«, sagte Alma.

Bernhard seufzte. »Stimmt.«

Schweigen breitete sich über die Picknickdecke. Almas Verstand arbeitete auf Hochtouren. Schließlich sagte sie: »Das widerspricht sich, oder?«

»Damit kann ich leben. Wie geht es dir, Alma?«

»Warum willst du das denn wissen?«

»Weil ich mir manchmal Sorgen mache. Um deine Gesundheit. Du brauchst mich gar nicht so erstaunt anzuschauen. Ich habe nicht vergessen, was mit deinem Herzen passiert ist.«

Alma war gerührt. Er dachte also doch noch an sie, sogar frisch verliebt. Vielleicht musste man das durchgemacht haben, was er durchgemacht hatte, als seine Frau krank wurde und schließlich den Kampf gegen den Krebs verloren hatte, um so fürsorglich zu sein.

»Danke, dass du so lieb fragst«, sagte sie weich. »Ich fühle mich gesund. Zufrieden. Es hat sich viel verändert, seit wir uns das letzte Mal gesehen haben.«

Die blauen Augen schauten sie aufmerksam an. »Ich gebe zu, dass ich neugierig bin.«

Eine intensive Wärme breitete sich mit einem Mal in Almas Körper aus. Da war es wieder, das Empfinden, das sie gleich bei der ersten Begegnung mit Bernhard gehabt hatte: Sie fühlte sich wohl mit ihm. Wohl und geborgen.

»Erinnerst du dich noch an die Geschichte, die ich dir erzählt habe? Von dem Mann, mit dem ich verlobt war, der nach Australien ausgewandert ist?«

»Ja, sicher.«

»Am vergangenen Wochenende haben wir uns in Potsdam getroffen.«

Bernhards Gesicht zeigte fassungsloses Erstaunen. »Wahnsinn. Und?«

»Er lebt schon sehr lange wieder in Deutschland. Das Wiedersehen war … eine besondere Erfahrung, in mehr als einer Hinsicht. Ich habe Frieden geschlossen, mit mir, meiner Vergangenheit und meiner Zukunft. Ich sage mir: Auch morgen werden Rosen blühen.«

»Ist das eine Zeile aus einem Gedicht?«

Sie schüttelte den Kopf. »Nein. Eine Inschrift auf einem Grabstein. Ungewöhnlich, nicht? Aber ich finde sie sehr schön.«

»Ich auch, und sie hat mich an etwas erinnert. Möchtest du wissen, welche Inschrift sich Bettina für ihren Grabstein ausgesucht hatte?«

Alma nickte, fasziniert von der Wendung, die das Gespräch genommen hatte.

»*Rose, o reiner Widerspruch, Lust,*
Niemandes Schlaf zu sein unter so viel Lidern.«

Das ist von Rilke. Genau wie er liebte Bettina Rosen, und sie liebte seine Gedichte über alles. Ich habe seine Lyrik manchmal nicht so richtig verstanden, besonders nicht dieses Rosen-Gedicht, das er für seinen eigenen Grabstein geschrieben hatte. Bettina meinte, man müsse Rilkes Gedichte auch nicht verstehen. Es reiche vollkommen, wenn man sich in ihnen geborgen und zu Hause fühlt.«

Er lächelte, aber die Traurigkeit in seinen Augen war nicht zu übersehen.

»Wie schön sie das ausgedrückt hat ...« Was er gesagt hatte, und vor allem, wie: mit so viel Zärtlichkeit, rührte Alma und brachte etwas in ihr zum Schmelzen, von dem sie gar nicht gewusst hatte, dass es vorhanden war.

Bernhard fuhr sich mit der altvertrauten Bewegung durchs Haar, das danach in alle Richtungen abstand. Alma hätte gerne das Gleiche getan.

»Sie konnte viel besser mit Worten umgehen als ich. Am letzten Wochenende war übrigens Paula bei mir zu Besuch. Wir haben viel geredet, manchmal geweint, oft gelacht. Wie es so ist, wenn man Erinnerungen an einen geliebten Menschen austauscht. Sie sind ein Teil von uns, aber das Leben lässt sich nicht aufhalten, es spült uns immer weiter vorwärts. Auch bei Paula hat sich etwas verändert: Sie hat sich von ihrem Freund getrennt und ist frisch verliebt.« Bernhard seufzte. »Der Mann ist fünfzehn Jahre älter als sie, begeistert bin ich nicht. Aber das ist ihre Sache. Ich habe genug mit mir selbst zu tun.«

»Das hört sich ein bisschen … problematisch an«, sagte Alma vorsichtig.

Er warf ihr einen amüsierten Blick zu. »Das ist es auch in gewisser Weise, jedenfalls bei mir. Ich mache derzeit viele neue Erfahrungen. Schon interessant.«

»Du machst mich neugierig.«

Bernhard lachte. »Ach, so spannend ist es eigentlich nicht. Ich hab den Tipp eines Kollegen befolgt und mich in einer Singlebörse angemeldet. Online-Dating ist schon … schräg. Dieses virtuelle Aussortieren, das von Frauen genauso praktiziert wird wie von den Männern, hat etwas Brutales. Die vermutlich Guten ins Kröpfchen, die Schlechten ins Töpfchen … Da kann es leicht passieren, dass man aus irgendwelchen obskuren Gründen jemanden von vornherein ausschließt, mit dem man glücklich werden könnte. Na ja, mal sehen, wie sich das entwickelt. Jedenfalls bin ich viel unterwegs und habe die Möglichkeit, Menschen kennenzulernen, denen ich sonst nie begegnet wäre.«

Merkwürdig, dachte Alma. Das passt nicht zu dem, was Regine mir erzählt hat. Von Angie ist überhaupt keine Rede. Sie hätte jetzt nachhaken können, ganz unschuldig und unauffällig. Aber war es ihr *wirklich* wichtig, Bescheid zu wissen? Nein, entschied sie. Bernhard Lebecks Privatleben ist seine Sache, ich werde keine aufdringlichen Fragen stellen; ich akzeptiere einfach alles, genau so, wie er es mir erzählt. Wirklich wichtig ist, dass wir hier in der Sonne sitzen, dass ich mich wohl mit ihm fühle, dass es eine Vertrautheit und tiefe Sympathie zwischen uns gibt, dass die Bienen um uns herum summen, dass noch der ganze Sommer vor mir liegt, und ich jeden Augenblick genießen will, so gut ich kann.

Sie lächelte ihn an und griff nach ihrer Mineralwasserflasche. Nachdem sie getrunken hatte, streckte Bernhard wie selbstverständlich seine Hand aus. »Darf ich?« Ihre Augen trafen sich, als er ihr die Flasche zurückgab, nachdem er einen Schluck genommen hatte. Es war ein intimer Moment, wie eine kleine Liebkosung.

Dann sagte er: »Ich muss gleich los, ich bin verabredet.« Es klang bedauernd.

»Es war schön, dich zu sehen und mit dir zu reden. Und … danke, dass du dir Gedanken gemacht hast. Wegen meines Herzens«, gab Alma ein bisschen verlegen zurück.

In seinen Augen flammte etwas auf, das sie nicht deuten konnte, und verlosch genauso schnell, wie es aufgetaucht war. »Vielleicht läuft man sich ja wieder mal über den Weg«, sagte er. »Pass auf dich auf.«

»Mach ich. Und du auf dich. Bis … irgendwann.«

Sie sah ihm nach, wie er über die Wiese davonging. Einmal drehte er sich noch um und winkte ihr zu, dann hatte die Domäne ihn verschluckt.

Katrin saß auf der Bank im Gärtchen, neben einem kräftigen Mann mit dunklen Haaren und Vollbart.

»Setz dich doch einen Moment zu uns«, rief sie fröhlich, als Alma vor dem Haus vom Fahrrad stieg. »Ich möchte dir jemanden vorstellen.«

»Das ist Peter«, sagte sie, nachdem sie Alma zur Begrüßung umarmt hatte. »Mein Freund. Peter, das ist also Alma. Ich hab dir ja schon von ihr erzählt. Sie hat mir so geholfen nach Mutters Tod, und das tut sie immer noch.«

Peter war aufgestanden und schüttelte Almas Hand. Sein Lächeln wirkte gequält, er machte ganz den Eindruck eines Menschen, der sich von Herzen wünschte, ganz woanders zu sein.

»Guten Abend«, sagte Alma höflich.

»Leider haben wir keine Zeit«, gab Peter zurück. »Wir wollen essen gehen. In Kreuzberg. In einem Lokal, das wir nicht kennen.«

Er sah aus, als mache ihm die Aussicht schwer zu schaffen. Katrin grinste. »Du wirst sehen, es macht Spaß, herumzubummeln und Speisekarten zu lesen und Leuten auf den Teller zu schauen und dann spontan zu entscheiden, worauf wir Lust haben.«

»Ich tue es nur dir zuliebe«, sagte Peter steif.

Katrin stand auf und küsste ihn auf die Wange. »Ich weiß. Und ich freu mich. Und ich freue mich, dass dir der Schnitt meiner Wohnung gefällt.«

»Sie hat Potential«, gab Peter zu. »Vielleicht solltest du einen Innenarchitekten anheuern. Es ist ja noch eine Menge Arbeit nötig, bis sie so aussieht, wie du dir das vorstellst.«

»Ach, das kriege ich auch so hin.«

Peter warf einen Blick auf seine Armbanduhr. »Wollen wir dann los? Bis wir in Kreuzberg sind, dauert es, und ich esse nicht gern so spät. Es bekommt mir einfach nicht gut.«

»Dafür hab ich vollstes Verständnis«, sagte Alma. Wie gut, dass er es so eilig hatte. Es gab wenige Menschen, die ihr auf Anhieb unsympathisch waren, aber Peter, der mit Mitte vierzig daherkam wie ein mürrischer Rentner, gehörte definitiv dazu.

Vielleicht sollte ich auch nach Kreuzberg fahren, dachte sie später, als sie mit einem Glas Wein und ihrem Buch auf dem Balkon saß. Oder nach Prenzlauer Berg, Friedrichshain, Mitte; irgendwohin, wo richtig was los ist, wo man draußen sitzen kann an diesem schönen Abend. Aber das bedeutete eine längere Strecke mit der U-Bahn, und dazu konnte sie sich heute nicht aufraffen. Sie dachte an Bernhard, der ja verabredet war. Es würde Spaß machen, mit ihm unterwegs zu sein. Und mit Max natürlich, der so gern gefeiert und die Nacht zum Tag gemacht hatte, damals. Max … er schien so weit weg, und das lag nicht nur an den Kilometern, die sie trennten. Spontan rief sie ihn auf dem Handy an. Erst als das Telefon klingelte, fiel ihr ein, dass ja seine Frau an diesem Wochenende zurückkam, vielleicht war sie schon da.

»Ulla kommt erst morgen«, beruhigte sie Max, der im Auto saß und auf dem Weg zu einem Konzert war.

»Du störst kein bisschen, ich wollte dich auch in den nächsten Tagen anrufen. Ich hab mir überlegt, dass ich unsere Treffen gerne im Voraus festlegen würde, damit ich besser planen kann. Was hältst du davon, wenn wir uns alle sechs Wochen sehen?«

»Oh. Hm«, machte Alma verdattert. »Ich weiß nicht. Darüber hab ich noch nicht nachgedacht.«

»So ein festes Wochenende hat viel für sich. Du wohnst ja nicht gerade um die Ecke.«

»Ja, stimmt. Ich … muss darüber nachdenken.«

»Das klingt nicht begeistert. Ich bin ein bisschen gekränkt.« Er sagte es leichthin, aber es schwang ein beleidigter Unterton mit, der Alma nicht verborgen blieb.

»Lass uns doch erst mal schauen, wann und wo wir uns das nächste Mal sehen.«

»Wie du möchtest. Aber ich muss sagen, ein bisschen befremdet bin ich schon. Ich bin davon ausgegangen, dass du unser Zusammensein genauso genossen hast wie ich, und dir Verbindlichkeit wünschst.«

»Verbindlichkeit? Wie meinst du das?«

»Feste Termine eben. Verlässlichkeit. Etwas, worauf sich Lust und Sehnsucht konzentrieren können.«

Im Moment verspürte Alma weder Lust noch Sehnsucht, und sie hätte wetten können, dass es Max ähnlich ging. Er wirkte missmutig, ganz anders als sonst am Telefon.

»Eigentlich möchte ich mir Spontaneität bewahren. Und wer weiß, vielleicht stellt sich beim nächsten Treffen heraus, dass es das letzte war. Das könnte ja auch sein.«

»Ja, sicher«, gab Max gereizt zurück. »Dann können wir die Termine aber immer noch streichen.«

Plötzlich hatte Alma genug. »Du, ich kann verstehen, dass du mich in deinen Zeitfenstern unterbringen willst und gern im Voraus planst. Aber ich möchte jetzt nicht weiter darüber diskutieren. Und noch was – ich finde dich gerade nicht sonderlich charmant. Hast du schlechte Laune?«

»Ja, hab ich«, gab Max unumwunden zu. »Aber es hat nichts mit dir zu tun, Señorita. Du bist ein Sonnenschein. Ein Grund mehr für feste Zeiten mit dir, auf die ich mich freuen kann.«

Der Mann konnte wirklich hartnäckig sein, wenn er sich etwas in den Kopf gesetzt hatte. War er immer schon so drauf gewesen?

»Ich denke darüber nach. Versprochen«, sagte Alma freundlich, denn sie hatte keine Lust, es auf einen Streit ankommen zu lassen. »Und jetzt muss ich leider Schluss machen, ich bin verabredet.«

»Mit deiner lockeren Beziehung?«, wollte Max wissen.

»Das geht dich gar nichts an, mein Lieber.«

»Stimmt.« Max' Stimme war das Grinsen anzuhören. »Trotzdem würde ich es gern wissen. Und ich wünschte, du säßest jetzt neben mir im Auto, schön zurechtgemacht fürs Konzert, und ich könnte meine Hand unter deinen Rock schieben und dich ein bisschen streicheln … Hm. Ich weiß, dass es verrückt klingt, und ich habe, streng genommen, auch nicht das Recht dazu … aber so ein bisschen eifersüchtig bin ich schon, wenn ich daran denke, dass du auch mit anderen Männern ins Bett gehst.«

»Wie bitte?«, fragte Alma entgeistert.

Max ließ sich nicht aus der Ruhe bringen. »Na ja, es ist Sommer, du gehst mit einem Mann aus, das ein oder andere ergibt sich. Es könnte doch sein, dass du so richtig Lust bekommst und dich traust, sie auszuleben. So wie mit mir.«

»Du hast wirklich eine lebhafte Phantasie. Ich staune. Ich hab nicht mal erzählt, ob ich mit einem Mann ausgehe.«

War es zu fassen? Max, der chronische Fremdgänger, ausgerechnet er war eifersüchtig und nach einer Art von Verbindlichkeit strebend, die sich allerdings nur im Wunsch nach festen Terminen niederschlug.

Max lachte. »Das hast du nun von deiner Geheimniskrämerei – dass ich mir eben so meine Gedanken mache. Auch über ein paar schöne Sachen, die ich gern mit dir anstellen würde, aber das flüstere ich dir ins Ohr, wenn wir uns sehen.«

»Okay«, sagte Alma. »Und ciao. Und viel Spaß im Konzert.«

»Danke, danke. Und … Alma?«

»Mhm?«

»Mit wem gehst du denn nun aus?«

Da war sie wieder, diese Hartnäckigkeit.

»Das geht dich immer noch nichts an«, flötete sie ins Handy und legte auf.

Über einem zweiten Glas Wein fielen Alma nach und nach so einige Begebenheiten ein, in denen Max kompromisslos seinen Kopf durchgesetzt hatte. Die wichtigste war die Australien-Sache gewesen. Besitzergreifend war er auch gewesen, er hatte sie ziemlich eifersüchtig bewacht. Alma erinnerte sich, dass ihr das damals gut getan hatte, sie war geschmeichelt gewesen, dass ein so gut aussehender, charmanter Mann, der so ziemlich jede Frau haben konnte, ausgerechnet sie liebte und heiraten wollte. Aber heute war heute, und es ging nicht um Liebe, und sie würde sich nicht unter Druck setzen lassen. Immerhin hatte die Unterhaltung sie auf eine Idee gebracht, und sie wählte Regines Nummer.

»Hey du – hast du Lust, morgen mit mir auf die Piste zu gehen?«

»Eine gute Idee!«, gab Regine fröhlich zurück. »Wir waren lange nicht mehr bei unserem Lieblingsmexikaner.«

»Ich dachte an die Bergmannstraße. Rein ins pralle Leben.«

Regine fing an zu lachen. »Da war ich schon ewig nicht mehr!«

Auch Alma war lange nicht mehr die Bergmannstraße entlangspaziert. Als sie sich an diesem Samstagabend bei bestem Wetter mit Regine ihren Weg zwischen Radfahrern und einer wimmelnden Schar von Menschen aller Ethnien bahnte, wusste sie auch wieder, warum diese Ecke Berlins als die bunteste Straße der Hauptstadt galt. So schön sie die fünfgeschossigen, gepflegten Altbauten und die vielen Cafés, Restaurants und Imbissgeschäfte fand, so gern sie mit Regine in die Schaufenster der kleinen Läden schaute und das lebhafte Treiben ringsumher beobachtete – dieser Kiez hatte als absolutes Kontrastprogramm zum grünen Süden Berlins etwas Überwältigendes.

Zum Abendessen setzten sie sich auf die Terrasse eines österreichischen Lokals, teilten sich einen Schmankerl-Teller und tranken grünen Veltiner.

»Oh, es macht Spaß, hier zu sitzen und einfach zu gucken«, sagte Regine mit einem glücklichen kleinen Seufzer. »In unserer Gegend ist ja nichts los.«

»Dafür wohnen wir schön ruhig, und das ist …« Alma unterbrach sich mitten im Satz und starrte fasziniert in die Menschenmenge auf dem Gehweg.

»Was ist los? Du siehst aus, als würdest du ein Gespenst sehen.« Regine reckte den Hals. »Ach, da ist ja Bernhard! Mit einer Frau. Und er kommt direkt auf uns zu.«

Ich habe Herzklopfen, dachte Alma, das ist doch verrückt, und ich würde ihn so gerne umarmen und küssen, das ist noch verrückter, aber ich wünschte, er würde an uns vorübergehen, ohne uns zu erkennen, weil ich ihn ja nicht umarmen und küssen kann … Doch

Bernhard konnte ihren Tisch unmöglich übersehen, denn Regine, übers ganze Gesicht strahlend, winkte eifrig. Bernhards Begleiterin, eine sportlich wirkende Frau mit kurzen, blonden Haaren, stand mit gelangweiltem Gesicht daneben, als er Regine und Alma begrüßte. Man wechselte ein paar nette Worte, wünschte sich gegenseitig einen schönen Abend, dann gingen die beiden weiter.

»Ihr seid euch also gestern schon zufällig über den Weg gelaufen. Ist ja witzig«, bemerkte Regine.

»Er hatte gehofft, dass ich auch auf der Domäne unterwegs bin, so ganz zufällig sind wir uns also nicht begegnet … Es war schön, ihn zu sehen, mit ihm zu sprechen. Von Angie war übrigens nicht die Rede. Er hat sich in einer Singlebörse angemeldet und ist ernsthaft auf der Suche.«

»Da scheint sich in den letzten Tagen viel getan zu haben, mal davon abgesehen, dass nie etwas offiziell war zwischen den beiden. Sie sind nicht als Paar aufgetreten, jedenfalls nicht im Büro. Es ist alles sehr geheimnisvoll. Angeblich ist Angie frisch verliebt. Und zwar in einen Mann, der Niklas heißt. Das weiß ich, weil sie es Wolfgang erzählt hat. Aus irgendeinem Grund, den ich nicht verstehe, lässt sie ihn, wenn auch nur bruchstückhaft, an ihrem Liebesleben teilhaben.«

»Bernhards Tochter ist auch frisch verliebt. Es muss sich um eine Epidemie handeln. Schau dich um: Lauter strahlende Pärchen. Nicht, dass ich glaube, dass Bernhard und seine Begleitung dazugehören. Das sah nach einem ersten Date aus, und besonders zufrieden wirkten sie beide nicht.«

Regine betrachtete ihre Freundin nachdenklich. »Weißt du, was ich glaube?«

Alma schüttelte den Kopf. Ihre ausgelassene Stimmung war verflogen. Warum mussten Bernhard und sein Date auch ausgerechnet heute auf der Bergmannstraße herumspazieren? Sie wollte gar nicht wissen, mit wem er sich traf. Und, sosehr sie sämtlichen Verliebten dieser Welt ihr Glück gönnte, gerade ging ihr der Anblick von vorüberflanierenden, küssenden, händchenhaltenden Paaren schmerzlich unter die Haut.

»Dass du dir selbst gegenüber nicht ehrlich bist. Ich bin nicht blind. Ich hab gesehen, wie ihr euch angeschaut habt, du und Bernhard. Da war ganz viel Gefühl.«

»Wir mögen uns eben. Sehr sogar. Daran hat sich nichts geändert.«

Regine rollte mit den Augen. »Warum ist es nur so kompliziert mit dir.«

»Ist es doch gar nicht«, behauptete Alma. »Ich nehme jeden Tag, wie er kommt, und ich möchte spüren, dass ich lebe. Das ist mein neues Mantra.«

»Und das kannst du also mit Max realisieren. Aber nicht mit Bernhard. Weil du scharf auf Max bist, Bernhard dich aber kaltlässt. Obwohl es mal eine Zeit gegeben hat, und zwar erst vor ein paar Wochen, da hat er dich überhaupt nicht kaltgelassen. Da warst du auf dem besten Weg, ihm dein Herz zu schenken.«

Alma schaute auf ihre Hände. Es waren kleine Hände, mit kurzen Nägeln. Heute trug sie ausnahmsweise einen Ring, einen goldgefassten Amethyst, den sie von ihren Eltern zum bestandenen Examen als Physiotherapeutin geschenkt bekommen hatte.

»Hör auf. Bitte.«

»Ich denke nicht daran«, fuhr Regine unbarmherzig fort. »Weil hier die Sache mit der Ehrlichkeit dir selbst gegenüber ins Spiel kommt und du meine Freundin bist, die ich liebhabe, und ich für mich das Recht in Anspruch nehme, dir auch mal Dinge zu sagen, die du nicht hören willst. Weil ich glaube, dass sie wichtig für dich sind.«

»Okay.« Alma sah aus, als würde sie gleich in Tränen ausbrechen. »Was möchtest du noch loswerden?«

»Gefühle ändern sich. Menschen, Vorstellungen und Zeiten ändern sich. Wenn du wirklich jeden Tag so nimmst, wie er kommt, dann spürst du das und handelst danach. Es wäre so schade, wenn du eine Tür, die sich gerade wieder öffnet, zuknallst. Oder dich nicht über die Schwelle traust, obwohl dahinter jemand mit offenen Armen auf dich wartet.«

»Bist du jetzt fertig?«

»Ja.«

»Danke. Ich werde … über alles nachdenken, was du gesagt hast.«

Nach dem Essen ließen sie sich eine Weile durch den Bergmannstraßen-Kiez treiben, bevor sie schließlich zur U-Bahn-Station am Mehringdamm aufbrachen.

»Bist du sauer auf mich?«, wollte Regine wissen, als sie auf die Bahn warteten. »Du bist so ruhig.«

»Nein. Mir geht einfach viel im Kopf herum.«

»Was heißt das?«

»Mir ging es gut mit meiner Löffel-Liste, wichtigen Erkenntnissen und meinem Seelenfrieden. Max passte prima dazu. Jetzt wirbelt wieder alles durcheinander, und was du vorhin gesagt hast, trägt dazu bei.«

Regine grinste übers ganze Gesicht und zuckte mit den Schultern. »*That's life.*«

11

Kurz vor Mitternacht war Alma wieder zu Hause und beschloss den Abend mit einem Becher Kräutertee und einem Streifzug durch ihre E-Mails. Ihre Eltern hatten geschrieben. Der Vater hatte einen Schwächeanfall erlitten und ein paar Tage zur Beobachtung im Krankenhaus verbracht, schrieb Almas Mutter. Aber alles sei in Ordnung, nur die Hitze und Flüssigkeitsmangel seien Schuld gewesen. *Ich habe nicht angerufen, weil ich dich nicht beunruhigen wollte, Kind. Und es war ja auch nichts Ernstes, Gott sei Dank. Trotzdem macht man sich Sorgen, dass man mal ernsthaft krank werden könnte. Bis jetzt haben wir ja Glück gehabt, Dein Vater und ich, toitoitoi.*

In Thailand war es jetzt sieben Uhr morgens. Kurzentschlossen griff Alma zum Telefon. Während ihr Vater gerne lange schlief, war ihre Mutter eine Frühaufsteherin; die Chancen standen gut, sie mit einer Tasse Kaffee bei einem Kreuzworträtsel in der Küche zu erwischen.

»Alma! Ist etwas passiert? Du rufst sonst nie so früh an«, rief ihre Mutter erschrocken ins Telefon.

»Bei mir ist alles gut. Ich habe bloß gerade deine E-Mail gelesen. Bitte, meldet euch, wenn irgendwas ist! Ich möchte wissen, wie es euch geht, immer.«

»Ich wollte ja. Aber dein Vater ist so bockig, er hat es mir glatt verboten.«

»Erzähl doch mal alles«, sagte Alma. »Ganz in Ruhe.«

Eine lange Geschichte brach sich Bahn, vermischt mit Episoden aus dem Alltag. Alma hörte geduldig zu.

»Und du, Kind?«, erkundigte sich die Mutter schließlich. »Wie geht es dir?«

»Ich bin gesund. Und, stell dir vor, ich hab mich mit Max getroffen. Dem Max, den ich mal heiraten wollte.«

»Ach herrje. Jetzt sag bloß, du warst in Australien.«

»Nö, in Potsdam. Er ist schon lange wieder zurück in Deutschland, ist verheiratet, hat erwachsene Kinder. Er hat mich zum Essen eingeladen, und wir haben uns sehr nett unterhalten.«

»Dein Vater hat sich auch mal mit einer alten Liebe getroffen. Er schwört bis heute, dass nichts passiert sei, aber ich habe ihm damals nicht geglaubt, und ich glaube es bis heute nicht. Ich kenne doch meinen Egon, er konnte noch nie gut lügen. Außerdem roch er nach Maiglöckchenparfum. Na ja. Du bist ja nicht verheiratet, da brauchst du kein schlechtes Gewissen zu haben.«

»Mutter! Du kommst vielleicht auf Ideen.« Sogar auf die richtigen, aber das wollte Alma ihr nicht verraten.

»Ich hoffe jedenfalls für dich, dass du die Chance auf ein Schäferstündchen genutzt hast. Du bist allein und nicht mehr die Jüngste, da sollte man zugreifen, wenn einem etwas geboten wird.«

»Meine Mutter befürwortet also spontane Schäferstündchen mit verheirateten Männern. Das hätte ich dir nicht zugetraut. Ich staune, ehrlich. So kenne ich dich gar nicht. Du machst mir gerade ein bisschen Angst.«

Frau Schneyder fing an zu kichern. »Du warst immer ein Angsthase. Schon als Kind, und das hat sich nicht geändert, als du erwachsen warst. Wir haben nie verstanden, warum du den Max damals nicht genommen hast. Das war eine große Liebe. Dafür muss man was riskieren. Ich hätte für meinen Egon sofort die Koffer gepackt und wäre bis ans Ende der Welt mit ihm gegangen! Die Jungen heutzutage haben keinen Schneid mehr. Da heißt es nur: Wasch mich, aber mach mich nicht nass.«

»Es ist gut, dass ich ihn nicht genommen habe, Mutter, wirklich. Liebe ist nicht alles. Es muss auch sonst passen. Mit Max und mir hätte es nicht funktioniert.«

»Papperlapapp. Man kann sich immer arrangieren. Früher ließ man sich nicht so schnell scheiden wie heute. Und man hatte nicht so maßlos hohe Erwartungen.«

»Inzwischen hat sich viel verändert. So ist das Leben nun mal.«

»Mumm braucht es immer noch, wenn es um Liebe geht. Vor allem den Mut, über seinen eigenen Schatten zu springen. Wenn ich deinem Vater damals keinen Liebesbrief unter den Scheibenwischer gesteckt hätte, hätte er sich nie getraut, mich anzusprechen. Stell dir vor: Wir wären nie zusammengekommen, und es gäbe dich nicht.«

»Das wäre ja furchtbar«, sagte Alma liebevoll. »Wie gut, dass du die Sache in die Hand genommen hast.«

Sie mussten beide lachen, und Alma fühlte sich ihrer Mutter so verbunden wie schon lange nicht mehr. Sie hatten miteinander geredet wie Freundinnen, und sie hatte dabei Dinge erfahren, die sie ihrer Mutter nie zugetraut hatte. Sie hatte sie, die im katholischen Spanien streng erzogen worden war, immer für eher prüde gehalten, keinesfalls der Typ, der ihrer Tochter zu Schäferstündchen riet und ihrem nach fremdem Maiglöckchenparfum duftenden Mann so mir nichts, dir nichts einen Seitensprung durchgehen ließ. Vielleicht liegt es an Thailand, am Paradies, in dem sie aufgeblüht ist, dachte Alma lächelnd. Oder vielleicht sieht man mit den Jahren vieles viel lockerer.

Später, im Bett, konnte Alma nicht einschlafen. So vieles ging ihr im Kopf herum: die Begegnungen mit Bernhard, die Unterhaltung mit ihrer Mutter. Regines Worte. Sie war so sicher gewesen, dass nur freundschaftliche Gefühle für Bernhard übrig geblieben waren, nachdem ihr Herz stillgestanden hatte. Dass die Schmetterlinge fortgeflogen waren, auf Nimmerwiedersehen. Jetzt lag sie mit offenen Augen im Dämmerlicht der frühen Morgenstunden vor Sonnenaufgang, dachte nach und spürte in sich hinein. Das Ergebnis war einigermaßen erschütternd. Etwas in ihr war in Bewegung, sehnte sich, wollte leben, wachsen, sich entfalten, hin zu einem Mann mit lobelienblauen Augen. Der, da irrte Regine gewaltig, natürlich nicht mit offenen Armen auf sie wartete. Auch er war in Bewegung. Und er wäre nicht Bernhard, wenn er sein Projekt »Neuanfang« nicht genauso zügig und pragmatisch angehen würde wie die Bepflanzung seines Balkons.

Früher hätte sie sich jetzt Vorwürfe gemacht, nach dem Motto: Wieder mal die falsche Entscheidung getroffen. Falsch abgebogen auf deinem Weg, weil du nicht warten konntest und gute Ratschläge starrsinnig in den Wind geschlagen hast, und ja, jetzt hast du den Salat, du bist in einer Sackgasse gelandet. Ganz sicher kannst du den Mann nicht anrufen und sagen: Ähem, also weißt du, alles ist jetzt doch wieder irgendwie anders, ich weiß auch nicht, wie das passieren konnte, aber da haben sich Gefühle zurück in mein Herz geschlichen, die ich nicht für möglich gehalten hätte. Also, es wäre toll, wenn wir wieder da anknüpfen könnten, wo wir stehengeblieben waren, bevor ich tot war … Ich wäre dir wirklich sehr verbunden, wenn wir es zumindest *versuchen* würden.

Heute sagte sich Alma, dass sie sich nichts vorzuwerfen hatte, während sie in Pandoras weiches Fell weinte. Sie hatte ihre ganz persönlichen Gründe für ihr Handeln gehabt; Gründe, die ihr wichtig gewesen waren, auch wenn ihre Freunde sie nicht verstanden hatten. Sie war sich selbst treu gewesen, und das hatte etwas Tröstliches. Ihre neu entdeckten Gefühle spielten keine Rolle, sie stand zu den Folgen ihrer Entscheidung in einem dämmrigen Café in Schlachtensee: Bernhard hatte sich aus ihrem Leben verabschiedet.

Irgendwann kamen keine Tränen mehr. Während sie mit Bernhards zusammengeknülltem Taschentuch in der Hand dem Schlaf entgegendriftete, dachte sie daran, dass bald die Sonne aufgehen würde. Auch das war tröstlich: Ein neuer Tag wurde ihr geschenkt.

Jemand trampelte auf ihrer Brust herum, etwas kitzelte im Gesicht, und ein lautes Brummen war zu hören. Es dauerte eine Weile, bis Alma so weit aus dem Tiefschlaf aufgetaucht war, um Pandoras Wunsch nach Frühstück – sofort! – in die Tat umsetzen zu können. Es war nach zehn, kein Wunder, dass die Katze Alarm schlug. Alma stolperte ins Bad, dann in die Küche, servierte Thunfisch und setzte Kaffee auf. Helles Sonnenlicht flutete in den Raum. Während Alma überlegte, ob sie auf dem Balkon frühstücken wollte, klingelte das Telefon.

»Alma! Wie schön, dich zu hören!«, dröhnte eine kräftige Männerstimme an ihr Ohr. »Hier ist Ole Bernauer. Du hattest mir aufs Band gesprochen. Ich bin zurück vom Camino.«

»Guten Morgen! Ich freu mich ja so, dann kann ich mich endlich bei dir bedanken. Mein Lebensretter. Ohne dich und Regine wäre ich jetzt nicht hier.«

»Das ist wahr. Aber wir haben es wirklich gerne gemacht. Obwohl du uns einen furchtbaren Schrecken eingejagt hattest.«

»Das tut mir leid … Ach, Ole. Danke. Von ganzem Herzen.«

»Nu is aba jut«, berlinerte Ole. »Ick bin schon janz verlejen.«

Eine Idee schoss Alma durch den Kopf. »Sag mal, hast du schon gefrühstückt?«

»Ich wollte gleich los, einkaufen.«

»Wie wär's, wenn wir irgendwo zusammen frühstücken? Meine Einladung.«

»Super! Gerne!«, gab Ole fröhlich zurück.

Auf seinen Vorschlag hin trafen sie sich vor dem Eingang zum Botanischen Garten. Bloß nicht irgendwohin, wo Lärm und Großstadtgedrängel war, hatte er gesagt, nach der langen Wanderung durch die Natur brauche er erst mal Ruhe und viel Grün, um wieder im Alltag anzukommen.

Ole hatte sich verändert, das fiel Alma sofort auf. Seine Haare waren länger als sonst, er hatte deutlich an Gewicht verloren, trug einen Vollbart und war braungebrannt. Alma fiel ihm zur Begrüßung um den Hals, sie konnte gar nicht anders. Ole hatte sie aufgefangen, als sie zusammengebrochen war; ihr Herz unter seinen Händen zusammengedrückt, um es wieder zum Schlagen zu bringen; und Mund-zu-Mund-Beatmung durchgeführt. Zusammen mit ihrer besten Freundin hatte er mit aller Kraft um Almas Leben gekämpft. Intimer ging es kaum.

Jetzt drückte er sie vorsichtig an sich, als sei sie zerbrechlich, strahlte auf sie herunter und sagte: »Du fühlst dich so gut an. Warm. Weich, und vor allem: lebendig! Du glaubst ja gar nicht, wie glücklich mich das macht!«

Das Café befand sich nur wenige Meter entfernt. Sie setzten sich an einen sonnigen Tisch auf der Terrasse, mit Blick auf den Teich und das angrenzende Waldbiotop.

»Ich habe noch eine Kleinigkeit für dich«, sagte Alma, nachdem die Kellnerin ihre Bestellung aufgenommen hatte, und zog ein Kuvert aus ihrer Handtasche. Darin befand sich ein Gutschein für eine Massage nach Wahl.

»Großartig! Danke! Ich kann es gar nicht erwarten, dass du mich mal wieder so richtig schön in die Mangel nimmst«, freute sich Ole. »Aber jetzt erzähl mal, wie es dir ergangen ist. Man steckt es doch nicht einfach so weg, wenn man dem Tod von der Schippe gesprungen ist?«

Ole war ein aufmerksamer Zuhörer. Er schaute ihr in die Augen, nickte ermutigend, machte an genau den richtigen Stellen interessiert »Hm-mh«, und unterbrach sie kein einziges Mal. Es hatte etwas ungeheuer Befreiendes, diesem Menschen, von dem sie wenig wusste, dem sie aber instinktiv vertraute, alles zu erzählen. Und zwar wirklich alles, von der ersten Begegnung mit Bernhard bei Wolfgangs Geburtstag noch vor dem Tag X bis zu den Gedanken und Gefühlen, die sie in der vergangenen Nacht bewegt hatten. Sie konnte sich nicht erinnern, wann sie das letzte Mal so viel an einem Stück geredet hatte. Während Ole herzhaft zulangte, hielt sich Alma an Kaffee und Orangensaft, sie hatte auf einmal keinen Hunger mehr.

»Puh«, machte Ole schließlich. »Da ist ja wirklich verdammt viel passiert bei dir.«

»Danke fürs Zuhören. Es ist mir ein bisschen peinlich, ich habe geredet wie ein Wasserfall. Aber …« Sie lächelte ihn an. »Es hat richtig gutgetan.«

»Das freut mich!« Ole lächelte zurück.

Mit den längeren Haaren und dem Bart wirkte er mehr denn je wie ein Bär von einem Kerl, dachte Alma. Ein Kerl mit einem butterweichen Herzen. So einen wie ihn würde ich mir für Katrin wünschen.

»Darf ich dich was fragen?«

Ole nickte mit vollen Backen.

»Wie … wie ist deine Meinung zu dem, was ich dir erzählt habe?«

Ole wischte sich den Mund mit der Serviette ab. »Zu welchem Punkt? Du musst schon etwas genauer werden. Ich bin so ein Typ, der Dinge gut stehenlassen kann. Ich muss nicht alles mit meinen persönlichen Ansichten befrachten und kommentieren.«

»Bist du eigentlich in festen Händen?«

»Seit Anfang des Jahres einvernehmlich getrennt. Wir waren lange zusammen, aber wir hatten uns auseinandergelebt. Ich genieße es sehr, Dinge für mich zu tun, niemandem Rechenschaft abgeben zu müssen. Auf dem Camino zu pilgern, ganz allein, in meinem Tempo, war einfach phantastisch. Aber wieso fragst du? Hast du etwa Absichten?« Er grinste frech und blinzelte ihr zu.

Alma musste lachen. »Es hat mich nur mal interessiert.«

Ole beugte sich vor und nahm Almas Hand in seine große, ein bisschen schwielige Pranke.

»Jetzt sag schon, was du auf dem Herzen hast.«

»Wenn du ich wärst … was würdest du tun? In Bezug auf …«

»… die Männer in deinem Leben?«

Alma nickte. Die Tränen saßen auf einmal auf dem Sprung, albern, aber wahr, und es kostete sie Anstrengung, sie wegzublinzeln.

»Das weiß ich nicht. Ich bin nicht du, und ich bin auch kein Frauenversteher mit einem Händchen für komplizierte Gefühlslagen.«

»Okay. Hast du trotzdem einen Tipp für mich?«

»Sagen wir's mal so: Von nichts kommt auch nichts. Ich würde auf meinen Bauch hören. Damit bin ich immer gut gefahren. Auch wenn nicht immer alles nach Wunsch lief. Ich bin oft genug in Fettnäpfchen getrampelt oder hab mich lächerlich gemacht. Aber was soll's? Das Leben ist ein Abenteuer. Mit achtzehn hab ich mal Liebeslieder vor dem Fenster eines Mädchens aus meiner Schule gesungen. Leider ist sie nicht schwach geworden, sondern hat mir Wasser über den Kopf geschüttet.«

»Wie gemein!«, sagte Alma empört.

»Das fand ich auch. Aber es war trotzdem okay. Ich hatte was riskiert. Es hätte ja auch klappen können. Die Episode hatte übrigens noch ein Nachspiel.« Ole grinste von einem Ohr zum anderen.

»Ach ja?«

»Mein Minnegesang sprach sich an der Schule herum. Es hagelte Konzert-Anfragen.«

»Und? Was hast du gemacht?«

»Abgelehnt, ich eigne mich nur bedingt zum Troubadour. Kurz darauf war ich wieder schwer verliebt, wie es so ist in dem Alter. Ich hab dann Sterne für das Mädel gebastelt, aus goldenem Stanniolpapier, und ihr gesagt, dass ich sie für sie vom Himmel geholt hätte.«

»Oh! Wie romantisch!« Alma war entzückt. Wenn Katrin das gehört hätte, nach sieben Jahren Miese-Peter mit seiner Pizza Tonno!

»Das fand sie auch. Und diesmal klappte es, wir waren bis zum Abitur zusammen.«

»Und *du* willst mir erzählen, dass du kein Frauenversteher bist?«

»Ich bin ein Macher. Wenn mein Bauch mir sagt: *Go for it*, dann lege ich los. Warum isst du denn nichts?«

»Ich hab keinen Hunger.«

Ole fischte die letzten beiden Brötchen aus dem Korb, schnitt sie auf, belegte sie mit dem übrig gebliebenen Schinken und Käse und wickelte sie in Almas unbenutzte Serviette. »Für dich. Für später. Du machst doch gleich sicher noch einen Rundgang durch den Garten und musst bei Kräften bleiben. Ich würde gerne mitgehen, aber ich hab leider noch einiges zu erledigen, bevor es morgen wieder zur Arbeit geht.«

»Und was wäre, wenn ich Schinken und Käse nicht mag?«, erkundigte sich Alma mit einem Lächeln.

»Kein Problem. Ich würde den Schinken und den Käse futtern und dir die Semmeln nach deinen Wünschen belegen. Es ist noch Butter übrig. Und Marmelade«, sagte Ole, der Macher, und strahlte sie an wie ein Honigkuchenpferd.

Drei Stunden später saß Alma auf der Liegewiese in der Nähe der Gewächshäuser, aß ihre Brötchen (mit Käse und Schinken) und trank eine Cola dazu, die sie sich im benachbarten Café besorgt hatte. Sie hatte all ihre Lieblingsorte im Botanischen Garten besucht: den Duft- und Tastgarten, der so viele unterschiedliche Eindrücke für Hände und Nase bot; das Arboretum mit seinen rund achtzehnhundert verschiedenen Baum- und Straucharten, den Arzneipflanzengarten; und, zuletzt, den italienischen Garten zu Füßen des Gewächshauskomplexes. Während sie herumspaziert war und den Ausflug mit allen Sinnen genossen hatte, gingen ihre Gedanken ebenfalls auf Wanderschaft. Ihren Klienten Ole Bernauer hatte sie immer sympathisch gefunden – als ihr Lebensretter war er ihr innerhalb weniger Stunden ein Freund geworden. Sie hatten sich mit einer liebevollen Umarmung verabschiedet und waren entschlossen, den Kontakt nicht abreißen zu lassen. »Uns verbindet schon etwas Besonderes«, hatte Ole nachdenklich gesagt. »Ich hatte das Gefühl, dein Herz buchstäblich in meinen Händen zu halten. In vielen antiken Kulturen waren die Menschen davon überzeugt, dass das Herz der Sitz der Seele ist.«

»Und du? Glaubst du daran, dass wir alle eine Seele haben?«, hatte Alma wissen wollen.

»Ich finde, es ist eine schöne Vorstellung«, hatte Ole lächelnd geantwortet.

Das fand Alma auch. Ihre Gedanken glitten zu Bernhard, der sie bei ihrer ersten Begegnung gefragt hatte, was für sie das ganz Besondere, sozusagen die Seele, an ihrem Beruf war. Eine eher ungewöhnliche Formulierung, die ihr angenehm aufgefallen war. Alma streckte sich auf dem weichen Gras aus und legte die Hände auf ihren Bauch. Wenn Bernhard jetzt auftauchen würde, was nicht unwahrscheinlich war, denn er wohnte in der Nähe, dann wäre das ein besonderes Zeichen, überlegte sie. Dann wären wir uns drei Mal innerhalb von drei Tagen begegnet. Ganz sicher würde mein Bauch mir ein Signal senden. *Go for it* … Los, trau dich! Aber Bernhard tauchte nicht auf, und bis auf ein leises Glucksen dann und wann gab Almas Bauch keinen Ton von sich.

Am Abend fand sie eine E-Mail von Max in ihrem Postfach.

Hi Alma,
kaum war Ulla zu Hause, gab es schon den ersten Ärger. Sie will fortan vegan leben, und ich soll mitmachen, weil es so gesund sein soll und man nebenbei auch noch den Planeten rettet. Wie das genau funktionieren soll, hab ich schon wieder verdrängt. Jedenfalls: Das kann sie vergessen! Jetzt schmollt sie, es regnet in Strömen, und ich habe

mich nach meiner Fünf-Kilometer-Joggingrunde ins Arbeitszimmer verkrochen und den Nachmittag genutzt, um unsere Treffen durchzuplanen. Ich brauche nämlich ganz dringend etwas, das meine Sehnsucht in Atem hält, damit ich nicht depressiv werde. Nicht, dass du denkst, ich beziehe dich nicht ein: Anregungen deinerseits sind ausdrücklich erwünscht, es ist ja noch nichts gebucht. Ich rufe dich heute Abend mal an. Gruß und Kuss, Max.

Angehängt war eine PDF-Datei, die sich »Unsere Traumwochenenden« nannte. Max verdiente eine Goldmedaille für seine Sturheit, aber sexy und verführerisch war das nicht. In Almas Bauch grummelte es vernehmlich, und sie wusste auf einmal ganz genau, was zu tun war.

Sie hatte gerade die erste Zeile ihrer Antwort getippt, als Max schon anrief.

»Und? Wie findest du unsere Traumwochenenden? Besonders cool ist Amsterdam, oder? Wenn dir das zu weit ist – wir können uns auch zwei Mal in Bad Wilsnack treffen. Das ist ein wirklich nettes Kurstädtchen in Brandenburg, und die Kristall-Therme ist einfach super.«

»Du hast dir viel Mühe gegeben«, sagte Alma, ohne zu erwähnen, das sie noch keinen Blick in den Anhang geworfen hatte. »Aber ich habe beschlossen, dass unser erstes Treffen gleichzeitig das letzte sein wird. Es wird kein Wiedersehen geben.«

»WAS? Wieso denn das auf einmal?«

Alma holte tief Luft. »Ich habe mich verliebt, Hals über Kopf. Es ist ernst. Da ist kein Platz für Wochenenden mit einem anderen Mann.« Ihre Worte hallten im stillen Wohnzimmer wider wie Paukenschläge, jedenfalls kam es ihr so vor.

»Ich habe es geahnt. Der Ausflug nach Kreuzberg vorgestern, als du mir nicht sagen wolltest, mit wem du losziehst. Du warst mit einem Mann unterwegs. Stimmt's?«

»Nein. Wir kennen uns schon länger.«

»Tausendundeine Nacht, und plötzlich hat es *zoom* gemacht?« Max' Stimme klang spöttisch. »Wie in dem berühmten Song?«

»So ungefähr«, gab Alma ruhig zurück. Wenn es auch nicht die ganze Wahrheit war, so war es doch nicht gelogen.

»Und was ist mit deiner lockeren Beziehung?«

»Daraus habe ich mich auch verabschiedet.«

»Das ging aber schnell. Ich fasse es nicht. Plötzlich also große Liebe und Treue. Ich erinnere mich noch gut an unsere Unterhaltung in Potsdam – was du mir jetzt verkaufen willst, ist eine Kehrtwende um hundertachtzig Grad.«

»So was soll vorkommen.«

»Aber nicht in deinem Alter. Entschuldige die Offenheit, aber so ist es nun mal. Wer so viel Freiheit gewöhnt ist wie du, ist für was wirklich Festes nicht geeignet. Du machst dir gerade etwas vor. Ich gehe mal davon aus, dass der Mann dir das Blaue vom Himmel herunter versprochen hat. Spätes Glück, zusammen alt werden, bis dass der Tod uns scheidet, alles miteinander teilen, das Leben noch mal so richtig genießen, blablabla, und auf einmal erscheint dir das sehr verlockend. Es kommt immer mal der Punkt, da will man, was man nicht hat. Wie alt ist denn der Typ?«

»Drei Jahre jünger als ich.« Alma musste sich sehr beherrschen, um nicht loszukichern. Max als Othello – na ja, beinahe – war schon sehr spaßig.

»Kein Mann zwischen fünfzig und siebzig will sich ernsthaft an eine gleichaltrige oder gar ältere Frau binden«, behauptete Max im Brustton der Überzeugung. »Darüber haben wir doch auch schon gesprochen. Feste Beziehungen sind anstrengend und zeitraubend. Wenn schon Stress, dann mit einer viel Jüngeren und möglichst hübschen, um die einen alle beneiden. Bei Männern ab Mitte siebzig, je nach Gesundheitszustand, sieht es besser aus, da sind andere Qualitäten gefragt.«

Alma prustete los, sie konnte sich nicht länger beherrschen.

»Was ist daran so komisch? Du solltest dir zu Herzen nehmen, was ich dir in aller Freundschaft sage. Es ist nicht charmant, entspricht aber voll und ganz meinen Beobachtungen. In ein paar Wochen ist es vorbei mit der großen Liebe, und du stehst ganz allein da.«

»Danke. Ich weiß es zu schätzen, dass du so um mein Wohl besorgt bist.«

»Hm. Ich höre eine leise Ironie in deiner Stimme.

Na ja. Frisch verliebt sind Frauen selten offen für die Wahrheit. Du wirst deine Erfahrungen machen.«

»Es war schön mit dir in Potsdam, Max«, sagte Alma ehrlich. »Ich hab die Zeit mit dir in vollen Zügen genossen. Aber nun muss ich auf mein Herz hören.«

Das klang ziemlich melodramatisch, schien Max aber zu überzeugen. »Reisende soll man nicht aufhalten, auch wenn ich es schade finde. Aber, na ja, wenn ich es mir so überlege: Unsere Traumwochenenden wären ganz schön ins Geld gegangen. Höchstwahrscheinlich wären unsere Treffen sowieso bald im Sande verlaufen. Es wäre etwas anderes, wenn du in der Nähe wohnen würdest.«

»Das glaube ich eben auch. Wie du weißt, war ich ja von Anfang an dagegen, alles akribisch durchzutakten …«

Max ignorierte den kleinen Seitenhieb: »Ich würde mich freuen, ab und zu mit dir zu plaudern.«

»Gern«, sagte Alma. Ich habe tatsächlich auf mein Herz gehört, dachte sie, nachdem sie sich freundschaftlich verabschiedet hatten. Und es ist wahr: Ich bin verliebt.

Zum ersten Mal hatte sie es vor sich selbst zugegeben, ohne Umschweife, ohne ihre Gefühle kleinzureden; und vor allem laut ausgesprochen. Auch wenn es noch andere Gründe gab, die ihr die Lust genommen hatten, sich wieder mit Max zu treffen: Dieser war der einzige, der wirklich zählte.

12

Was war zu tun, wenn man verliebt war und sich nach jemandem sehnte, der, so wie die Dinge standen, unerreichbar für einen war? Von nichts kam auch nichts, da hatte Ole vollkommen recht. Irgendetwas musste passieren … nur was? Sie hatte ja eigenhändig sämtliche Brücken hinter sich abgerissen. Es konnte also nur darum gehen, dass sie die Gelegenheit bekam, über ihren eigenen Schatten zu springen. Auch wenn sie sich keine Chancen auf einen Neuanfang ausrechnete – wenn sie etwas unternahm, dann konnte sie sich wenigstens sagen, dass sie aktiv geworden war; so wie Ole, der eine Serenade vor dem Fenster seiner Angebeteten gesungen hatte.

Es gab verschiedene Möglichkeiten, Kontakt aufzunehmen. Sie konnte Bernhard anrufen und um ein Gespräch bitten. Oder ihm eine E-Mail schreiben, ein Briefchen unter den Scheibenwischer stecken (schwierig, weil sie nicht auf das Autokennzeichen geachtet hatte). Nichts davon fühlte sich stimmig an.

Montag und Dienstag wanderte Alma nach der Arbeit auf der Domäne herum, in der Hoffnung, Bernhard zu treffen. Wenn man sich wie unabsichtlich über den Weg lief, war die Atmosphäre gleich viel lockerer, und es würde ihr viel leichter fallen, über ihre Gefühle zu sprechen (das hoffte sie jedenfalls). Aber Bernhard tauchte nicht auf. Mit Regine und Katrin hatte sie in den letzten Tagen nur ein paar Worte gewechselt, mehr hatte sich nicht ergeben. Regine hatte gerade sehr viel in der Praxis zu tun; Katrin war mit der Auswahl der Handwerker beschäftigt und plante ihren Urlaub. Immerhin hatte Alma aber erfahren, dass der Restaurantbesuch in Kreuzberg mit Peter ein Abenteuer gewesen war. Für Peter, wohlgemerkt, der nach einer Wanderung durch die Bergmannstraße darauf bestanden hatte, in einem italienischen Restaurant zu speisen. »Ich hätte ihn fast ermordet, als er damit herausrückte«, hatte Katrin gestanden. »Aber dann hab ich gedacht: Immerhin ist er brav mitgedackelt und hat sich mit mir Speisekarten aus aller Welt *angeschaut.* Jetzt rate mal, was er sich zu essen bestellt hat.«

»Pizza Tonno?«

»Nein! Einen kleinen Salat und Lasagne. Er war selbst ganz überrascht.«

Alma hatte geschmunzelt und bei sich gedacht: Peters neu entdeckte Experimentierfreude in allen Ehren, aber ich werde dafür sorgen, dass Ole und Katrin sich kennenlernen. Und ich weiß auch schon, wie ich das anstellen werde.

Am Mittwochabend baute Alma das Bügelbrett im Wohnzimmer auf. Es hatte sich viel Wäsche angesammelt, aber das machte ihr nichts aus, sie bügelte ganz gern und hörte Radio dazu. Sie träumte vor sich hin und summte einen Song mit, den sie besonders mochte, als sie plötzlich bewusst wahrnahm, was sie gerade tat: Sie war dabei, ein Taschentuch zusammenzufalten. Ein hellblaues Herrentaschentuch. Bernhards Taschentuch. Almas Bauch sandte eine Intuition, die sie nicht ignorieren konnte, während sie das Stoffviereck noch einmal mit dem Bügeleisen glättete, damit es auch wirklich ordentlich aussah.

Bernhard wohnte im Hochparterre. Sein Balkon ging zur Straße hinaus, Alma hatte die Bepflanzung in den Kästen sofort wiedererkannt, auch wenn die Pflanzen tüchtig gewachsen waren, seit er ihr das Foto aufs Handy geschickt hatte. Die Balkontür stand offen, er war also zu Hause. Alma war zweimal die baumbestandene Straße entlanggefahren, drauf und dran, einfach wieder nach Hause zu radeln und weiterzubügeln. Aber etwas in ihr sträubte sich, wollte Klarheit (oder doch lieber nicht?); in jedem Fall aber tun, was sie sich vorgenommen hatte. Jetzt stand sie mit Wotan auf dem gegenüberliegenden Gehweg und starrte wie ein hypnotisiertes Kaninchen auf Bernhards Fenster. Wenn sie nur nicht so schrecklich aufgeregt gewesen wäre, so zittrig und fahrig, atemlos, mit wild klopfendem Herzen und verschwitzten Händen. Tief durchatmen, sagte sie sich. Es gibt überhaupt keinen Grund zur Panik, er weiß nicht, was in dir vorgeht, und du *musst* es ihm auch nicht verraten, niemand steht mit gezogener Pistole hinter dir und zwingt dich dazu … Du lässt jetzt einfach alles auf dich zukommen.

»Alma?« Bernhards Stimme am Telefon klang ungläubig, was Alma ihm nicht verdenken konnte.

»Du wunderst dich sicher, dass ich anrufe, also es ist so, ich komme gerade von einer Freundin, die ganz in deiner Nähe wohnt, und da fiel mir dein Taschentuch ein, ich habe es dabei, es ist frisch gewaschen und gebügelt, und da dachte ich, ich könnte es eben bei dir abgeben, damit endlich alles seine Ordnung hat …«

Alma hatte so schnell gesprochen, dass sie erst mal Luft holen musste.

»Das Taschentuch …«, gab Bernhard gedehnt zurück. »Ja, klar kannst du vorbeikommen. Wo bist du denn gerade?«

»Vor deinem Haus. Auf der anderen Straßenseite.«

Bernhard trug Jeans und ein weißes Hemd, und er war barfuß. »Komm rein. Es ist nicht tipptopp aufgeräumt bei mir, ich habe keinen Besuch erwartet. Darf ich dir etwas zu trinken anbieten?«

Das klang nicht übermäßig erfreut und machte Alma noch nervöser. Auf einmal kam ihr ihre spontane Aktion vor wie ein Überfall; die Sache mit dem Taschentuch als albernes, durchsichtiges Manöver. Am liebsten hätte sie auf dem Absatz kehrtgemacht und wäre geflohen, aber das konnte sie auf gar keinen Fall bringen, es wäre noch peinlicher gewesen.

Das Wohnzimmer war groß und wirkte durch die

spärliche Möblierung noch geräumiger. Eine Regalwand voller Bücher, Fernseher, ein gemütlich aussehendes Ledersofa mit passendem Sessel, ein schlichter Beistelltisch mit Glasplatte, auf dem Bernhards Laptop stand, eine Stehlampe. Keine Bilder, keine Pflanzen, kein Schnickschnack, kein Teppich auf den glänzenden Holzdielen. Von Unordnung konnte keine Rede sein, zumindest nicht in diesem Raum.

»Bitte, setz dich doch. Möchtest du vielleicht ein Glas Wein? Oder Mineralwasser? Kaffee? Etwas anderes hab ich leider nicht da. Ach, doch, Milch. Für den Kaffee.«

»Ich möchte nicht stören …«

»Das ist schon in Ordnung.«

»Sicher?«

»Wenn es anders wäre, würde ich es sagen.«

»Okay. Wein wäre schön. Danke«, sagte Alma und setzte sich aufs Sofa. Vielleicht konnte Alkohol noch etwas an der Situation retten. Auch wenn sie Bernhard angeblich nicht störte, fühlte sie sich fehl am Platz. Während er in der Küche beschäftigt war, legte Alma das Taschentuch auf den Tisch. Sie spürte tatsächlich so etwas wie Wehmut; ein bisschen so, als würde sie sich von einem Stofftier trennen.

Bernhard kam mit zwei Gläsern Weißwein zurück und reichte ihr eins. Sie tranken beide einen Schluck; Alma einen großen. Der Wein war gut gekühlt und herb, am liebsten hätte sie ihn in einem Zug hinuntergestürzt.

»Möchtest du dir den Balkon anschauen? Die Pflanzen sind förmlich explodiert, seit wir bei *GrünGrün* waren.«

»Ja, gern …«

Sie traten hinaus ins Freie. Der Balkon war viel größer als Almas, die Möblierung genauso sparsam wie im Wohnzimmer. Anscheinend besaß Bernhard nur einen einzigen Gartenstuhl, eher einen Sessel, aus massivem Holz, dazu einen passenden Tisch, auf dem ein Kübel mit üppig wucherndem Lavendel stand.

»Die Kapuzinerkresse macht mir Kummer«, sagte Bernhard. »Sie ist voller Blattläuse.«

Alma empfahl, etwas Spülmittel in Wasser aufzulösen und die befallenen Stellen damit zu behandeln. »Hast du einen Blumensprüher? Damit geht es am besten.«

Bernhard schüttelte den Kopf. »Aber ich werde mir einen besorgen. Es gibt sie ja überall.«

Verlegenheit hing wie eine Wolke über dieser sorgsam gepflegten Grünoase. Alma schaute in die Kästen und Kübel, froh, etwas zu tun zu haben, und lobte jede Blüte und jedes Blatt.

»Ich bilde mir ein, dass sie sich freuen, wenn ich mich um sie kümmere, und deshalb so gut wachsen«, sagte Bernhard. »Vielleicht ist es auch nur Anfängerglück.«

»Auf keinen Fall. Es ist sogar wissenschaftlich erwiesen, dass Pflanzen besser gedeihen, wenn man ihnen Liebe schenkt.«

»Es muss tatsächlich so etwas wie Liebe sein …«

Warum starrt er mich so an, dachte Alma. Mit diesen blauen Augen, die *ich* so liebe. Ich weiß nicht, was ich sagen soll. Mein Herz quillt über, im Kopf herrscht Chaos, wenn ich noch etwas trinke, bin ich beschwipst, vielleicht hilft das …

Hastig leerte sie ihr Glas. »Möchtest du noch Wein?«, fragte Bernhard in die Stille hinein.

»Nein, danke. Ich muss ja noch Fahrrad fahren.«

Bernhard nickte. Sein Blick ließ sie nicht los. Er musste spüren, dass etwas in der Luft lag, aber er stellte keine Fragen. Wenn sie nichts sagte, würden sie vielleicht bis Mitternacht hier stehen, stumm, und sich in die Augen schauen …

Jetzt. Jetzt oder nie.

»Hältst du es für möglich, dass Gefühle sich ändern können?« Oh Gott. Wie zittrig ihre Stimme geklungen hatte. Von entspannt konnte immer noch keine Rede sein, Wein hin oder her.

»Natürlich. Gefühle sind so – unberechenbar, launisch, oft lästig. Wieso fragst du?« Er hatte sein Glas abgestellt und die Arme über der Brust verschränkt. »Weil … weil mich deine Meinung dazu interessiert. Ist es dir vielleicht auch schon passiert, dass du dabei warst, dein Herz an jemanden zu verlieren, und dann geschah etwas, das dein Leben völlig durcheinanderwirbelte, und nichts ist mehr, wie es gewesen war, auch die Gefühle für einen ganz besonderen Menschen nicht, nur um nach einiger Zeit festzustellen, dass du dich neu in ihn verliebt hast? Mit allem, was dazu gehört?«

»Nein. In der Liebe war ich immer … beständig.« Sein Gesicht gab nichts preis, es wirkte wie aus Stein gemeißelt. »Und ich würde mich ganz sicher nicht wieder in etwas hineinstürzen, das sich schon einmal als unberechenbar erwiesen hat. Ich bin kein Mensch für emotionale Wechselbäder, Alma. Es würde mir zu sehr weh tun, wenn eine Frau heute so und morgen so empfindet und ich die Konsequenzen tragen muss. Kannst du das verstehen?«

Almas Gesicht brannte, bestimmt war sie feuerrot geworden. Das war die Abfuhr, die sie erwartet hatte, deutlicher ging es nun wirklich nicht mehr. »Ja. Natürlich. Das ist nur … zu verständlich. Entschuldige, dass ich das Thema überhaupt angesprochen habe, und auch die Störung. Dein Taschentuch hab ich auf den Tisch gelegt. Ich gehe dann mal wieder.«

Es kostete beinahe übermenschliche Anstrengung, die Tränen wegzublinzeln, aber sie schaffte es. Sie würde diese Wohnung mit erhobenem Kopf verlassen, und nicht hysterisch schluchzend.

»Ich bringe dich zur Tür«, sagte er leise.

Das ist also das Ende, dachte Alma. Jetzt werde ich ihm nicht mal mehr auf der Domäne begegnen, er wird mich meiden wie die Pest, so unangenehm sind ihm meine wiederentdeckten Gefühle, und vor allem die Tatsache, dass ich sie ihm hinterhergetragen habe, und ich kann es ihm nicht mal verübeln. In der Diele drehte sie um und hielt ihm die Hand zum Abschied hin. Im nächsten Moment hatte er sie in seine Arme gezogen und drückte sie fest an sich, so fest, dass sie kaum Luft bekam. Das hatte er schon einmal getan, auf der Domäne, und wieder wünschte sie sich, er würde sie niemals loslassen. Aber die Umarmung war so schnell zu Ende, wie sie begonnen hatte, und kurz darauf stand Alma schon im Hausflur und starrte auf die Tür, die behutsam ins Schloss gezogen wurde.

Wotan wartete auf sie, aber Alma stieg nicht auf. Sie zitterte am ganzen Körper, so sehr, dass sie Angst hatte, hinzufallen. Außerdem war sie halb blind, weil ihr die Tränen die Wangen hinunterliefen. Sie schob ihr Rad den Gehweg entlang, durch die späte Dämmerung des Juniabends, bis sie an eine kleine Grünanlage kam. Auf einmal war die Erinnerung wieder da, an einen Abend vor dreißig Jahren, als sie sich mit Max gestritten hatte und er sie aus seiner Wohnung und seinem Leben geworfen hatte, und vermischte sich mit dem Schmerz der Gegenwart. Aber was ihr damals Trost geschenkt hatte, würde auch heute seine Wirkung entfalten, auf Bäume war immer Verlass. Sie lehnte sich mit dem Rücken an eine mächtige Blutbuche, bis das Zittern aufhörte und keine Tränen mehr kamen. Jetzt, nachdem sie sich beruhigt hatte, mischte sich leiser Stolz in ihre Traurigkeit. Sie hatte es tatsächlich geschafft: Sie war über ihren Schatten gesprungen. Leider war sie dabei auf die Nase gefallen und hatte sich zum Affen gemacht. Aber sie war ihrem Bauchgefühl gefolgt und hatte den Mut aufgebracht, dem Glück eine zweite Chance zu geben, und darauf kam es an. Scheitern war keine Schande. Es tat in diesem Fall nur unglaublich weh, aber das Leben ging weiter, immer weiter, und irgendwo würden auch morgen Rosen blühen.

Um zehn war Alma wieder zu Hause. Sie war müde und erschöpft, gleichzeitig überdreht, und der Kummer nagte an ihr. Sie musste mit jemandem reden, sonst fraß er sie auf, so fühlte es sich jedenfalls an. Bei Katrin war alles dunkel gewesen, entweder war sie nicht zu Hause oder schlief schon, aber Regine war sicher noch wach. Allerdings ging statt Regine Wolfgang ans Telefon.

»Lütte! Wir haben uns ja lange nicht gesehen und gehört! Wie geht's denn so?«

»Mies, um ehrlich zu sein.«

Wolfgang war sofort alarmiert. »Bist du krank?! Etwa das Herz?«

Alma musste lächeln, obwohl ihr gar nicht danach war. »Ja. Aber keine Angst, es ist nur … na ja, Liebeskummer trifft es wohl.«

»Dafür ist Regine zuständig«, brummte Wolfgang. »Aber die ist mit Britta im Kino. Kenne ich den Kerl, der dir Kummer macht?«

»Du arbeitest mit ihm zusammen.«

Wolfgang stieß einen abgrundtiefen Seufzer aus. »Nein …«

»Doch. Wenn du Regine ausrichtest, dass ich mich über seine Schwelle getraut habe, er aber definitiv nicht mit offenen Armen auf mich gewartet hat, dann weiß sie Bescheid.«

»Und ich kann mir zusammenreimen, was passiert ist, ganz blöd bin ich nicht. Es ist zum Verrücktwerden mit euch beiden«, polterte Wolfgang los. »Mit Bernhard und dir, meine ich. Vereinfacht ausgedrückt: A liebt B, und B liebt A, aber sie kriegen es nicht auf die Reihe.«

»Danke.«

»Wofür?«

»Dass du mir die Sache mit der platonischen Freundschaft nicht aufs Butterbrot schmierst, nach dem Motto: Selbst schuld, hättste mal auf uns gehört. Was deine Theorie von A und B angeht: Es ist eine Sache des Timings. A liebt B wieder, B liebt A aber nicht mehr. Mehr ist dazu nicht zu sagen.«

Wenig später war das Gespräch zu Ende. Mit Regine wäre es bestimmt anders verlaufen, sie hätte alles genau wissen wollen und jeden Satz, jede Geste analysiert. Wolfgang hatte wenig Worte gemacht, keine Fragen gestellt und hatte ihr trotzdem das Gefühl gegeben, für sie da zu sein. Ich habe solches Glück mit meinen Freunden, dachte Alma dankbar. Wie Britta einmal gesagt hatte: Liebhaber kommen und gehen, wahre Freundschaft bleibt bestehen. Vielleicht lag es daran, dass die Erwartungen an Freunde anders gelagert waren? Es ging zwar auch um Liebe, Loyalität, gegenseitigen Respekt, Toleranz und Füreinander-da-sein, aber romantische Gefühle und Sex und die Fallstricke einer Liebesbeziehung blieben außen vor. Wenn sie dem Thema Freundschaft eine Pflanze zuordnen müsste, dann wäre es etwas Robustes, Langlebiges, sinnierte Alma. Ein Baum mit tiefen Wurzeln, immergrün, von schlichter Schönheit; vielleicht eine Kiefer. Wohingegen eine Liebesbeziehung einer empfindlichen Edelrose glich, mit herrlichem Duft und gigantischen, kurzlebigen Blüten, die anspruchsvoll in der Pflege und empfänglich für Schädlinge aller Art war.

Auch Regine machte am nächsten Morgen in der Praxis wenig Worte, womit Alma nie gerechnet hätte. Sie sagte nur: »Es tut mir sehr leid. Ich war mir so … sicher, dass du nur einen kleinen Schritt auf ihn zutun musst, und schon ist alles gut.«

»Wie im Märchen …« Alma lächelte schief. »Aber manchmal gibt es eben kein Happy End.«

Regine umarmte die Freundin wortlos, und diese Umarmung trug Alma durch den Abend und die Nacht.

13

Am Freitag saß Katrin auf der Bank im Gärtchen und strickte, als Alma von der Arbeit nach Hause kam. »Setzt du dich ein bisschen zu mir? Es gibt etwas Neues. Und Eistee und Knupperkirschen.«

»Das klingt alles wunderbar«, sagte Alma dankbar. Es war ein anstrengender Tag in der Praxis gewesen, sie war müde und hungrig und verschwitzt, und nicht mal mehr dazu gekommen, bei *Özdemir* einzukaufen.

»Nächste Woche geht es los«, begann Katrin, als sie einträchtig nebeneinandersaßen, sich die Kirschen schmecken ließen und die Kerne in ein Schüsselchen spuckten. »Die Handwerker kommen. Sie haben einen Schlüssel, es ist alles abgesprochen. Und ich, ich fliege am Montag für zwei Wochen nach Portugal. Ganz allein. Zum ersten Mal seit zwanzig Jahren mache ich ohne Begleitung Urlaub. Boah. Dass ich mich das traue! Ich bin völlig überwältigt von mir selbst. Ich werde am Meer in der Sonne liegen, mir mindestens einen Lover anlachen, Wein trinken, jeden Abend tanzen, ganz viele Ausflüge unternehmen und mir Inspirationen für meine Löffel-Liste holen.«

Alma musste lachen. »Ich find's großartig. Was sagt denn Peter dazu?«

»Er wünscht mir einen angenehmen Aufenthalt an der Müritz. Da fahre ich offiziell hin. Weil ich keine Lust habe, mir seine Unkerei anzuhören: Fliegen ist gefährlich. Essen in Südeuropa auch, denk an die vielen scheußlichen Magen-Darm-Infektionen, von Sonnenstich und Sonnenbrand wollen wir gar nicht erst reden; und stell dir vor, du trittst beim Baden im Meer in einen Seeigel und dein Fuß muss amputiert werden … Undsoweiterundsofort. Pah. Ich lasse mir meine Urlaubsstimmung nicht verderben. Es wird toll in Portugal, basta!« Katrins Augen blitzen.

»Ganz bestimmt. Und wenn du wieder da bist, feiern wir. Eine Sommernachtsparty. Wir lassen es krachen.«

»Super! Ich bringe etwas typisch Portugiesisches fürs Büfett mit. Lädst du Max ein? Ich würde ihn ja zu gern kennenlernen.«

»Nein. Wir werden uns nicht wiedersehen. Es war schön, aber jetzt ist es vorbei.«

»Bist du deshalb so traurig?«

Vor Überraschung hätte sich Alma beinahe an einem Kirschkern verschluckt. »Sehe ich so aus?«

»Ehrlich gesagt: Ja. Auch wenn du versuchst, so zu tun, als sei alles in Ordnung. Ich weiß aber, wie sich dein Gesicht verändert, wenn du Kummer hast. Es ist etwas in deinen Augen. Und du hast so einen Zug um den Mund. Und eine besondere Falte auf der Stirn.«

»Du hast ja Röntgenaugen, du Liebe«, sagte Alma gerührt.

»Das hat Mutter auch immer gesagt. Ich habe immer mitbekommen, wenn es ihr schlecht ging, auch wenn sie sich nichts anmerken lassen wollte.«

»Es bringt ja auch nichts, wie ein Trauerkloß durch die Gegend zu laufen. Im Gegenteil. Es zieht einen noch mehr runter.«

Katrin nickte verständnisvoll, was Alma zum Weitersprechen ermutigte.

»Ist es dir schon mal passiert, dass du dich zweimal in denselben Mann verliebt hast? Können Schmetterlinge einfach wegfliegen, um einen dann heimtückisch hinterrücks wieder zu überfallen?«

»Erlebt hab ich so was noch nie. Aber ich habe gerade so ein schönes Bild vor Augen: Du in einer Wolke von bunten Schmetterlingen, innen und außen. Ich wünschte, ich könnte so gut malen wie mein Vater, dann könnte ich es festhalten und dir schenken.«

»Leider ist aber gar nichts bunt, sondern grau in grau«, bemerkte Alma trocken. »Mit Tendenz zu rabenschwarz.«

»Warum?«

»Weil es bei ihm eben ganz anders ist. Für ihn ist alles endgültig vorbei.«

»Oh. Verstehe. Das tut mir leid. Ich hab ja immer gehofft, dass es noch mal was wird mit dir und Bernhard.«

»Woher weißt du …?«

»Na ja … das war nun wirklich nicht schwer zu erraten.« Katrin nahm Almas Hand und drückte sie. »Ich würde jetzt gerne etwas Tröstliches und Aufmunterndes sagen, aber mir fällt nichts ein.«

»Es muntert mich schon auf, dass da du bist und neben mir sitzt. Ehrlich.«

»So ging es mir immer mit dir, wenn ich besonders traurig war wegen Mutter.«

Eine Weile saßen sie schweigend nebeneinander und beobachteten, was sich auf der Straße tat. Ein paar Nachbarn mit ihren Hunden spazierten vorbei, wohl unterwegs zum Park. Abgehetzt aussehende Leute mit Einkaufstüten kehrten von der Arbeit zurück. Manche konnten klingeln, es war jemand zu Hause, die anderen kramten nach ihren Schlüsseln. Das Ehepaar, das über Alma wohnte, parkte vor dem Haus und ging grüßend am Gärtchen vorbei.

»Kennst du das Gedicht *Was es ist* von Erich Fried?«, fragte Katrin plötzlich. »Ich musste gerade daran denken.«

»Natürlich. Wer kennt es nicht. Die ersten Zeilen kann ich sogar auswendig: *Es ist Unsinn sagt die Vernunft. Es ist was es ist sagt die Liebe.*«

»Fried war dreimal verheiratet. Bestimmt hatte er einen besonderen Draht zur Liebe, sonst hätte er nicht so berührende Gedichte über sie schreiben können. Das lässt mir jetzt keine Ruhe, ich werde mal googeln.« Katrin zog ihr Handy aus ihrem Strickbeutel und sagte wenig später: »Hier haben wir es schon. Möchtest du es hören?«

Alma nickte.

Schon bei der ersten Strophe waren ihr die Tränen gekommen. Die Worte: *Es ist was es ist sagt die Liebe* wurden mindestens genauso häufig zitiert wie Saint-Exupérys kleiner Prinz: *Man sieht nur mit dem Herzen gut, das Wesentliche ist für die Augen unsichtbar.* Sie mochten abgegriffen sein, aber sie hatten dabei nichts von ihrem Wert, ihrer Wahrheit und ihrer Schönheit verloren, und Alma war sicher nicht die Einzige, die sie mitten ins Herz trafen. Katrin zog ein Päckchen Papiertaschentücher aus ihrem unerschöpflichen Beutel und reichte es hinüber. Sie ließ Alma ihre Tränen, und dass es war, wie es war; und das war in diesem Augenblick tröstlicher als alles, was sie hätte tun oder sagen können.

Alma saß an ihrem Sekretär und schrieb mit einem Filzstift ihr Mantra auf ein Din-A4-Blatt:

Ich nehme jeden Tag, wie er kommt, und ich möchte spüren, dass ich lebe.

Wenn man Liebeskummer hatte, spürte man, dass man lebte, daran konnte es keinen Zweifel geben. Zum Sich-lebendig-Fühlen gehörte ja die gesamte Skala an Gefühlen, nicht nur Glückseligkeit. Die Sache mit: Ich nehme jeden Tag, wie er kommt, war deutlich schwieriger, denn sie verlangte Akzeptanz, auch wenn man nicht nur einen schwierigen Tag, sondern sein ganzes Leben gerne zurechtgebogen hätte, damit es einem passte. Aber der Weg war das Ziel, sagte sich Alma mit so etwas wie Galgenhumor. Sie hatte ja etwas gelernt in den letzten Wochen, zum Beispiel: Sie musste nicht perfekt sein, sie war gut genug, die Dinge waren, wie sie waren; jenseits von richtig und falsch.

Ihr fiel ein, dass im Keller noch ein Bilderrahmen herumliegen musste. Sie würde den Merksatz in ihrem Behandlungsraum an die Wand hängen, damit sie ihn immer vor Augen hatte. Als sie mit dem Rahmen wieder nach oben kam, klingelte ihr Handy. Dran war Wolfgang, was ungewöhnlich war, Alma wusste, dass er ungern telefonierte, das überließ er lieber seiner Frau.

»Du bist herzlich zum Grillen eingeladen!«, sagte er. Im Hintergrund war Rattern zu hören, es klang, als sei er in der Bahn unterwegs. »Am Sonntag! Achtzehn Uhr. Wehe, du kommst nicht.«

Ach, wie süß, dachte Alma gerührt, er weiß doch genau, dass mich keine zehn Pferde abhalten würden. Sie sah Wolfgang vor sich, in einer seiner Grillschürzen mit Aufdruck (außer *Keep calm and grill on* gab es noch: *I'm a natural born griller*, sowie: *Kiss the cook NOW*), und ihr wurde warm ums Herz. Was wäre der Sommer in Berlin ohne den selbsternannten Grillmeister aller Klassen und seine Frau in ihrem verwunschenen Garten? Nicht mal halb so schön, da war Alma ganz sicher.

»Natürlich komme ich. Sehr gerne, und schon nachmittags. Dann kann ich noch was im Garten tun.«

»Wunderbar. Er hat es nämlich nötig.«

Er hatte es wirklich nötig, das war unverkennbar, als Alma am Sonntag durchs Törchen schritt. Wie üblich, wenn sie im Garten arbeitete, nahm sie erst mal keinen Kontakt mit den Hausbewohnern auf. Sie schob Wotan, dessen Korb mit Kleidung zum Wechseln und selbstgemachter Erdbeermarmelade als Mitbringsel beladen war, in den Schuppen und legte los. Bei Familie Möbius durfte man dank toleranter Nachbarn und einem leisen Rasenmäher ungestraft auch sonntags dem Rasen an den Kragen gehen. Tiefer Friede erfüllte sie, während sie vor sich hin werkelte und den Geruch von frisch gemähtem Gras einsog. Als sie fertig war, ging sie durch die offene Terrassentür ins Haus. Sie trank ein Glas Mineralwasser und schwatzte mit Regine, dann zog es sie wieder nach draußen. »Ich will noch ein bisschen Unkraut jäten.«

»Danke! Wir sagen Bescheid, wenn es losgeht«, gab Regine mit einem Blick auf ihre Armbanduhr zurück. Sie wirkte nervös, fiel Alma auf.

»Wo ist denn Wolfgang?«

»Oben im Arbeitszimmer. Er hat noch etwas vorbereitet. Ich schlage wirklich drei Kreuze, wenn dieses Projekt endlich in trockenen Tüchern ist.«

Mit einer Flasche Mineralwasser bewaffnet, ging Alma in den hinteren Teil des Gartens, vorbei an der Hollywoodschaukel und dem Schuppen. Bei der Kräuterspirale blieb sie stehen. Der Thymian blühte schon, die anderen Kräuter – Ysop, Oregano, Rosmarin, Majoran und Salbei – würden bald folgen. Alma beobachtete eine dicke Hummel, die vorüberflog, und ging lächelnd weiter.

14

Alma schwitzte in der heißen Sonne, aber das machte ihr nichts aus, genauso wenig wie die Tatsache, dass ihr Rücken schmerzte. Sie hackte und zupfte, und zwischendurch lockerte sie die warme Erde mit den Händen auf. Sie war völlig vertieft in ihre Arbeit, und so bemerkte sie die Person, die sich genähert hatte, erst, als ein Paar braune Bootsschuhe und zwei beigefarbene Hosenbeine in ihrem Gesichtsfeld auftauchten. Wolfgang? Aber Wolfgang lief im Sommer barfuß und in Bermudas im Garten herum …

»Hallo, Alma«, sagte eine bekannte Stimme.

»Du!«, japste Alma.

»Ja, ich.«

Er sah aus, als ob er gerade geduscht hätte, frisch, und trug ein tipptopp gebügeltes, kurzärmliges Hemd über den Chinos. Und hier stand sie, garantiert knallrot im Gesicht, schweißüberströmt, in ihrer Gartenkluft, die schon bessere Tage gesehen hatte, mit wild klopfendem Herzen und absolut fassungslos.

»Wie … kommst du hierher?«, stotterte sie. »Ich meine, es kann doch nicht sein, dass Regine und Wolfgang dich auch zum Grillen eingeladen haben, wenn sie genau wissen …« Sie brach mitten im Satz ab und biss sich auf die Unterlippe. Es gab keinen Anlass, ins Detail zu gehen über Dinge, die Regine und Wolfgang genau wussten.

»Das ist eine längere Geschichte. Hast du Zeit für mich?«

Das Nein lag ihr schon auf der Zunge. Alles war zu viel. Die Tatsache, dass Regine und Wolfgang so unsensibel und taktlos ein Zusammentreffen herbeigeführt hatten; und dass Bernhard so ruhig wirkte, anscheinend machte es ihm überhaupt nichts aus, ihr hier zu begegnen, und sie wusste, dass sie furchtbar aussah, und ärgerte sich, dass es ihr peinlich war. Am liebsten wäre sie geflüchtet, zum Schuppen, und wäre ohne ein weiteres Wort nach Hause geradelt, zu ihrer Glückskatze.

Er musste ihre Gedanken gelesen haben. »Bitte lauf nicht weg.«

Kurz darauf saßen sie auf der Hollywoodschaukel, in gebührendem Abstand zueinander. Erinnerungen stiegen in Alma auf, an Wolfgangs Geburtstagsbrunch. Sie drängte sie entschlossen zurück. Das war in einem anderen Leben gewesen, dem Leben vor dem Tag X. Heute war heute. Sie würde sich anhören, was Bernhard zu sagen hatte, und dann nach Hause fahren, um Regine morgen in der Praxis in aller Ruhe und Freundlichkeit zur Schnecke zu machen.

»Eigentlich ist die Geschichte ganz kurz«, sagte Bernhard, nachdem er eine Weile stumm nachgedacht hatte. »Ich bin hier, weil ich nicht wegbleiben konnte.«

Alma schaute verblüfft zu ihm hinüber, was ein Fehler war, weil er ihren Blick auffing und nicht mehr losließ. War sie wirklich davon überzeugt gewesen, dass seine Augen lobelienblau waren? Heute kamen ihr andere Schattierungen in den Sinn: Eisenhut, Enzian, Vergissmeinnicht, Kornblumen, Lavendel, Traubenhyazinthen … es gab so viele blaue Blumen, in die man sich verlieben konnte.

»Jetzt bist du überrascht«, fuhr Bernhard tapfer fort. »Das wäre ich auch an deiner Stelle.«

»Schon«, sagte Alma vorsichtig.

»Ich war mit Wolfgang ein Bier trinken. Es können auch zwei oder drei gewesen sein. Es gab ein … na ja, Gespräch unter Männern. Kurz und knackig trifft es ganz gut, Wolfgang ist ja nicht der Mensch, der ein Blatt vor den Mund nimmt, wenn es nicht unbedingt sein muss. Dann sagte er: Am Sonntagabend grillen wir. Alma wird da sein, dafür werde ich sorgen. Wenn du *nicht* bis über beide Ohren in sie verliebt und zu feige bist, etwas daraus zu machen, wenn sie dir schon ihr Herz auf dem Silbertablett serviert hat, kannst du meine Einladung, die ich hiermit ausspreche, getrost ignorieren. Ansonsten freue ich mich darauf, dich bei uns zu begrüßen.«

Alma starrte wie hypnotisiert in die blauen Tiefen seiner Augen und fragte sich, ob sie träumte. Oder etwas falsch verstanden hatte.

»Kannst du mir das bitte noch mal genau erklären? Ich komme gerade nicht so ganz mit.«

Er stand auf, und ehe es sich Alma versah, hatte er sie an den Händen gefasst und hochgezogen. »Meine Hände sind ganz erdig«, protestierte Alma und versuchte, sich aus seinem Griff zu befreien. Aber er ließ sie nicht los, und es fühlte sich zu gut an, als dass sie es noch mal versucht hätte. Sie wusste, dass Regine und Wolfgang von der Terrasse aus sehen konnten, was passierte, aber merkwürdigerweise machte es ihr nichts aus. Sie war viel zu sehr mit dem beschäftigt, was sich hier abspielte.

»Du hast auch Erde im Gesicht«, sagte er zärtlich und lächelte sie an. »Auf der Wange, und auch auf der Stirn. Und du bist wunderschön so.«

Wärme breitete sich, ausgehend von ihrem Herzen, in Almas Körper aus, eine besondere Wärme, die nichts mit der Außentemperatur zu tun hatte. Wunderschön … es war über dreißig Jahre her, seit ein Mann sie wunderschön gefunden hatte, und damals war ihr Gesicht weder schmutzig noch schweißüberströmt gewesen … Ich träume ganz bestimmt, dachte sie, das ist doch alles zu märchenhaft, um wahr zu sein. Ich würde mir gern in den Arm kneifen, dann wache ich auf, aber ich will gar nicht aufwachen … Ich will bleiben, hier, in diesem Augenblick, in dem ich kaum atmen kann, so schnell klopft mein Herz. Er ist gekommen, weil er nicht wegbleiben konnte, und wenn er mich weiter so anschaut, dann … dann was? Das war ihr letzter, einigermaßen klarer Gedanke, bevor sie losließ und einfach nur geschehen ließ. Eben noch waren sie auf Armeslänge getrennt gewesen, jetzt, wie magisch voneinander angezogen, berührten sich ihre Körper beinahe. Bernhard hielt immer noch ihre Hände. »Ich weiß nicht, warum ich mich in dich verliebt habe, ich weiß nur, dass es so ist.«

Er hielt einen Moment inne, um seine Gedanken zu ordnen, der Ausdruck in seinem Gesicht dabei war Alma bereits vertraut. Verliebt, ich habe mich in dich verliebt, das waren die Worte, die sie streichelten wie eine Zärtlichkeit und die sie ihm am liebsten ins Ohr geflüstert hätte, wenn sie nicht gewusst hätte, dass er noch mehr auf dem Herzen hatte.

Als er schließlich weitersprach, tat er das mit so viel Gefühl in der Stimme, dass Alma Gänsehaut bekam. »Daran hat sich nichts geändert. Trotzdem habe ich es mir nicht leicht gemacht, auch wenn das eben vielleicht so klang. Wolfgang wusste nicht, ob ich heute komme oder nicht, ich habe es offengelassen, und er hat kein Wort mehr darüber verloren. Es hat sich auch nichts daran geändert, dass ich kein Mensch für emotionale Wechselbäder bin. Ich bin nicht alt, aber auch nicht mehr jung, und kein unbeschriebenes Blatt. Mein Leben hat mich geprägt, ich habe bestimmte Ideale und Werte und Sehnsüchte; und auch Ängste und Narben … Ich brauche Beständigkeit, das Gefühl, angekommen zu sein in der Liebe. Die letzten Wochen waren ein tiefes, tiefes Tal, das ich wirklich nicht mehr durchwandern möchte. Was sich jedoch geändert hat, ist die Tatsache, dass ich es in Kauf nehmen würde, verletzt zu werden, wenn ich mich einlasse. Ich konnte nicht wegbleiben, weil du mir wichtig bist, Alma. Weil ich dem Glück eine Chance geben will, und das kann ich nur, wenn ich ein Risiko eingehe. Es geht darum, die Angst zu haben, dass es mit uns schiefgehen könnte, und trotzdem ja zueinander zu sagen. Es ist eine bewusste Entscheidung.«

Er hatte ihre Hände losgelassen, und ihre Körper verschmolzen miteinander, ohne sich zu umarmen. Almas Kopf lag an Bernhards Brust, sie hörte seinen gleichmäßigen, kräftigen Herzschlag, spürte seine Körperwärme, atmete den leichten Zitronenduft ein, der ihn immer umgab. Die Zeit verlor alle Bedeutung, es war, als würden sie sich aufeinander einschwingen auf eine gemeinsame Wellenlänge, die tiefer ging als alles, was sie miteinander geteilt hatten, bevor Almas Herz stillgestanden hatte. Irgendwann schlangen sich seine Arme um ihre Hüften und er murmelte in ihr Ohr: »Warum sagst du nichts?«

Sie lächelte zu ihm hoch. »Weil ich spüre, dass ich lebe und glücklicher bin, als Worte es ausdrücken könnten. Lass uns zur Domäne fahren, ja?«

»Und Wolfgang und Regine?«

»Wir sagen ihnen Bescheid. Sie haben bestimmt Verständnis.«

Aber die Terrasse war verlassen. Auf dem Tisch lag ein Zettel:

Ihr Lieben!
Wir waren zwar diskret, aber es sah trotzdem nicht so aus, als stünde euch beiden heute der Sinn nach einem Grillabend in Gesellschaft. Falls doch, herzlich willkommen – ihr findet uns nebenan, mitsamt Grillgut und Salaten, bei Britta und Ralf.
Liebste Grüße
R. und W.

Die Terrassentür stand offen. Alma lief die Treppe hinauf ins Bad, um sich frisch zu machen und umzuziehen. Die Frau, die ihr im Spiegel entgegenschaute, war zerzaust und verschwitzt und hatte Schmutzflecken im Gesicht, und sie strahlte, wie nur jemand strahlen konnte, dem soeben etwas unendlich Kostbares geschenkt worden war.

Auf der Domäne blühten gleich hinter der Mauer die Strauchrosen. Riesige Büsche mit üppigen Blüten in Pink und Dunkelrot. Auch Almas Lieblingsrosen in dem kleinen, eingezäunten Bauerngärtchen neben dem Hofladen schäumten über vor roséweißen, süß duftenden Blütenkelchen. Hand in Hand überquerten Alma und Bernhard den Hofbereich, vorbei an den Hühnern und Enten und dann den staubigen Rundweg entlang bis zur Streuobstwiese, die von blühenden Heckenrosen gesäumt wurde. Bis auf eine Gruppe junger Leute, die es sich auf einer Picknickdecke gemütlich gemacht hatte, lag die Wiese verlassen da. Es war halb acht, der

Hauptansturm längst vorüber, um neun würde die Domäne ihre Tore für die Nacht schließen. In stillem Einverständnis setzten sich Alma und Bernhard auf die Bank, auf der sie bei ihrem ersten Spaziergang gesessen hatten. Am Himmel zog der Mäusebussard seine Kreise, es duftete nach Gras und Kräutern und Sommer, vermischt mit einem Hauch Stallmist und Fruchtbarkeit (jedenfalls bildete sich Alma das ein), und in den Büschen tschilpte eine Schar Spatzen. Wir haben uns noch nicht mal geküsst, dachte Alma, und trotzdem fühle ich mich ihm so nahe, so verbunden. Bernhard legte einen Arm um ihre Schulter und rückte noch ein bisschen näher an sie heran. »Du leuchtest. Kein Witz. Mit den Rosen um die Wette. Und ich bin – glücklich.«

Der erste Kuss war zart, eine vorsichtige Berührung und Erkundung der Lippen. Sie schauten sich lange in die Augen, streichelten sich mit Blicken und Fingerspitzen, die über Hände, Haare und Gesicht glitten. Der zweite Kuss war leidenschaftlicher und ließ Alma atemlos zurück, mit Lust auf mehr, viel mehr; und sie spürte, dass es Bernhard genauso ging. Und doch hatte Alma das Gefühl, alle Zeit der Welt zu haben. Nichts drängte und eilte, so wie mit Max, mit dem sie etwas abgestreift hatte, das längst nicht mehr gepasst hatte. Zwischen Bernhard und ihr würden auch morgen Rosen blühen, das spürte sie mit jeder Faser. Vieles hatte sich in ihr gewandelt, seit ihr Herz stillgestanden hatte. Die allumfassende Seligkeit, die sie in ihrer Vision von Max und ihren beiden Kindern erlebt hatte, hatte sie mit der Überzeugung zurückgelassen, dass sie das Leben und das Glück, das eigentlich für sie bestimmt gewesen war, mit der Entscheidung, nicht mit nach Australien zu gehen, damals unwiderruflich fortgeworfen hatte. Auch war sie davon überzeugt gewesen, damit eine Erklärung gefunden zu haben, warum sie nie bekommen hatte, was sie sich sehnlichst gewünscht hatte: eine liebevolle Ehe und Kinder. Aber es war das Leben, das man real lebte, Tag für Tag, das für einen bestimmt war – und nicht die Dinge, die vielleicht hätten sein können, oder nach denen man sich sehnte, das hatten ihr die letzten Wochen gezeigt.

Alma legte den Kopf an Bernhards Schulter und schloss die Augen. Bernhard rückte noch ein wenig näher an sie heran. Eine tiefe Ruhe breitete sich in Alma aus, etwas, das sie nie zuvor gespürt hatte in der Liebe. Vertrauen, dachte sie. Vertrauen in den Fluss des Lebens, Vertrauen zu diesem Mann neben mir und in den Weg, den wir zusammen gehen, egal, wohin er führt. Und vielleicht, dachte sie mit einem Lächeln, gibt es noch einen anderen Grund, warum sie wieder zueinander gefunden hatten: Weil auf der Domäne tatsächlich eine gute Fee zu Hause war, die ihren Zauberstab über ihren Herzen geschwungen hatte.